시나운 새벽

사나운 새벽 3
윤석진 판타지 장편 소설

초판 1쇄 찍은 날 § 2004년 4월 1일
초판 1쇄 펴낸 날 § 2004년 4월 10일

지은이 § 윤석진
펴낸이 § 서경석

편집장 § 문혜영
편집책임 § 김희정
편집 § 장상수 · 서지현
마케팅 § 정필 · 강양원 · 이선구 · 김규진 · 홍현경

펴낸곳 § 도서출판 청어람
등록번호 § 제1081-1-89호
등록일자 § 1999. 5. 31
어람번호 § 제1-0480호

주소 § 경기도 부천시 원미구 심곡1동 350-1 남성B/D 3F (우) 420-011
전화 § 032-656-4452 팩스 § 032-656-4453
http://www.chungeoram.com
E-mail § eoram99@chollian.net

ⓒ 윤석진, 2004

ISBN 89-5505-987-6 04810
ISBN 89-5505-984-1 (SET)

※ 파본은 본사나 구입하신 서점에서 교환하여 드립니다.
※ 저자와 협의하여 인지를 붙이지 않습니다.

윤석진 판타지 장편 소설 **사나운 새벽 3**

도서출판 청어람

목차

Chapter 26　7
Chapter 27　23
Chapter 28　41
Chapter 29　63
Chapter 30　90
Chapter 31　110
Chapter 32　126
Chapter 33　143
Chapter 34　165
Chapter 35　191
Chapter 36　211
Chapter 37　227
Chapter 38　249
Chapter 39　270

Chapter 26

"안녕하시오?"

난데없는 인사에 나는 천천히 고개를 들었다.

어둠 속, 타오르는 모닥불을 배경으로 한 남자가 엉거주춤 서서 미소를 보내고 있었다. 인기척이라곤 전혀 없을 이 깊고 깊은 산중에 난데없이 나타난 남자.

나는 그저 그를 물끄러미 보고만 있었다. 하지만 나와는 달리, 데비드는 검을 당장 뽑아 들 태세였고 도노반은 매부리코를 오만하게 든 채 지휘봉처럼 부지깽이로 쓰던 나뭇가지를 들어 침입자를 가리키고 있었다. 하지만 벤은 이미 그가 나타날 줄을 알고 있었는지 심드렁한 태도였다. 단지 그를 받아들일지 말지를 나에게 맡기겠다는 듯 시선을 내 쪽으로 슬쩍 두고 있을 따름이었다.

남자는 그렇게 잔뜩 경계 어린 태도로 보고만 있는 우리 일행이 영

어색했던지 미소를 억지로 지으며 일부러 두 손을 들어 보였다. 허리춤에 매달린 검은 흔히 보는 쇼트 소드였다.
"수상한 놈은 아닙니다. 평범한 여행자일 뿐입니다. 용병이고, 패를 보여 드릴 수도 있어요. 멀리서 빛을 보고 왔습니다. 괜찮다면 불을 빌리고 싶습니다만."
등에 멘 짐 보따리와 허리에 매달린 검자루에는 생채기가 가득했다. 그 모양새를 보아하니 분명히 용병 출신인 듯싶다. 아직 젊은 두 눈동자는 그런대로 생기에 차 있었다. 명랑한 눈동자는 파랬다.
"앉아."
내 말에 도노반이 불만에 찬 목소리를 냈다. 하지만 그는 별수없다는 듯 모닥불에 올려놓은 장중한 솥단지에 허브 가루를 뿌렸다. 대체 어떤 음식을 만들기 위해 그렇게까지 많은 양념을 치고 있는지는 하늘만이 알고 있을 것이다. 그나저나, 어쩐지 이 상황은 언젠가 꼭 있었던 일 같다.
벤은 여전히 말이 없다. 그는 도노반에게서 가장 멀리 떨어진 구석탱이에 앉아 무언의 항의를 보내며 등을 돌리고 있었다. 틀림없이 도노반을 데리고 온 것에 분노하고 있는 것이리라.
미안하다, 벤. 나 역시 본의는 아니었다. 도노반은 이미 짐까지 싸고 나보다도 먼저 앞서 있었단 말이다. 네가 나에게 그놈의 폭탄주만 먹이지 않았더라도 이런 일은 없었을 것이다.
하늘에는 별이 빛나고 숲 속은 짙은 어둠 속에 휩싸여 있다. 아직은 추운 계절이라서 입김이 하얗게 드러났다. 깊은 삼림의 한가운데라서 더 그런지도 모른다. 아직 우리들은 펜게이드 제국을 다 벗어나지도 못했고 고작해야 제도(帝都) 아이어드를 벗어난 지 사흘 정도 지났을 뿐이었다. 지금 이곳은 디아드라 산맥의 초입이었다. 이 산맥을 넘으면 본격적으로 제국의 남부 지방에 들어서게 된다. 그렇다. 제국은 매우 넓다. 그리고 산맥 이남은 예전부터 꽤나 자유스러운 지역이라 들었다.

하얀 자작나무 사이로 사각사각 소리를 내며 불어오는 바람은 음산한 습기를 땅속 깊은 곳에서부터 끌고 올라와 추위를 전해주었다. 춥기는 정말 춥다. 이제 곧 봄이 될 시기라고는 해도 산속의 밤은 지독하게 추웠다. 마나를 운용하거나 마법을 쓰지 않는 사람이라면 무척 견디기 힘들 것이다.

이 용병이 불쑥 나타나 불 좀 빌리자고 달려든 것도 다 이유가 있었던 셈이다. 안 그래도 그는 추위로 얼굴이 시퍼렇게 질려 있었다.

"드세요."

탁탁 모닥불이 소리 내며 불꽃을 튀겼다.

나는 모닥불을 들여다보다가 김이 오르는 사발을 멍하니 바라보았다. 도노반은 내게 나무 사발을 내미는 것이 민망하다는 듯이 어색한 표정이었지만 그래도 암사슴 고기로 만든 스튜에 허브 한 조각을 띄우는 것을 잊지는 않았다. 거기에 검은 후추에 절인 훈제 햄과 흰 빵까지. 깊은 산속에서 이 무슨 호화찬란한 식단이란 말인가.

옆에서 용병사내는 기가 막힌 듯 입을 쩌억 벌리고 있었다. 차마 달라는 소리도 못하고 있는 눈치다. 물론 도노반은 줄 생각은 하지도 않는 듯하다.

달콤한 향기가 나는 살구 잼을 듬뿍 흰 빵에 바른 도노반은 아까부터 두 눈을 번뜩이고 있는 데비드에게 권했다. 데비드는 내가 아직 먹지도 않았는데 어찌 감히 입에 대겠느냐며 거절했다. 그 거절을 도노반은 아주 당연하다는 듯이 받아들였으며 아직 먹지도 않고 있는 나에게 어서 먹으라 강권했다. 물론 옆에 죽은 듯이 앉아 있는 벤이나 입을 벌리고 있는 용병에겐 시선조차 두지 않았다.

멀리서 늑대가 울었다. 가까이 늑대 떼가 있는 듯했다.

스산하게 밀려오는 한기와 음산하게 밀려오는 야수 떼의 울음소리, 그리고 향기로운 허브를 띄운 사슴 스튜.

언젠가 이처럼 상황에 어울리지 않는 일을 겪어본 적 있는 것도 같다. 험한 산속에서의 호화스러운 식사. 아, 당연하겠지. 나는 황태자니까 그런 식사를 하는 게 보통이잖아.

"드십시오."

도노반의 재촉에 나는 얌전히 먹기 시작했다. 어쩐지 꼬락서니가 매우 우습게 되었다는 생각이 들긴 했지만 굳이 뭐라 할 마음은 없었다. 도노반은 나를 아끼고 있는 것이다. 그 애정은 달큰해서 나는 순간적으로 가슴이 저렸다.

배가 고팠다. 햄을 얹은 흰 빵을 들여다보며 나는 내가 너무나 배가 고파 견딜 수 없다는 사실을 깨달았다. 너무나 배가 고프다. 너무나 고파서 견딜 수가 없다. 뱃속이 비비 꼬이는 것 같은 느낌에 나는 이를 악물었다.

"전하?"

한동안 주름진 도노반의 얼굴을 들여다보고 있자, 그가 이상하다는 듯이 재촉했다.

말없이 먹고 있는 동안 문득 시선을 느끼고 고개를 들었다.

나를 살피고 있는 것은 갑자기 나타난 남자였다. 용병처럼 보이는 남자는 배가 고파 보였지만 음식을 나누어달라는 말은 차마 못하고 있는 것처럼 보였다. 어쩌면 우리들이 귀족들처럼 보여서 더 그랬는지도 모른다. 아니, 사실 귀족은 귀족이군.

내가 턱짓을 하자 구석에 앉아 있던 벤이 부스스 일어나 빵 한 덩이와 햄 한 덩이를 들어 남자에게 건네주었다. 남자는 감사의 말을 몇 번이고 되풀이하며 걸신들린 양 먹어치웠다.

"그런데, 어디서 오는 길인가?"

데이비드가 남자에게서 시선을 떼지 않으며 입을 열었다.

"파이드라 시입니다. 그리고 로그란드 영지로 갑니다."

"로그란드 영지? 거기라면 제법 멀 텐데."

데이비드가 생각하며 은근슬쩍 되묻자, 남자는 진지하게 말했다.

"로그란드 영지에서 반란이 일어났다고 합니다. 그래서 그곳에 꽤 많은 용병들이 모여들고 있어요."

그 말에 데이비드는 흠칫했다.

"반란?"

"네. 로그란드의 영주인 페럴 로그란드 남작이 소작농에게 살해되었다고 들었습니다. 그에 복수하기 위해서 남작의 후계자가 마을 두 곳을 완전히 쓸어버렸지요."

그는 은근슬쩍 나와 도노반의 눈치를 보았다. 그 모습을 보니, 먹을 것을 주려나 하고 기대하고 있다는 것은 분명했지만 도노반은 냉정하게 모른 척했다.

"그런데 로그란드 남작이 살해된 이유는 소작농 처녀를 강간했기 때문이라고 하더군요. 물론 그 이외에도 그 작자가 저지른 악행이 한둘은 아니었던 모양입니다만, 어쨌든 쌓이고 쌓였던 것이 한꺼번에 폭발해서 소작농들이 전부 들고일어나 반란이 되어버렸습니다."

"흠."

데비드는 내 쪽을 흘긋 보았지만 나는 무심했다. 알게 뭐냐.

"그래서 지금 소작농 측에서도 용병을 모집하고 로그란드 남작 측에서도 용병을 모집해서 난리인 모양입니다."

"자네는 어느 쪽으로 가는데?"

데비드가 태연하게 묻자 남자는 침묵했다. 그 모습만으로도 나는 그가 소작농 측에 설 것임이 분명하다고 생각했다.

"그건 우리가 알 바가 아니잖아, 데비드."

내가 빵을 반으로 잘라 등 돌리고 앉은 벤 쪽으로 던지며 말하자 데비드는 한숨을 삼키며 고개를 끄덕였다.

"뭐, 그리 말씀하신다면야."

벤은 내가 던진 빵을 뒤도 돌아보지 않고 받아 들어 씹기 시작했다. 도노반은 그런 그를 두 눈을 부라리며 쳐다보고 있다.

아아, 참. 비슷한 늙은이들끼리 어지간히 하는군.

하지만 그 모습이 또 재미있다는 것을 부정할 수는 없다. 나는 턱을 괴고 앉아 뜨거운 스튜를 사발째 들이켰다.

데비드는 자신의 그릇에서 반씩 덜어 남자에게 건네주었다. 남자는 그것을 받아 들면서도 경계의 시선을 늦추지 않고 있었다. 아무리 보아도 귀족으로 보이는 우리들 때문에 나름대로 긴장하는 듯했다.

"로그란드로 가는 길목에 있는 도시는 몇 개나 되지?"

내 질문에 데비드가 곰곰이 생각해 보다가 지도를 펴 보였다.

"펠레스, 아도리에가 있습니다. 마을은 몇 개 더 되지만 도시라고 할 만한 것은 그 두 곳뿐입니다."

"남쪽으로 어차피 내내 갈 것이지만 반란이 일어나고 있다는 곳을

군이 거쳐 갈 필요는 없으니까 피하자구. 내 목적지는 어차피 리베이드니까."

"리베이드로 가십니까?"

조금 놀란 듯 남자가 끼어들었다.

"그래."

"리베이드로 가려면 역시 제일 빠른 길은 게티아 수로를 이용하는 것일 텐데요."

"게티아 수로?"

내가 되묻자 고개를 돌린 벤이 재빨리 대답했다.

"베사지 산성을 넘어가면 게티아 수로가 나옵니다. 게티아 수로는 게티아 계곡을 거쳐서 로뎀까지 이어집니다."

"자세히 고하게."

도노반이 기분 나쁘다는 듯이 다시 말하자 벤 역시 기분 나쁘다는 듯이 퉁명스레 덧붙였다.

"안 그래도 그곳으로 가려는 중이었습니다, 켄님."

"얼마나 걸리는데?"

둘 사이의 공방전을 즐기며 묻자, 벤은 도노반의 시선을 아예 무시하며 대답했다.

"켄님과 저만 가게 된다면 하루면 가겠지요."

"하루?"

놀란 기색으로 되물은 것은 도노반이 아니라 용병남자였다. 그는 당혹한 듯이 나와 벤을 번갈아 보더니 자신이 끼어든 게 좀 미안했는지 얼른 사과했다.

"노, 놀라서 그렇습니다. 족히 일주일은 걸릴 거리인데요? 아, 제 이름은 로빈 데이얼입니다."

"지독히 평민다운 이름이로군."

도노반의 평가에 남자는 아무런 응대도 하지 않았다. 나도 알 바 아니었기 때문에 벤에게 다시 물었다.

"그 하루라는 게 안 먹고 그냥 내달릴 때의 거리인가?"

"그렇지요."

벤은 불만스레 말하고는 입을 다물어 버렸다. 하지만 그 태도가 도노반은 무척 기분 나빴는지 발끈해서 소리 질렀다.

"자네, 태도가 무척 불손하군! 감히 누구 앞에서 그러는 거야?"

"나는 켄님의 부하지 도노반 경의 부하가 아니외다."

흥, 하고 비웃는 그 태도에 도노반은 부들부들 떨었다. 눈치를 보던 데비드가 말리듯 손을 내밀었다.

"진정하세요, 도노반님."

"지, 진정할 수 있겠나! 이 건방진 놈을 보게나! 지금 나를 모독하고 싶은 건가?"

"켄님이 가만히 계시는데 왜 그러시는지 모르겠구만. 사실 도노반 경이 제멋대로 켄님을 따라나선 거 아니었던가?"

"그만들 해."

내가 끼어들자, 그제야 다들 입을 다물었다. 하지만 꽤나 불편한 공기가 사방으로 흘렀다. 아까부터 용병 녀석은 아무것도 못 들었다는 듯 고개를 푹 숙이고는 슬그머니 외면하고 있었다. 뭐, 들어도 상관은 없겠지. 기억을 지워 버리든가 죽여 버리면 그만이니까.

"이런 식이라면 굳이 내가 자네들하고 같이 다닐 필요를 못 느끼겠는걸."

내 말에 도노반과 데비드가 움찔했다.
"사실, 나는 모든 것을 다 접어두려고 나온 거라 이 말씀이야."
피식 나도 모르게 웃자 모두의 얼굴이 굳어졌다. 나는 모닥불에 비친 그 얼굴들을 찬찬히 바라보면서 조용히 말했다.
"다음번 마을에서 데비드와 도노반은 돌아가게."
"돌아갈 수 없습니다!"
벌떡 일어나는 데비드를 보고 나는 차분히 말했다.
"전에도 말했다시피, 자넨 나를 호위할 실력이 못 돼."
그 말에 얼굴이 퍼렇게 질리는 것이 좀 미안하긴 했다. 하지만 서슬 퍼런 캐더린 양을 생각하자 다시 힘이 솟았다.
"돌아가게. 아직 젊으니 내 뒤를 따를 필요는 없어. 캐더린이 있잖아?"
"그, 그런 말씀은……!"
"그리고 그것만이 아냐. 그대들은 할 일이 있어. 내 편지를 부황께 전해줘야겠어."
"편지요?"
나는 검고 칙칙한 로브에 고개를 묻었다. 짙은 어둠이 너무나 평온하다. 마치 화려한 황태자의 시절 자체가 모두 다 거짓인 양 거친 옷깃에, 야숙이 편안했다. 멀리서 들려오는 늑대들의 울부짖음도, 탁탁 소리를 내는 모닥불도 이루 말할 수 없이 편안했다.
"데비드, 나는 곧 죽는다."
의외로 그 말은 쉽게 굴러 나왔다. 아니, 그 말을 내뱉자 나도 모르게 가슴이 철렁했다. 역시 생각하는 것과 말로 내뱉는 것과는 천지 차이인가 보다. 섬뜩해서 몸이 절로 부르르 떨렸다.

데비드는 두 눈을 부릅뜬 채 멍하니 나를 바라보고 있었다. 그뿐만이 아니라 도노반 역시 마찬가지였다.

"농담이시겠죠?"

뻣뻣한 음성으로 데비드가 물었다.

"아니, 언제 죽을지 확실치는 않지만 얼마 남지는 않았다는 건 확실하지."

내가 천연덕스레 대꾸하자 이번에는 도노반이 벌떡 일어섰다.

"노, 농담이라 말씀해 주십시오! 어, 어째서 전하께서 죽는다는 겁니까!"

나는 말 그대로 발작을 일으키듯 부들부들 떨고 있는 도노반을 물끄러미 바라보았다. 그의 얼굴에서는 감출 수 없는 애정이 느껴졌다. 항상 잔소리를 해대던 이 노인네의 전신에서 느껴지는 그 생소하고도 노골적인 감정에 나는 여기저기 간지러웠다. 아니, 아팠다.

"죽게 되어 있어, 곧. 그래서 떠나는 거야. 내가 제국에서 중요한 위치에 서게 되면 그만큼 문제가 일어날 것 같아서 나와 버린 거야. 기억을 지운 것도 그 때문이었지."

내 담담한 말에 도노반은 잠시 입을 다물고 뚫어지도록 나를 바라보았다. 그의 얼굴은 무표정한 대신 창백하기 그지없었다.

"기억을… 되찾으신 겁니까?"

"완전히는 아니지만 기억을 지운 이유는 알아냈지."

나는 무덤덤하게 대답하고는 데비드와 도노반을 번갈아 보며 조용히 명령했다.

"다음번 도시에서 제도로 되돌아가게. 나는 벤과 함께 떠날 거야."

"대체 어디가 편찮으신 겁니까? 병입니까?"

급히 데비드가 끼어들었다. 도노반은 아예 넋을 놓은 듯한 태도였다. 그는 허공만 바라보고 있었다.

"나는 지나치게 강해서 그런 거야."

"전하!"

울부짖는 데비드가 너무 불쌍해서 나는 조금 찔끔했다.

"지나치게 강한 거지. 소드 마스터에, 흑마법사. 너무 강해서 문제인 게야."

데비드는 무릎을 꿇고 통곡하기 시작했다. 여전히 도노반은 하얗게 굳은 얼굴로 석상처럼 앉아 텅 빈 허공을 바라보고 있었다. 노인네에게 너무 충격을 주었나 하는 생각이 들 정도였다.

"도노반, 부황께 전하는 내 편지를 가지고 돌아가거나. 부황도 내가 잠시 외유한다고 가볍게 생각하고 계실 거야. 그러니까 확실히 알리도록."

검붉게 타오르는 모닥불을 보며 나는 무덤덤하게 말했다.

"나는 돌아가지 않는다. 후계자를 확실히 세우도록."

이것이 가장 옳은 방법일 것이다.

나는 황제에게 편지 한 장 써놓지 않고 그대로 나왔다. 말 그대로 도노반이 짐을 다 쌌다고 말하는 순간 나와 버린 것이다. 하지만 그냥 나온다고 해서 모두가 다 해결되는 것은 아니다. 내가 왜 사라질 수밖에 없었는지 괴롭지만 밝히지 않으면 안 된다.

제국 내에서 내 영향력이 크지 않으면 않을수록 좋다. 나는 조용히 사라질 운명이니까 나로 인해 누군가가 큰 피해를 입지 않았으면 좋겠다. 아니지, 하기야 내가 없어진다면 피해 볼 사람이 어디 한둘인가. 가장 큰 문제는 남은 후궁들이었다.

소울리에는 부친인 데블린 후작이 있으니 그 지위는 여전히 범상치 않은 상태로 남아 있을 것이다. 그러나 자존심에 타격을 입을지언정 그녀는 무사할 것이다. 하지만 두 명의 후궁들, 카치아와 에이리아가 걱정이었다. 그녀들은 내가 없어진다면 그 존재 의의도 없어져 버린다. 과부가 되어버리는 것이다. 이국의 공녀로 온 과부들의 앞날은 깜깜한 것이다.

내 아이라고 판명난 마가렛 궁비의 아이들도 괜찮을 것이다. 황제도 모든 것을 다 이해한다고 했으니 그들의 미래는 괜찮다. 마가렛 궁비 역시 괜찮을 거다. 내가 사라진다고 해서 후계자가 없어지는 것도 아니고, 황제가 당장 늙어 죽어갈 것 아니니 모든 면에서 문제는 없다. 물론 다소의 후계자 다툼은 있을 수도 있겠지. 하지만 보브리 궁부인의 두 아이, 에머리아와 세크리드는 아주 영리했다. 세크리드가 황태자가 되어도 나쁘지는 않을 것이라 생각된다. 냉정하게 말해서 내 아이인 펠로그란드와 메타니아가 걱정되지 않는 것은 아니다. 하지만 그 아이들도 황제가 섭섭하게는 하지 않을 게다.

아, 그게 아니야. 이런 걱정 따위 할 처지가 아니야! 그들은 아무래도 좋아, 아무래도 좋다구!

그들이 걱정이라고 말은 하지만, 그것은 거짓말이다.

사실은 내가 더 두렵다. 아닌 척하지만 내가 더 두렵다. 나는 곧 죽는다. 아니, 죽는 것 정도가 아니라 아주 비참하게 사라진다.

존재가 사라진다는 것은 어떤 것일까? 황제와 황후는 나라는 자식이 있었다는 것 자체도 기억해 내지 못할 것이다. 왜냐면 나는 그들의 과거에서 사라져 버리기 때문에. 대체 어떤 형식으로 마족이 나의 미래를 받아갈지는 몰라도 최소한 시공간을 초월하는 자들이라면 내 상상을 뛰어넘을 것이 분명하다. 어쩌면 황제나 황후, 그리고 내가 알던 모든 사람들은 내가 사라지는 순간, 나에 대한 모든 것을 잊을지도 모른다. 내 존재가, 나의 존재에 대한 그 모든 것이 다 사라진다면 내 과거조차 의미없는 것이 되어버릴지도. 과거, 현재, 미래는 서로 맞물려 있는 관계다. 그중 미래가 사라진다는 것은 죽는 것과는 또 다를 것이라 생각한다. 적어도 인간의 머리로서는 이해할 수 없는 그런 것이리라. 내 존재라는 게 아예 없는 것이 된다면 마가렛 궁비의 아이들은 황제의 아이들이 될 것이고 내 후궁들은 다음 대 후계자의 궁비가 될 것이다. 그들은 나를 잊을 것이다. 아주 철저하게 나에 대해서 잊었다는 사실조차도 모를 것이다. 아니다. 어쩌면 내가 사라지는 순간 나와 관련된 모든 것들이 다 없었던 것이 될지도!

소름이 끼쳤다. 너무나 끔찍하다.

부르르 떠는 순간, 갑자기 벤의 시선을 아플 정도로 느꼈다. 덕분에 찬물을 뒤집어쓴 듯 혼자 바닥을 파는 상념에서 빠져나올 수 있었다. 주변을 돌아보니 내가 멍하니 있던 탓인지 모두들 먹는 걸 멈춘 상태였다.

"먹던 것 마저 먹지 그래?"

지독하게 쉰 소리가 나왔다. 도노반은 여전히 석상처럼 앉아 있다가 내 말을 듣고는 나를 돌아보았다. 눈물은 흐르지 않았지만 그의 눈은 벌겋게 충혈되어 있었다. 눈가만이 아니고 그의 얼굴 전체가 점점 빨개지기 시작했다. 울고 싶은 것일까. 하지만 그는 울지 않았다. 그저 무뚝뚝한 듯 아랫입술만 내민 채 나를 빤히 바라보기만 했을 뿐이다.

"언제부터 알고 계셨습니까? 의사를 만나보긴 하셨습니까?"

"의사랑 관계없는 이야기야."

"그래도 혹시 모르지 않습니까? 궁의들 중에는 대단한 인물들이 많이 있고, 또 그들이 여럿 나서게 된다면 방법을 찾을 수 있을지도… 이렇게 난데없이 그런 말씀을 하시면!"

점점 화가 나기 시작하는지 도노반이 언성을 높였다.

"도노반, 이건 내가 열네 살 때부터 결정되어 있던 거야."

조용히 말하자, 그 순간 그의 얼굴이 새파랗게 질렸다. 그는 두 손을 모으고는 단숨에 자신의 손에 얼굴을 묻었다.

"오, 신이여!"

그는 정말로 흐느꼈다.

나는 흘긋 로빈을 바라보았다. 그는 지금 대체 무슨 일이 벌어지고 있는 것인지, 자신의 눈앞에 어떤 사람이 있는 것인지 감을 잡지 못하고 있었다. 그는 어안이 벙벙한 듯 울고 있는 덩치 큰 남자 둘을 번갈아 바라보고 있을 뿐이었다.

데비드가 아직도 어깨를 흔들며 울고 있는 것을 억지로 못 본 척하면서 나는 한숨을 내쉬었다. 벤의 시선이 느껴졌지만 그는 아무 말도 하지 않았다. 그는 어떤 태도도 보이지 않은 채 묵묵히 나를 보고만 있었다. 눈을 마주치자, 나는 의외로 그의 얼굴에서 고통을 보았다. 하지만 그것은 곧 씻은 듯이 사라지고 여전히 담담한 표정이 되어버렸다.

그는, 내가 죽는 순간 자신도 따라 죽을 것을 당연하게 여기고 있었다. 자살이 아니라면 충견처럼 고고히 그는 그대로 말라 죽을 것이 분명했다. 어쩌면 내 무덤이라도 지키며 죽어갈 각오를 하고 있는지도 모른다. 나는 피식 웃음이 나왔다. 무척이나 허탈하다.

벤은 물론 그렇게 결심을 하고 있긴 하겠지. 하지만 나에게 미래가 없다는 것은 벤과 나와의 미래도 없다는 이야기다. 그는 내가 죽는 순간, 내가 사라지는 순간 나에 대해서 모두 잊어버릴 것이다. 나에 대한 애착, 충성심 따위는 모두 한 줌 먼지처럼 사라지고 나란 존재에 대해서 두 번 다시 생각할 이유가 없을 것이다.

도노반도 마찬가지다. 고지식한 얼굴에 나에 대해 사신파도 같은 애정을 품고 있는 그도 내가 사라지는 순간 모든 것을 잊을 것이다. 나란 존재를 잊어버리고 대체 록그레이드란 놈이 누구였던가 하고 이상하게 여길 것이다. 데비드도 마찬가지고 나를 목숨 걸고 사랑했다는 채 만나보지도 못한 데비드의 모친도 그러할 것이다.

원, 제기랄! 나는 잠시 눈을 감고 얼굴을 가린 로브의 두건을 감사히 여겼다.

"고칠 방법은 정말 없는 것입니까?"

데비드가 조심스럽게 물었다. 그는 눈가가 시뻘겋게 된 것이 창피하지도 않은 기색이었다.

"없어."

나는 잘라 대답해 주고는 구석에 앉아 눈치만 보고 있는 로빈이라는 너무나 평범한 이름을 가진 남자에게 햄 조각을 건네주었다. 아까부터 그는 고개만 떨구고 있는 중이었다.

이 녀석을 어떻게 할까? 죽여 버릴까, 기억을 지워 버릴까?

"하지만! 이, 이럴 수는 없습니다! 어째서 전하가! 전하가!"

데비드의 두 눈에서는 끊임없이 눈물이 흘러나왔다. 그는 두 손에 얼굴을 묻고 오열했다.

"적당히 해."

나는 무덤덤하게 말하고는 로빈에게 한 발 다가섰다. 그는 잔뜩 긴장한 얼굴로 나를 바라보고 있었다.

"죽일까요?"

벤이 나른한 목소리로 뒤에서 물었다. 그는 이미 반쯤 검을 뽑아 들고 있었다. 이런 말을 타인에게 할 상황이 아니었다는 것을 누구보다도 먼저 깨달은 모양이었다. 그 말을 듣자마자 로빈이란 친구는 새파랗게 질린 채 검을 뽑아 들었다.

쯧쯧, 재수도 없지.

나는 고개를 저었다.

"그럴 필요가 뭐가 있나? 나는 흑마법사인데."

나는 당장에 벌떡 일어서려는 로빈의 이마에 대고 짧게 주문을 외웠다.

Chapter 27

"저기가 바로 펠레스입니다!"

경쾌하게 말하는 로빈은 땀방울을 닦으며 웃었다.

"다행이죠? 아아, 노숙은 역시 지긋지긋해요."

명랑한 어조로 말하는 그를 무시하고 벤이 내 쪽을 향해 물었다.

"여관을 잡을까요?"

"그래."

"게티아 산채로 가는 길은 그럭저럭 제대로 된 길이 나 있습니다. 말을 준비할까요?"

나는 잠시 생각에 잠겼다. 말이라… 나는 말을 탈 줄 알았던가?

"관두지. 오히려 성가시게 될지도 몰라."

내 말에 벤은 묵묵히 고개를 끄덕였다.

우리들은, 나와 벤, 로빈은 신속을 걸어 드디어 펠레스란 도시에 도착했다.

도노반과 데비드와는 삼 일 전 헤어졌다. 도노반은 그래도 같이 가고 싶어했지만 내 명령에 거의 울면서 헤어졌다. 하룻밤 사이에 그가 팍 늙어버렸기 때문에 나는 안쓰러움을 느끼지 않을 수 없었다. 누군가 이토록이나 깊은 애정을 베풀어준 사람이 있었던가. 나는 그의 마른손이 계속해서 내 손가락을 쓰다듬는 것을 보며 애써 냉담하게 말했다.

"돌아가게."

"전하께서 십여 년간이나 고통을 참고 계셨던 것을 저는 모르고 있었습니다."

도노반의 눈가가 다시 붉어졌다. 그는 내 손에 이마를 대고는 연신 내 손등에 입을 맞추었다. 허옇게 센 머리칼이 사나운 바람에 흩날렸다.

"길게 말할 거 없어. 돌아가 부황께 편지를 건네주면 되네. 그게 그대에게 부탁하고 싶은 마지막이야."

그는 울지 않았다. 대신 내 손을 계속 만지작거렸을 뿐이었다.

데비드는 외면하고 선 채로 고개를 숙이고만 있었다. 벤은 이 광경을 그다지 보고 싶지 않은 듯 그저 팔짱을 끼고 도노반을 외면하고 있었다.

"음, 그럼 벤 가울링. 전하를 잘 모시게."

벤은 도노반의 말에 눈썹을 조금 치켜 올렸지만 별다른 말은 안 했다.

"너 같은 작자에게 귀한 분을 모시게 하다니, 도무지 마음에 들지는 않지만."

도노반은 여전히 오만하게 그를 아래위로 훑어보며 말했다.

"지금은 별수없지."

벤은 흥 하고 비웃었다. 하지만 그런 태도에도 불구하고 도노반은 재차 잔소리를 해댔다.

"명심해, 전하를 잘못 뫼셨다가는 용서치 않을 테니까!"

"흥."

그는 아예 무시했다. 그런 그를 뚫어져라 쏘아보던 도노반은 뭐라 하려다 말고 다시 내 손등에 입을 맞췄다.

"전하, 그럼 조심하시고. 그러니까…… 절대로 험한 일 따위는 하시면 안 됩니다. 그리고 꼬박꼬박 저 늙은 개에게 시켜서라도 연락을 주시고요. 연락을 기다리고 있을 터이니 절대로 무시하시면 안 됩니다. 전하께서 연락을 안 주시면 전 그대로 굶어 죽을 테니까요."

"위협하지 마."

희미하게 웃으며 나는 고개를 내저었다.

"아닙니다. 전하께서 연락을 주실 때까지 저는 식사를 하지 않겠습니다. 그리고……"

그가 계속 뭐라 하려 하자 나는 가볍게 그의 머리에 손을 얹었다. 희미하게 불빛이 흐르는 순간, 도노반은 눈을 끔뻑이며 나를 멍하니 바라보았다.

"전하?"

"어서 돌아가야지."

"아, 네."

도노반은 당황한 듯 고개를 숙이고는 어리벙벙해 있는 데비드를 보더니 재촉했다.

"자, 어서 가야지. 자네 뭘 하고 있는 건가."

데비드는 내가 마법을 쓴 것을 보고 원망하는 듯한 얼굴로 바라보았다. 하지만 이런 것이 좋다. 도노반에게는 이것이 좋아. 어느 정도 기억이 지워진 채로 살아가는 게 도움이 될 때도 있다구. 나처럼 별로 도움 안 될 때도 있긴 하지만.

사실, 굳이 도노반과 데비드를 여기까지 데리고 오지 않을 수도 있었다. 이건 결국 내 감상에 불과하다. 도노반이 보여주는 그 애정에서 빠져나오고 싶지 않아서 나는 그를 데리고 나올 수밖에 없었다. 잠시나마 같이 있고 싶어서.

"……."

이 상황에 나는 살의마저 느꼈다. 대체 누구를 원망해야 할지 알 수 없는 비틀린 살의다. 속이 뒤집히며 끔찍하게 무거운 마나가 머리끝부터 발끝까지 건드리고 지나갔다. 갈 곳을 잃은 시커먼 분노가 이글이글 타오르다 못해 폭발하기 직전이었다.

시커먼 오러가 뭉클뭉클 일어나는 손바닥을 잠시 들여다보고 있는 동안 마음이 가라앉기 시작했다. 질투, 살의, 시기, 분노가 뒤엉킨 음의 마나는 점점 검어지고 있는 나의 오러를 노골적으로 드러내고 있었다.

내게는 없는 것. 그래, 그렇다.

타이레논에게는 있고 나에게는 없는 것, 심지어는 늙은 가비라 공에게는 있고 나에게는 없는 것. 그것이 미래다. 미래에 대한 집착이다. 좀 더 발전하고 싶어하는 긍정적인 집념이다.

"지랄."

한숨을 삼키면서 오러를 갈무리했다.

허탈하기가 말도 못했다. 힘을 가지고 있으면 뭘 하지? 이 거대한 힘을 가지고 내가 할 수 있는 것은 아무것도 없는데. 그리고 내가 하고 싶은 것은 아무것도 없는데.

너무나도 익숙한 깨달음이 등덜미를 후려갈겼다. 그래, 결국 할 수 있는 것은 아무것도 없다. 아니, 진정 하고 싶은 것은 아무것도 없다. 예전에 그랬듯이, 아주 예전에 그랬듯이.

그들이 사라진 뒤에 벤은 아직까지 석상처럼 서 있는 로빈을 가리키며 물었다.

"어떻게 할까요?"

"뭐가? 그동안의 기억만 싹 지워 버리면 그뿐이야."

나는 길이 든 망아지처럼 말없이 두 눈만 끔뻑이며 날 바라보고 있는 로빈의 머리를 가볍게 쳤다. 그는 앗 하고 제정신이 들었는지 두 눈을 부릅뜨고 사방을 둘러보았다.

"괜찮은가?"

"에?"

"괜찮냐고 묻잖아? 자네, 계속 의식을 잃고 있었어."

내 말에 그는 내 옷차림이 특이한 것을 깨달았는지 잠시 머뭇거렸다. 검은 로브로 전신을 가리고 두건까지 쓰고 있는 내 모습은 아무래도 친근함과는 거리가 멀었다. 하지만 옆에 있던 벤을 보고는 머리를 짚었다.

"저기……."

"산중에 의식을 잃고 있던 자네를 여기까지 데리고 왔네. 뭔가에 부딪친 것 같던데, 괜찮나?"

벤이 노련하게 말을 걸었다.

"에?"

로빈은 아직도 어리벙벙한 태도였다. 그는 머리 뒤통수를 만지작거리면서 나와 벤을 번갈아 보았다. 그리고는 주변을 보고 아직도 산중인 것을 확인하고는 우리들이 피워놓은 모닥불의 흔적을 들여다보았다.

"머리가 아프긴 한데… 대체 어떻게 된 건지는 모르겠습니다."

"산중에서 얼어 죽을 것 같아서 불 옆으로 데려다 놨었네. 혼자서 산맥을 넘으려 하다니, 배짱이 있군, 젊은이."

벤의 능글거리는 말에 로빈은 순진하게 웃었다.

"고맙습니다. 구해주셨군요."

"됐어. 산중에서 만나기도 어려운데 만난 걸 보니 인연이야. 자넨 어디로 가나?"

"전, 그러니까……."

그는 잠시 머뭇거리더니 내 쪽을 흘긋 보며 대답했다.

"로그란드 영지로 갑니다. 그곳에 용병들이 집결하고 있거든요."

"집결이라니? 아, 반란이 일어났다는 그거 때문에?"

능청스럽게 묻는 벤이 감탄스러울 지경이다. 나는 입을 다물고 있었고 벤은 앞서서 로빈을 요리하고 있었다. 곧 이어 로빈은 자신이 왜 우리와 함께 있었는지 혼자 납득을 다 하고는 구해줘서 고맙다고 연신 인사를 했다. 그리고는 쉽사리 동행이 되었다.

"펠레스는 사슴 고기가 아주 유명해요. 그리고 훈제 오리 고기도 유명하지요. 이 근처에서 키우는 오리들은 제법 큰 덩치라서 살집도 좋고 맛이 있어요."

로빈은 거리가 익숙한 듯 사람들 사이를 헤치며 걸었다.

산맥 중의 도시라 꽤나 작은 곳이라 생각했는데 의외였다. 도시에는 사람들이 넘쳐 났다. 마치 산중에서 사람 구경을 못 한 것을 벌충이라도 하라는 듯한 형국이었다.

사람들과 부대끼는 것을 좋아하지 않았기 때문에 나는 가장 먼저 눈에 띄는 여관에 자리를 잡았다. 로빈은 도시에 있는 용병 길드에 다녀온다며 나갔고, 벤은 나를 대신해 방을 잡고 음식을 시켰다.

벤은 여전히 말이 없었다.

그 역시 하룻밤 사이에 꽤나 늙은 것도 같다. 하지만 도노반과는 달리 그는 내색조차 하지 않았다. 속으로 무슨 생각을 하는지 알 수 없을 정도였다. 하지만 그가 안으로 살기를 감추고 있다는 것을 느끼고 있었다.

"방으로 식사를 가지고 와라."

나를 좀 무서워하는 점원에게 그렇게 지시하고 방으로 올라가자, 벤은 먼지와 음식 냄새로 인이 박힌 여관 안을 휘휘 돌아보더니 내 뒤를 따라 올라왔다. 그는 방 안에 들어서자마자 두건을 벗는 나를 향해 목욕물을 준비시키겠다고 앞서 말했다.

"벤."

"네, 켄님."

"안 돼."

그는 막 나가려다 말고 흠칫했다.

"안 된다고 말했다."

"뭐가 말입니까? 목욕물이오?"

천연덕스레 그가 되물었다.
"내가 죽은 뒤 황후를 암살하겠다고 결심한 거 아닌가?"
내 질문에 그는 천부당만부당하다는 듯 고개를 내저었다.
"천만에 말씀이십니다. 제가 그럴 리가 있겠습니까?"
나는 팔짱을 낀 채 그를 다시 찬찬히 바라보았다. 내가 그를 아래위로 훑어보자, 기운을 느꼈는지 그는 부르르 떨었다.
"안 된다고 말했다. 이건 유언이다."
그 말에 더 이상 토를 달지 않고 벤은 침묵했다.
"하기야 살아 있는 쪽이 훨씬 더 괴로울 겁니다, 전하."
그는 입가를 비틀며 낮게 말했다.
"그 여자가 도노반 경의 편지를 받고 어떻게 생각할지 저는 궁금하기 짝이 없습니다. 전하께서 열네 살 이후로 어떤 공포 속에서 살아왔는지 그녀가 알면 어떻게 될까요?"
나는 침묵했다.
벤은 악의 어린 미소를 지어 보였다.
"차라리 살아 있는 게 지옥일 겁니다. 자기 친자식을 마족에 사로잡힌 악마라고 혼자서 들떠 학대했던 그 모습을 떠올리면서 하루하루 지옥에서 살게 될 겁니다. 그리고 황제께서도 그런 그녀에게 애정을 그대로 쏟아내실 수는 없겠죠."
그는 킬킬거리고 웃었다. 악의와 살기에 찬 그의 웃음을 나는 묵묵히 듣고만 있었다. 벤은 정말로 황후를 증오하고 있었다. 이미 모든 것을 단념해 버린 나와 달리 그는 진심으로, 뼛속까지 그녀를 증오했다.
"시끄러."

"알겠습니다. 목욕물을 준비하죠. 그 여자의 최후에 대해서는 그 여자 자신이 내리는 형벌이 더 가혹할 테니, 충실한 벤은 그대로 따릅지요. 네, 따릅니다."

그는 구시렁거리면서 밖으로 나갔다.

나는 혼자 남아서 킬킬 웃기 시작했다.

제기랄, 이거야말로 정말 웃기는 꼬락서니가 아닌가. 죽기 전에 유예 기간이 대체 얼마나 되는지 모르겠지만 벤과 나의 이 말도 안 되는 여행 자체가 벌써 미쳐 돌아가고 있었다. 기억을 지운 용병 하나와 반쯤 돌아버린 시종 하나, 그리고 언제 죽을지 모르는 미친놈 하나.

목욕을 마치고 방으로 돌아와 보니 식사가 나와 있었다. 식사만이 아니고 로빈도 함께였다. 용병 길드에 가서 좋은 소식이라도 들었는지 그는 벙글벙글 웃으면서 술병을 들어 보였다.

"오늘 좋은 소식을 들었지요!"

나나 벤은 묻지도 않았건만 그는 나서서 떠들기 시작했다.

"놀랍게도 제도 아이어드에서 소드 마스터들의 대련이 있었다지 뭡니까!"

"그래?"

나는 윤기가 흐르는 훈제 오리 고기를 뜯으며 벤이 대꾸하는 소리를 들었다. 아, 그럭저럭 맛있군.

"놀랍게도 우리의 황태자이신 록그레이드 펠러스 전하께서 리베이드의 검공을 꼈었다지 뭡니까? 그것 때문에 지금 온 제국 안이 들썩거리고 있어요! 세상에, 최강으로 알려진 가비라 공의 다리를 잘라내기까지 했다는군요."

"그래?"

"정말 놀랍지 않습니까? 거기다가 퓨션의 소드 마스터까지 패배시키고 로뎀의 여자 마스터까지 패배시켰대요! 명실 공히 사상 최고의 소드 마스터인 겁니다, 우리의 황태자께서!"

거품까지 물고 흥분하는 그를 보던 벤은 히죽 웃으며 재촉했다.

"그래? 벌써 여기까지 소문이 돌았나?"

"용병 길드의 소문을 우습게 보시면 안 되지요! 용병왕 레시언 위본도 큰 부상을 입긴 했지만 그래도 대련에 참가했었다고 하더라구요. 대륙 전체에 그랜드 소드 마스터이신 록그레이드 전하의 위명이 쟁쟁합니다!"

"그랜드 소드 마스터?"

먹던 오리 고기가 걸릴 지경이 되어 삐딱하게 그를 보자 로빈은 내 시선을 받으며 크게 소리 질렀다.

"모두들 그렇게 말하고 있습니다! 그랜드 소드 마스터! 펜게이드의 록그레이드 전하는 그랜드 소드 마스터라고!"

술까지 먹어 흥분한 모양이다. 나는 찜찜했지만 무시하고 먹던 고기를 쫙쫙 뜯어 먹는 것으로 화풀이를 대신했다.

그러니까, 그랜드 소드 마스터가 되면 뭘 하냐고! 난 곧 죽는데! 제기랄! 기분 정말 더럽군!

"그것 외에 소식은 없나?"

"아, 있어요. 소문에 의하면 그랜드 소드 마스터가 되신 전하께서 외유를 시작하셨대요. 그 때문에 데블린 후작의 영애 소울리에 양이 또 버림받았다네요. 여자 관계가 워낙 복잡하시니 그게 문제지요, 우리의 전하께선!"

"……."

나는 가슴이 다 철렁했다.

"그래서 데블린 후작이 전하의 뒤를 쫓고 있다고 합니다. 후작 영애를 욕보인 것을 용서할 수 없다고 결투를 신청하실 예정이라 하더군요. 그걸 막기 위해서 헤이스 공작께서 뒤따르고 있다고 하는데……."

로빈이 떠드는 소리를 들으며 나는 이를 부드득 갈았다. 먹던 오리고기가 다 곤두설 지경이었다. 데블린 후작이 중간에 도노반을 만나면 좋겠지만 그럴 가능성은 거의 없다. 도노반과 그는 틀림없이 멋지게 어긋나서 데블린 후작의 사나운 오러 블레이드가 내 등에 작렬할 것이다.

벤은 웃음을 참으려고 애쓰는 기색이었다. 이 불충한 놈을 어떻게 할까 고민하다가 나는 침착하게 화제를 돌렸다.

"다른 소식은?"

"네, 로그란드 영지 소식입니다. 남작의 용병들보다 소작민 쪽의 용병들이 더 많대요. 게올레 준남작이 델시테 백작에게 남작의 무자비함을 고하기로 했다는군요. 덕분에 시간만 벌면 해결될 것 같아요!"

그가 흥분해서 말하자 벤은 고개를 저었다.

"그렇게 간단하게 해결되진 않을 텐데."

"그 남작은 정말 나쁜 놈이었어요!"

로빈은 펄쩍 뛰었다. 취기가 오른 얼굴이 시뻘겋게 흐트러졌다.

"제가 왜 고향을 떠난 줄 아세요? 저희 부모님도 뼈 빠지게 돈을 벌어 바쳤지만 돌아온 것은 채찍질뿐이었어요. 제 옆집에 살던 착한 누나도 남작에게 끌려가 갖은 고초 다 당하고 사생아까지 배고 돌아왔지만 남작이 해준 것이라곤 아무것도 없었어요. 결국 그 착한 누나는 애를 낳고도 흉년이 든 그 다음 해에 작부가 될 수밖에는 없었어요."

그의 눈가가 붉어졌다.

"그뿐인 줄 아세요? 영지의 반 이상이 모두 전염병에 시달리거나 산적에게 시달려도 한 번도 사람을 보낸 적이 없어요. 세금은 다른 영지에 비해 네 배나 더 받아 챙기면서 말이에요."

"그렇다고 해도 귀족들이 순순히 남작을 죽인 소작농을 놔둘 리 있다고 생각해? 정식 재판을 거쳐도 어차피 죽음을 피할 순 없어."

벤의 말에 로빈은 침울해졌다.

"그럴지도 몰라요. 아저씨는 은퇴한 기사라 하셨지요? 뭔가 좋은 방법은 없을까요?"

벤은 음흉하게 웃었다.

"글쎄. 나는 기사라 해도 평민 기사기 때문에 뭐 대단한 힘은 없지."

그의 시선이 나에게 와 닿았다.

뭐야? 난 만사 다 귀찮은 사람이야.

"아저씨가 모신다면, 혹시 귀족이신가요?"

로빈이 흠칫 불안한 듯 나에게 물어왔다. 실컷 귀족 욕을 하고 나니 뒤가 무서운 모양이다. 하지만 나는 고개를 저어 보였다.

"아냐."

"아, 그, 그러시군요. 그런데 워낙 아저씨가 깍듯하시니까. 혹시 연세가 많으신 건가요?"

아직까지 그의 앞에서 두건을 벗지 않은 탓인지 그는 불안한 듯한 어조로 물었다. 내 얼굴을 보지 못했기 때문에 어떻게 말을 해야 할지 당황하고 있는 듯했다.

"난 마법사다."

나는 그 당황하고 있는 얼굴에 대고 직접 말해 주었다. 아무래도 이 젊은 용병 녀석은 내 정체를 알아차릴 정도의 경험도 없는 모양이었다.

"흑마법사?"

그가 펄쩍 뛰어오르며 뒤로 물러섰다.

순식간에 퍼렇게 질린 그 얼굴을 보니 흑마법사가 얼마나 무시무시한 존재로 세상에 알려졌는지 증명하고도 남음이 있었다. 하기야 마법에 무지할수록 그 과장된 소문은 더할 것이다. 마족에게 영혼을 팔았다든가, 사람을 죽이기를 즐긴다든가, 어린애의 피를 마시고 사람의 살을 씹어 삼키는 식육마라든가 하는 갖가지 이야기를 휘감고 돌아다니는 게 흑마법사다. 뭐, 그 말에 그다지 반론을 제기할 수 없어서 불만이긴 하지만 최소한 그 따위 소문 때문에 황후와의 끔찍한 반목이 생겨났다는 것을 떠올리자 다시 우울해졌다.

"정말 흑마법사세요?"

로빈이 퍼렇게 질린 낯짝으로 내게 조심스럽게 물었다. 내가 대꾸도 않자 벤이 대신 말했다.

"물론. 대단하신 분이지."

그가 키득대자 로빈은 잠시 머뭇거리더니 억지로 웃음을 머금었다.

"저는 흑마법사를 처음 봐요. 여지껏 같이 지내면서도 모르고 있었다니. 바보 같았군요. 전 그냥 검은 로브를 두르고 계신 줄 알았습니다."

로빈의 말에 벤이 웃었다.

"그나저나, 자넨 정말 그 영지 반란에 끼어들 참인가? 아무리 보아도 별로 소득없는 싸움으로 보이는데. 소작농들이 패하면 일당은 받지도 못할 거야. 게다가 자칫하면 반란의 역도로 몰려 죽기 십상이지."

그 말에 로빈은 우울한 얼굴이 되었다.

"그런 거 각오하고 있어요. 하지만 그 게올레 준남작이란 사람이 정말로 백작에게 잘 중재해 준다면 일이 잘 풀릴 수도 있어요. 로그란드의 영지민들은 아예 이판사판이거든요."

"……."

"올해는 끔찍한 흉년이었어요. 게다가 지금 춘궁기예요. 먹을 것이라곤 모두 남작이 거두어가서 영민들은 계속 굶어 죽어가고 있었어요. 진흙을 파먹을 지경이라 어차피 가만 놔둬도 굶주려 죽을 것은 뻔한 일이죠. 그럴 바에야 한번 칼질이라도 해보고 죽겠다고 나선 거예요. 나같이 로그란드 태생의 용병들도 그 때문에 돈을 생각지 않고 끼어든 거고요."

"로그란드 태생 용병이 그렇게 많아?"

"아녜요. 그렇게 많은 것은 아니지만 워낙에 가난한 영지라 어릴 때 용병대를 따라나선 애들이 꽤 돼요. 저도 먹고 살 길이 막막해서 용병대에 억지로 끼어들었거든요. 원래라면 영지 이탈로 벌을 받지만 부모님이 억지로 빚을 내서 소작농에서 빼내주었어요. 우리 형제들은 세 명이었기 때문에 남작은 순순히 응해주었지요. 하지만 저 같은 사람은 많지 않아요. 대부분은 다 탈주민들이죠."

로빈의 말을 다 듣긴 들었지만 나는 한 귀로 듣고 한 귀로 흘렸다.

세상은 어차피 불공평하다. 새삼 정의의 칼을 휘두르겠다고 나설 정도로 나는 어리지 않다. 로그란드 영지 같은 곳은 제국의 수많은 영지 중의 한 곳이고, 그 불공평함은 그곳을 대대로 다스려온 남작의 불민함 때문이다. 하지만 불민하다고 해서 남작을 소작민이 죽여 버리면 악순환만 거듭될 뿐이다. 영주를 죽인 소작농을 살려둘 귀족이란 어디에도 없으니까.

"…차라리 죽이지 않고 반란만 일으켰다면 방법이 있었을지도 모르지."

내가 던진 혼잣말에 로빈은 고개를 쳐들었다.

"하지만 상황이 그럴 수밖에 없었을 거예요. 오죽하면 영지민들이 영주를 죽였겠어요? 우발적인 일이었을 겁니다."

"……."

나는 어깨를 으쓱했다. 잠이나 잤으면 좋겠다. 이미 꽤나 어두워진 상태였다.

내 눈치를 보던 벤이 재빨리 알아챘는지 로빈에게 아래로 내려가 마시자고 권했다. 나는 벤이 왜 그에게 그리도 살갑게 대하는지 이상하다고 생각했지만 관두기로 했다. 벤의 음흉한 태도가 어디 하루 이틀 된 일이었던가.

벤은 아침에 일어나자마자 로그란드 영지로 가자고 졸랐다. 어차피 게티아 수로로 가는 길목에 있으니 가보자는 것이다. 나는 세수를 하다 말고 혀를 찼다. 어젯밤 로빈에게 설득당하기라도 했나? 벤이 그럴 리가 없을 텐데. 그러면 로빈을 오히려 설득했을 것이다.

"무엇 때문에 전란의 장소로 가자는 거야?"

내가 시큰둥하게 묻자 벤은 진지하게 말했다.

"전하께선 그 영지의 문제를 해결할 수 있습니다."
"뭐?"
어이가 없어 그를 보자, 그는 아주 진지하게 말했다.
"전하께서는 그 영지의 일을 해결할 수 있으시다고요."
"나보고 황태자라고 드러내 놓으라고?"
기가 막혀서 되묻자 벤은 고개를 저었다.
"아니오. 대럴 켄의 이름으로도 해결하실 수 있고, 흑마법사로서의 능력으로도 하실 수 있을 겁니다. 전하!"
그의 얼굴은 뜻밖에도 진지했다. 그는 내 발 밑에 무릎을 꿇은 채 조용히 말했다.
"그런 작은 영지의 분쟁 따위는 전하께는 대단한 일도 아닐 겁니다. 게다가 전하께서는 힘이 있으시지요. 그리고 어차피 여행 중이십니다. 그러니 이 일에 끼어드시는 것도 좋지 않겠습니까?"
"내가 그럴 필요가 있을까? 그런 영지 분쟁 따위에 굳이 내가 끼어들 필요가 있냐고. 난 만사가 다 귀찮은 사람이야."
기가 막혀서 혀를 찼더니 벤은 이마를 바닥에 대고 내게 깊숙이 절했다. 더할 나위 없이 굴욕적인 그 자세에 나는 입을 벌렸다.
"왜, 왜 이런 일에 끼고 싶은 거냐?"
"전하, 저도 평민 출신입니다. 저도 그 고통을 잘 알고 있습니다."
벤은 조용히 말했다.
"끔찍한 영주가 얼마나 잔인한지, 얼마나 소작농들이 힘든지 당해보지 않은 사람은 모를 겁니다."
그는 우울한 어조로 덧붙였다.
"게다가 전하께신 뭔가를 하고 계시는 쪽이 훨씬 더 어울리십니다."

리베이드에 당장 서둘러 가야만 하는 것도 아니지 않습니까?"

그는 여전히 이마를 바닥에 댄 채로 속삭이듯 말했다.

"이 전하의 충견 벤 가울링을 위해서라고 핑계를 대서라도 이 일을 해결해 주십시오."

"……"

나는 잠시 동안 아무 말도 하지 못했다.

뭔가를 하고 있는 쪽이 훨씬 더 어울린다고?

벤은 여전히 내 대답을 기다리고 있었다. 그 작은 영지의 분란을 어떻게 해결해야 할지 나는 알 수가 없었다. 사실 무슨 일에든 끼어드는 것이 두렵고 끔찍했다. 어차피 모든 사람들이 나를 잊을 텐데 내가 무엇 때문에 다른 사람과 인연을 맺어야 한단 말인가? 그들이 아무리 고마워하더라도, 나에게 애정을 쌓더라도 결국 남는 것은 아무것도 없을 것이다. 원망은커녕 기본적인 기억조차도 남겨지지 않을 텐데. 나에게는 어차피 아무것도 남지 않는데.

"너를 위해서?"

낮은 목소리로 되묻자 벤은 작게 대답했다.

"네, 저를 위해서. 전하를 위해 십여 년간 개로 살아온 불쌍한 벤을 위해서."

그는 내가 우울해 있는 것이 싫어서 이런 일을 권하는 게 분명하다. 뭔가를 하고 있으면 조금이나마 끔찍한 미래를 잊을 수 있을 거라고 판단한 모양이다. 사내라면, 기사라면 당연히 거부할 저 굴욕적인 자세를 서슴지 않고 해대는 음흉한 중늙은이. 혼자서 발칙하게도 황후의 암살을 시도하려는 겁없는 나의 충견.

하지만 나는 저 충직한 벤에게조차 남겨지지 않을 것이다.

"알았다."

가슴이 뻐근했다.

물론 벤이 평민이긴 하지만 사실 도시 출신인데다가 부유한 집안 출신이었다는 것을 알게 된 것은 얼마 지나지 않아서였다.

역시 발칙하다니까!

Chapter 28

"어서 오십쇼!"

펠레스의 용병 길드는 여관을 겸하고 있었다. 대개의 용병 길드는 주점과 여관을 겸했는데, 이유는 아마도 장삿속일 것이다. 어차피 여행하는 용병들은 일거리를 찾거나 정보를 수집하기 위해 한 번씩은 용병 길드에 들러야 한다. 그런데 길드에서 주점이나 여관을 운영한다면 굳이 여관을 찾아 헤매지 않아도 된다. 게다가 용병 길드에서 운영하는 여관에 강도나 도둑이 들끓을 리도 없으니 일석이조다.

펠레스의 용병 길드에도 낡아 빠진 테이블을 꽉 메운 채 주먹을 휘두르는 용병들이 바글거리고 있었다. 무기를 몇 개씩 차고 앉아 있는 험상궂은 사내들은 저마다 목청을 높이느라 시끄러웠다. 음식 냄새가 뒤섞이고 술 냄새와 장작 타는 냄새가 뒤엉켜서 속이 뒤집힐 지경이었지만, 어쨌거나 귀족의 저택을 기대할 수는 없으니 참아야 했다.

"일단 앉으시지요."

벤이 테이블 하나를 금세 찾아내 나를 앉혔다. 내가 자리에 앉자 로빈은 내 어깨 너머로 삼삼오오 모여 앉은 테이블을 향해 시선을 돌리더니 급히 말했다.

"저쪽에 아는 얼굴들이 있습니다. 잠시만요."

용병 길드라고는 해도 사실 내가 아는 곳은 얼마 전에 가보았던 제도 아이어드의 용병 길드밖에는 없다. 벤의 말대로라면 내가 그래도 여기저기 대륙을 누볐으니 꽤나 견문이 넓은 용병일 텐데 기억나는 것은 하나도 없으니 신출내기나 다름이 없다.

로빈은 내가 도와주겠다는 말을 벤으로부터 듣고는 기뻐서 어쩔 줄 모르더니 곧장 길드로 가자고 청했다. 그곳에서 로그랜드 영지로 가는 용병대를 조직했다는 것이다. 반란군을 돕기 위해 용병대를 조직했다는 말을 듣고 보니 황태자로서 조금 묘한 기분이 들었다.

"제법 수가 되는 것 같군요."

벤이 점잖게 맥주 잔을 기울이며 말했다. 하지만 난 그의 말에 맞장구를 치는 대신 바에 서 있는 남자를 바라보고 있었다. 왜냐면 우리들이 들어서면서부터 계속 그 남자가 내 쪽을 노려보고 있었기 때문이다. 주점의 주인인지 아니면 길드의 한 사람인지 모르겠지만 어쨌거나 맥주 잔을 돌리면서도 내게서 시선을 떼지 않는 모습이 어쩐지 꽤나 거슬렸다.

"켄님의 정체가 의심스러워서일 겁니다."

벤이 쳐다보지도 않은 채 태연히 말했다. 그는 연신 볶은 콩을 집어 먹고 있는 중이었다.

"정체?"

"이런 곳에 얼굴을 가리고 들어서는 작자들 중에 현상금 붙은 인물들이 꽤 되거든요. 여긴 산속의 도시니까요."

"현상금이 붙었다면 머리가 비지 않은 이상 용병 길드에 들어서기나 하겠나?"

내가 기가 막혀 중얼거리자 벤도 히죽 웃었다.

"그러니까 혹시나 인 거지요."

마침내 나를 쏘아보던 덩치는 음식 담은 접시를 들고 우리 테이블로 왔다. 그리고는 음식을 내려놓으며 조용히 물었다.

"어디서 오셨소?"

"레디날에서. 하지만 그런 걸 알고 싶어할 필요는 없을 텐데."

벤이 남자가 내려놓은 음식에 달려들며 대꾸했다. 푸짐해 보이는 훈제 족발이었다. 버섯과 함께 볶아낸 족발을 연신 집어먹으면서 벤은 재촉했다.

"어서 드시죠."

내가 묵묵히 음식을 집어먹기 시작하자 덩치 큰 남자는 입을 다물고 몸을 돌렸다. 어쩐지 좀 기분이 나빠졌지만 뭐라 떠들기도 싫어서 그냥 침묵했다.

"정말인가?"

"정말 황태자가 나가 버렸어?"

"그렇대. 정말 바람둥이야. 소문에 의하면 새 여자가 생겼대."

"저런, 저런."

"아니, 그게 아니라 검술을 더 수련하겠다는 것 같던데? 리베이드의 검공이 초청했다는 소문도 있었고."

"용병왕의 말씀에 따르면 황태자 전하께서는 더 높은 경지에 오르기 위해서 결단을 내린 거라고 하더라구. 그 자리에 있던 용병왕이 직접 들은 이야기라니까."

"하지만 데블린 후작이 딸의 명예를 위해 황태자를 추격하고 있다는 건 또 무슨 이야기야? 역시 바람둥이라서 그런 거 아니야?"

뒤를 돌아보려다 말았다. 이런, 젠장.

주변의 테이블에서 주로 떠들고 있는 화제가 바로 나에 대한 것이었다. 내가 궁을 나와 데블린 후작에게 쫓기고 있다고 하는데 그 이유라는 게 분분하다. 제일 많은 의견은 후작의 딸인 소울리에게 임신시키고 도피했다는 것이고, 두 번째는 내가 새로운 미녀를 발견해 추적 중이라는 것이다. 세 번째는 검술을 더 연마하기 위해 수련 여행을 떠났다는 것. 다 틀리긴 했어도 그나마 세 번째가 듣기에 좋긴 하다.

"데블린 후작도 설마 하니 진짜로 황태자에게 검을 휘두르진 못할 걸. 실제로 애를 배게 한 것도 아닌데다가 상대는 황태자, 그것도 리베이드의 검공을 꺾은 그랜드 마스터 아닌가."

"데블린 후작도 강하잖아. 그가 황태자를 꺾을지도 모르지."

"에이, 설마."

"설마는! 소드 마스터끼리의 대결인데 대체 누가 이길지 감이나 잡히겠어?"

내 바로 맞은편 테이블에 앉은 녀석이 가장 큰 목소리로 떠들고 있어 자연스레 시선이 그쪽으로 향했다. 물론 내 쪽은 두건을 푹 눌러쓰고 있는 덕에 내가 자신을 보고 있는지도 모를 것이다. 언뜻 봐도 이십 대 중반에서 삼십 대 중반으로 보이는 용병 셋이 앉아서 맥주 잔을 기울이고 있었다. 그중 맥주 잔을 너무나 심각하게 쥐고 있는 더벅머리의 용병이 진지하게 목소리를 낮추며 말했다.

"생각해 봐. 누가 감히 리베이드의 검공을 우리 황태자가 꺾을 거라 예상했냐고."

"그거 그래. 우리 황태자는 고작해야 내 나이야."

아무리 봐도 서른은 넘은 듯한 시커먼 안색의 용병이 나름대로 심각하게 고개를 끄덕인다. 그러자 그 옆에 있던 칼 흉터를 이마 한가운데 새기고 있던 작자가 한숨을 내쉬었다.

"그러니까 기가 막히지. 내 동생보다도 어린 황태자가 할아버지뻘인 리베이드의 검공 다리를 싹둑 잘라 버렸다 그거 아니야?"

"뭐, 소드 마스터라는 게 타고나는 거라고 하긴 하지만… 정말 대단해. 오러 블레이드를 난 한 번도 본 적 없어. 오러 블레이드는커녕 블랭크라는 것도 난 본 적 없다구."

"나두야. 구경이나 한번 해봤음 좋겠다."

"위본 용병대에 있는 놈들은 틀림없이 구경해 봤겠지. 자기 대장이 소드 마스터니까."

"일개 용병대 대장이 소드 마스터라니. 진짜 근사하지?"

앞에서 들려오는 용병들의 대화를 듣는 동안 나는 허탈해졌다.

그래, 그 천재 황태자께서는 이제 곧 사라질 운명이다. 나는 죽기 위해 황궁을 나와 헤매고 있는 거지, 사생아를 늘리기 위해서라든가 검술 수련을 위해서 그런 건 아니야. 만약 내가 사라질 운명이 아니었다면 말 그대로 호사스런 황궁에서 대굴거리며 살이나 찌우고 있었을 거다.

바로 앞에 있는 벤은 내 눈치를 흘긋 보며 족발을 먹어대고 있었다. 나로선 식욕이 싹 가셨지만 그래도 배는 채워야 하겠기에 점점이 집어 먹었다.

"벤."

로빈이 벤의 뒤쪽에 등장하며 불렀다. 그의 뒤로는 네 명의 사내들이 서 있었는데 모두 건장한 체격을 하고 있었다. 모두 엇비슷한 체격에, 비슷한 차림새, 심지어는 나이도 비슷했다. 롱 소드를 가진 사내가 둘, 쇼트 소드가 둘이었다. 검자루를 보니 반들반들했다. 꽤나 굴러먹은 용병들인 모양이었다.

"이쪽은 로그란드까지 같이 갈 일행이에요. 전에 있던 용병단에서 같이 있었죠."

로빈은 벤을 향해 소개하는 건지 나를 향해 소개하는 건지 알 수 없는 표정으로 떠들었다.

"킨제이 용병단의 랠프 버릿, 소여, 게일즈와 게러딘이에요."

로빈의 설명에 그들은 가볍게 목례를 하고는 나를 뚫어지도록 바라보았다.

"정말 흑마법사?"

코가 조금 매부리코인 남자— 소여라는 작자가 낮게 속삭이듯 물었다.

내가 고개를 가볍게 끄덕이자 그는 경악에 겨운 얼굴로 나를 멍하니 들여다보았다. 그의 옆에 있던 다른 남자들도 모두 넋을 반쯤 잃은 것처럼 날 바라보고 있었다.

"그, 그러니까 진짜 흑마법사?"

다시 한 번 소여가 물었다. 나는 귀찮아서 침묵했지만 옆에 있던 게일즈라는 남자가 그 옆구리를 팔꿈치로 꾹꾹 찔렀다. 흑마법사가 성질 더럽다는 것을 어디에서라도 주워들은 것 같다.

"음. 어, 어찌 되었거나 도와주신다고 했으니까요."

로빈이 어색한 분위기를 바꾸려는 듯 애써 말했다. 그리고는 조금 주저하며 벤의 옆 의자에 엉덩이를 붙였다. 다른 남자들은 되도록 나에게서 떨어지려고 무지하게 애쓰면서 조심스레 의자에 앉았다.

"마, 마법사라니… 사실은 전혀 상상도 못해서 말입니다."

아까부터 뭐라 떠들려는 소여를 쿡쿡 찔러대던 게일즈가 어색한 표정으로 내게 인사를 했다. 삼십 대 초반으로 보이는 그는 롱 소드를 등에 매달고 있었다. 검자루가 어깨 위로 불룩 나와 있는 모습을 보니 양손잡이일 가능성이 매우 컸다. 롱 소드를 다루는 자들 중에 많은 수가 양손잡이다. 그의 허리춤에 매달린 두 개의 단검도 그 가능성을 높여주고 있었다.

'그나저나……'

나는 게일즈나 다른 자들을 보던 시선을 거두고 마시던 맥주 잔으로 고개를 돌렸다.

나는 대체 어떻게 된 인간일까. 마법으로 기억을 지웠다고는 해도 내 자신에 대해서는 까마득하게 기억하지 못하면서 어째서 이런 소소한 것을 먼저 생각하는 것일까. 역시 관심이 검에 쏠려 있었기 때문에 모든 생각이 그리로 굴러가는 것일까?

'미심쩍어.'

나는 손가락으로 미간을 짚었다.

이런 소소한 행동은 몸에 아예 배어 있었다. 타인에 대한 관찰과 주변에 대한 관찰, 꽤나 거만하긴 하지만 나 자신은 그렇게까지 못돼먹은 인간은 아닌 것 같기도 하다. 어쨌든 마족과 계약한 내용을 대강 알아내긴 했지만 여전히 기묘한 부분이 너무나 많다. 자신에 대해 조금도 알 수 없도록 기억을 지운다는 것이 보통 용기로 되는 일일까. 만약 미래가 두려워서였다면 그 계약 부분만 지워 버렸어도 될 터인데.

'아니, 가만있자…….'

나는 다시 의심했다.

보통, 인간이 그 정도로 정교한 마법을 쓸 수가 있는 것일까? 게다가 본인에게 스스로?

가슴이 다시 묵직해졌다. 이놈의 의심은 줄어들 줄을 모른다. 독사굴에 손을 집어넣는 멍청한 짓거리를 계속하고도 모자란 모양이다.

내가 알기에 기억을 지우는 마법이란 보통 마법은 결코 아니다. 그것은 인간의 정신에 관여하는 마법이다. 기억이라는 것은 다들 자신에게 맞춰서 윤색되기 때문에 객관적인 판단은 자신이 내릴 수 없는 법이다.

예를 든다면, 로빈과 벤이 나란히 있을 때 나에게는 벤이 더 가까운 사람이므로 로빈의 행동보다는 벤의 행동을 더 기억하게 될 수도 있다. 하지만 그와는 반대로 로빈은 낯선 자이기 때문에 그의 일거수일투족을 들여다보느라 벤에 대해서는 무심해질 수도 있다. 즉, 기억에 있어서 객관성이란 존재하지 않는다는 이야기다. 당연한 이야기지만 일관성도 없다. 그때그때의 기분, 상황, 개인적인 취향에 따라 기억은 제멋대로 윤색된다. 그렇기에 로빈의 기억을 지웠을 때는 그 상황을 모조리 다 지울 수밖에 없었던 것이다. 로빈은 그 숲 속에서 있었던 일은 전부 기억하지 못한다.

'그런데 내 자신에 대한 부분만 빼고 모조리 다 기억하고 있다니…….'

갑자기 섬뜩했다. 그런 마법이 존재하고 있다는 것 자체가 두려워졌다.

누군가가 검은 물감으로 '여기까지만 기억하라' 라고 기억의 부분부분을 칠해 버린 것만 같았다. 모든 것이 부분적으로만 확실하다. 내 이름은 기억하지 못하지만 내가 좋아하는 향기는 알고 있다. 내 부모는 기억하지 못하지만 어떻게 검을 쓰는지는 기억한다. 그리고 어떻게 하면 상대를 거꾸러뜨릴 수 있는가도.

그래서 나는 나인 것이다. 내 자신의 이름도 기억하지 못하면서도 나는 나 자신일 수 있다. 성격, 취향, 행동 방식, 기술이 그대로 남아 있는 상태로 자기 자신의 정체성에 대해서만 기억하지 못하다니. 그것이 보통의 마법으로 될 수 있는 일일까.

'게다가 마법은 사용할 수 있다. 나는 주문을 이해도 못하면서 쓰고 있어. 물론 주문 자체가 마족과 연계한 것이니 마계어인 것 같지만……'

"켄님?"

벤이 불렀다.

고개를 들자 사방이 갑자기 조용해진 상태였다. 떠들던 자들은 모두 입을 다물고 내 쪽을 바라보고 있었다. 그 어색한 상황에 나는 벤을 흘긋 보았다. 벤은 내 뒤를 물끄러미 올려다보고 있는 중이었다. 그 시선을 따라 나 역시 뒤를 돌아보자, 기세등등해 보이는 남자들 일곱 명이 우리들을 에워싸고 있었다. 험상궂어 보이긴 했지만 남자들은 경비병으로 보였다. 모두 똑같이 생긴 튜닉에 창을 들고 있는 모습이 그 사실을 웅변적으로 말해 주고 있었다.

"두건을 벗으라고 말했다!"

가장 앞에 선 자가 큰 소리로 말했다. 잔뜩 눈썹을 찌푸린 것이 위협하는 태도였다.

나는 그제야 상황을 인식했다. 내가 현상금 붙은 악당일지도 모른다고 판단한 누군가가 도시의 경비대에게 고발한 모양이었다.

"그런 말을 함부로 하면 곤란하지."

벤이 조용히 말을 되받았다. 그는 자신의 맥주 잔에 남은 맥주를 마저 들이키면서 불쾌한 어조로 말했다.

"여긴 용병 길드야. 흉악범이 용병 길드로 들어와서 먹고 자고 할 거라고 판단하는 건 설마 아니겠지?"

그의 그 말에 경비병이 미간을 찌푸렸다.

"그건 우리가 판단할 사항이야. 용병이라면 패를 꺼내봐. 이름과 고향을 대."

재차 위협하듯 쉿쉿대며 경비병이 떠들었다. 위협이라도 할 참인지 일곱 명 모두가 우리들을 찔러댈 자세를 취하고 있었다.

이제 주점 안은 완전히 조용해졌다. 경비병이나 아까부터 맥주 잔을 나르던 남자가 의심하는 것도 무리는 아니었다. 나는 입술조차 보이지 않을 정도로 두건을 푹 뒤집어쓰고 있었기 때문이다. 게다가 그 상태로 식사까지 하고 있으니 의심받은 것도 당연하다.

하지만 그들이 의심을 하든 말든 그건 내 알 바가 아니다. 나는 이 상황이 무척이나 불쾌하다.

"불쾌하군."

나는 조용히 중얼거렸다.

그리고 그 순간, 퍼퍼퍼퍽 하는 소리와 함께 일곱 명의 경비병이 순식간에 사라졌다. 말 그대로 아주 깨끗하게. 아니, 정확히 말하자면 깨끗하지는 않군.

"으어어어어억!"

"끄아아아악!"

주변에서 일제히 비명이 터져 나왔다.

내 앞, 옆, 뒤에 있던 자들이 동시에 벌떡 일어나 한철 메뚜기처럼 팍 하고 튀었다. 말 그대로 벼룩이 뛰듯 튀었다. 그 결과, 의자가 쓰러지고 탁자가 쓰러지고 음식이 공중으로 튀었다. 말 그대로 난장판.

"마, 마, 마법사!"

"흑마법사야!"

대부분이 용병들이었음에도 불구하고 그들은 비명을 올리며 주점 밖으로 뛰쳐나갔다. 문을 열고 나간 자들은 그래도 양반이다. 몇몇은 말 그대로 창문을 깨부수며 튀어 나갔고, 좀 늦은 몇몇은 탁자나 의자를 방패 삼아 비틀거리면서 탈출을 시도하고 있었다.

순식간에 주점 안에는 나와 내 일행만이 남았다.

로빈의 일행은 그나마 제자리를 지키고 있었는데 새파랗게 질린 얼굴로 석상같이 굳어 있는 꼴을 보아하니 대담해서가 아니라 무서워서 도망도 못 간 기색이다.

흠, 흑마법사에 대한 일반인의 생각이 이 정도로 심할 줄이야. 정말 인간의 편견이란 무서워.

"켄님."

벤이 맥주 잔을 든 채 주점 바닥을 들여다보며 조용히 불렀다.

그는 테이블 밑에서 꾸물거리는 뭔가를 집어 테이블 위로 올려놓았다.

내 옆에 앉아 있던 로빈과 그 일당은 공포에 질린 얼굴로 그가 테이블 위로 올려놓은 물건을 뚫어져라 바라보았다. 이제 그들은 숨도 제대로 못 쉬겠는지 헐떡이기 시작했다.

"전부터 궁금한 게 있었습니다만."

"뭔데?"

"딸꾹!"

소여라는 녀석은 딸꾹질까지 했다. 그 새파랗게 질린 얼굴로 딸꾹질을 해대는 모습이 가련하기까지 해서 나는 일부러 못 들은 척했다. 하지만 나머지 일행의 입에서는 일제히 공포의 신음 소리가 터져 나왔다.

그때 벤이 극적인 장면을 즐기기라도 하는 듯이 내게 물었다.

"…왜 하필 두꺼비인가요?"

얼마 전까지만 해도 험상궂은 경비병이었던 두꺼비가 험상궂게 눈알을 뒤룩뒤룩 굴렸다.

펠레스에서 로그란드 영지로 가게 된 자들은 모두 이십여 명이었다. 노련한 용병 이십여 명이라면 그럭저럭 꽤 도움이 될 것 같지만, 사실 경험이 있는 자들은 모두 열 명 내외였고 나머지는 그 영지 출신이거나 그 영지에 친지들이 있는 '평범한 피 끓는 젊은이들'이었다.

나는 사실 피 끓는 젊은이들이 전쟁터로 뛰어드는 광경을 썩 좋아하지 않는다. 어딘가 그 장면은 서글프다. 어설프다. 그리고 짜증난다.

겨우 이십 대 중반인 이 나이에 젊은이 운운하는 것도 우스운 일일지는 모르겠지만, 사실 나는 그게 참 싫다. 아직은 어린 티가 고스란히 남은 젊은이들이 정의를 위해 검을 잡아야 한다고 외치며 전쟁터로 뛰어드는 광경은 분하기까지 한 것이다.

"그 괴물 같은 영주의 소문은 익히 들었어요."

차가운 바람에 발갛게 된 뺨으로 말하는 꼬맹이가 특히 그렇다.

"우리 큰형이 그러는데 그 영주는 사람의 피로 목욕을 하고 동네 아이들을 산 채로 찢어 죽이는 악한 중의 악한이래요."

아직 열다섯 살 남짓해 보이는 이놈의 꼬맹이를 데려온 작자를 두들겨 패고 싶었지만 그 작자라는 게 아직 열일곱 살밖에 안 되는 꼬맹이니 차마 손을 내밀 수도 없었다. 다들 나와 비슷한 심정인 듯 용병들은 이 꼬맹이들을 둘러싼 채 한숨을 삼키는 기색이었다.

갈색의 낡은 튜닉에 걸친 것이라고는 바람막이 망토 한 장. 허리춤에 매단 어설프기 짝이 없는 쇼트 소드와 치즈 두 덩이가 꼬맹이가 가진 전부였다. 그나마 낡아 빠진 신발은 엄지발가락이 슬그머니 고개를 내밀고 있었다.

그 사정은 옆에 있는 열일곱 살짜리 꼬맹이도 별 차이가 없었는데, 조금 차이가 있다면 동생과 달리 치즈 대신 돌덩이처럼 딱딱한 빵 두 개를 가지고 있다는 것이었다. 물론 신발은 더 낡아 발가락 두 개가 비스듬히 고개를 내밀고 있다.

"그래서. 그래서 니들 둘만 왔다고?"

"아니, 큰형도 가 있어요. 고모와 고모부가 거기 계시니까요. 원래 큰형은 글을 잘 읽어서 그곳 영지에서 하인으로 일하고 있었거든요."

열다섯 살 꼬맹이는 자신의 옆에 앉아 말라비틀어진 육포도 육포라고 질겅거리며 씹는 열일곱 살 애송이를 흘긋 보며 말했다. 열일곱 살 애송이는 코밑이 까맸다. 이제 수염이 제대로 나기 시작하는 나이라 솜털이 코밑과 턱밑으로 보송보송 올라오고 있었다. 두 형제 모두 새까만 머리에 새까만 눈동자를 하고 있었는데 두 살 차이라 해도 머리 하나 차이가 났다. 열다섯 살짜리 꼬맹이는 정말 비리비리 말라서 보기에도 안쓰러울 지경이었는데 그래도 제법 목청만은 컸다.
"그래도 오는 게 아니야. 어린애들이 끼어들 곳이 아니라구."
아까부터 게일즈는 잔뜩 찌푸린 얼굴로 충고하고 있었다. 그는 나와 의견이 같은지 이 두 명의 꼬맹이를 보는 그 순간부터 거부하고 있었다. 그만이 아니고 같이 있던 게러딘도 꼬맹이들에게 돌아갈 것을 종용하고 있었다. 알고 보니 둘은 형제로, 그것도 쌍둥이라고 했다. 하지만 게일즈도 게러딘도 전혀 닮지 않아 누가 보면 남남이라 할 만한 생김새였다.
"그 칼을 휘둘러 사람을 해칠 각오라도 되어 있어? 니들은 아직 어리다고."
게일즈와 게러딘 모두 신중한 성격인 듯했다. 딸꾹질 소여와는 엄청나게 차이가 나고 명랑한 로빈과는 조금 차이가 나는 편인데 그래도 꽤 신용이 가는 자들이었다. 게일즈는 검은 머리, 게러딘은 갈색 머리였는데 둘 다 밤색 눈을 하고 있었다. 하나는 쇼트 소드, 하나는 롱 소드라는 전혀 쌍둥이답지 않은 모양새를 하고 있긴 해도 사이는 좋았다.
"우린 어린애가 아니에요. 벌써 열다섯 살이나 되었어요! 열다섯 살이면 장가도 갈 나이예요!"
바락 화를 내며 열다섯 살 애송이가 외쳤다.
이 열다섯 살의 이름은 귀 기울여 듣지 않아 잘 모르겠지만 사실 나는 알고 싶지 않았다. 어차피 이런 애들은 전쟁터에 휘말려 금방 죽어버린다. 그러니까 기억하고 싶지 않다.
"핀, 조용히 해."
아귀아귀 먹고만 있던 열일곱 살짜리 꼬맹이가 낮게 명령했다. 녀석은 목소리가 꽤나 낮아서 거슬렸다. 아마도 변성기가 진행 중이던지 아님 지난 지 얼마 안 된 모양이다.

"어쨌든 우리는 가야 합니다."

열일곱 살이 조용히 말했다. 너무나 확신에 찬 목소리여서 나도 모르게 돌아볼 정도였다.

용병들은 모닥불을 사이에 두고 두 소년을 보며 한숨을 내쉬었다. 이런 어린애들이 참가해야만 하는 상황이라는 게 굉장히 기분 나쁜 모양이었다.

게일즈는 아무 말도 하지 않고 옆에 앉아 있는 게러딘을 바라보았다. 게러딘도 불퉁한 얼굴로 입을 다물고 있었다. 두툼한 입술의 게러딘과 달리 게일즈는 꽤 잘생긴 편에 속했다.

"술이나 한잔할까?"

침울한 분위기를 바꾸려는 듯이 모닥불에 계속해서 장작을 넣고 있던 용병 하나가 물었다. 그는 벌써 허리춤에서 술병을 꺼내 들고는 히죽히죽 웃어 보였다.

"노래나 한 자락 하면서 분위기를 바꾸자구."

"좋아."

"좋아. 옳은 말씀!"

모인 자들이 노래를 시작했다.

술병이 한 바퀴가 돌고 노래가 시작되자 제법 정겨운 분위기가 퍼졌다. 나와 벤은 그 사이에 끼지 않고 그저 나무 둥치에 몸을 기댄 채 비스듬히 앉아 있었다. 몇몇이 우리들을 향해 두려운 시선을 던졌지만 몇 시간째 내가 꼼짝하고 있지 않자 내 존재 자체를 잊었는지 아예 돌아보려고도 하지 않은 채 자기들끼리 떠들고 있었다. 사실 나 역시 이들과 친해지고 싶은 생각은 전혀 없었다.

"저기 있는 꼬맹이 말입니다."

벤이 술병을 기울이면서 갑자기 입을 열었다.

"꽤 가능성있어 보이지 않습니까?"

"어느 쪽 애송이?"

"벤이요."

"네가 애송이였던가?"

내가 어이가 없어 되묻자 벤이 히죽 웃었다.

"모르셨군요? 저 형이 되는 꼬맹이 이름이 벤이라 그 말입니다. 벤 테일이라고 하던데요."

"벤이란 이름이 워낙에 흔하잖아."

내가 시큰둥하게 말하자 벤은 피식 웃었다.

"흔한 이름이지만 의외로 드문 이름이기도 합니다. 벤이란 이름은 원래 베니엑이라는 이름에서 따온 거거든요."

"베니엑?"

"오랜 시간을 거슬러 올라가면 옛 슬라바인 지역에서 대장장이를 최초로 한 자들이 베니엑 일족이었습니다. 그 베니엑 일족이 대장장이로 대륙 사방으로 퍼져 나간 거지요. 그중 벤이란 이름은 베니엑 일족에서도 장남에게만 붙는 이름입니다."

벤의 말에 나는 고개를 저었다.

"큰형이 있다는 것 같던데."

"저 애들은 이복 형제인 모양입니다."

난데없는 그 말에 나는 어라, 하고 벤을 다시 보았다. 그사이에 가족 상황까지 다 꿰뚫고 있는 벤이 감탄스럽기는커녕 어이가 없었다.

"그러니까 저 애들 삼 형제가 이복 형제다 그건가? 그리고 저기 있는 벤이라는 꼬맹이는 베니엑 일족이고?"

내가 비꼬자 벤은 어깨를 흔들며 웃었다.

"아니요. 어차피 베니엑 일족이란 사라지고 없습니다. 요즘은 베니엑 일족이란 말을 알아듣는 것은 정말 가문 대대로 대장장이를 해온 집안 아니면 없을걸요. 그저 관습적으로 장남은 벤이라고 이름 붙이는 집안이 가끔 있을 뿐입니다. 그리고 거슬러 올라가 보면 그 집안은 대개 대장장이 가문이고요."

"말하고 싶은 게 뭐야?"

"뭐, 별거 아닙니다만 저기 저 애가 마음에 든다는 거죠 뭐."

벤의 말에 나도 말라비틀어진 열다섯 살 대신 솜털이 보송한 열일곱 살을 다시 쳐다보았다. 열일곱 살은 나이답지 않게 꽤나 과묵한 모습이었다. 자세히 보니 뺨에 멍든 자국이 있었다. 입가도 찢어진 상처가 있다. 키는 큰 편이지만 살집은 없었다. 바짝 마르고 앙상한 체구였다. 하지만 아닌 게 아니라 눈빛만은 제법 조숙했다. 아니, 노숙했다.

"술 한잔 드시겠어요?"

어색한 표정으로 로빈이 다가와 말을 걸었다. 그래도 우리를 데려온 책임이 있어서인지 로빈은 그나마 다른 일행과 달리 자주 말을 걸었다. 물론 그가 말을 거는 상대는 벤이지 내가 아니었다.

"지금 마시고 있어. 아, 켄님. 드시겠어요?"

"됐어."

내 대답에 머쓱해진 로빈은 엉거주춤한 자세로 억지 미소를 지었다. 그게 좀 안쓰러웠는지 벤이 자연스럽게 앉으라 손짓하며 물었다.

"얼마나 가야 도착할 것 같나?"

"내일 밤쯤에는 도착할 겁니다. 별로 전투 경험이 없는 일행이긴 해도 발은 빠르니까요."

"그나저나, 저기 용병들 말고 따라온 일행 중 아이들은 좀 그렇지 않나?"

그 말에 로빈도 얼굴을 흐렸다.

"어쩔 수가 없었어요. 막무가내인데다가 저 아이들도 나름대로 절박하거든요."

"절박하다고?"

"저 애들의 의붓아버지가 굉장히 거친 모양입니다. 매일 두들겨 패는 모양이에요. 로그란드에 저 애들 고모가 사는데 그 고모가 없어지고 나면 저 애들도 어차피 버려질 형편이라 애원하다시피 해서 끼어들었어요."

"하지만 가면 죽어. 그건 너무나 뻔하지 않은가?"

"어차피 맞아 죽을 것이니 거기 가 죽겠다고 애들의 결심이 대단했어요. 벤의 상처를 보셨지요? 얼굴은 그나마 그럭저럭 괜찮은 편입니다만 몸은 엉망이에요."

그 말에 벤도 침묵했다.

"그래도 거리에서 동정받으며 사는 것이 싸움터에서 개죽음당하는 것보단 나을 텐데."

내 말에 로빈이 흠칫했다.

"저런 아이들이 싸움터에 가면 결국은 다 죽기 마련이지. 게다가 이번 싸움은 보통 싸움이 아니야. 영주를 살해한 반란군이란 이긴다는 게 불가능해. 결국 영지민들은 다 죽게 될 거다. 외지에서 온 용병이라면 어떻게든 살아남겠지만 말이야."

로빈의 얼굴이 가볍게 일그러졌다.

"전투에서 이기면 될 거 아닙니까? 처음부터 질 거란 말은……."

"이봐. 한두 번 이길 수는 있겠지. 하지만 계속해서 지게 되면 근처 영주들이 연합해 대군을 몰고 올 거야. 그래도 이길 수 있을 거라 생각하나?"

"아니, 그래도 이긴다면……."

"그렇게 되면 제국군이 몰려오게 된다. 제국군의 숫자가 몇이라고 생각해? 로그란드 영지민 전체가 다 일어나도 부족해."

제국이 지금 어려운 것도 아니다. 오히려 제국은 힘이 넘쳐흐르고 있다. 타국과 전쟁을 치르고 싶어하는 자들이 넘쳐 나고 있는 이 상황에 내전은 오히려 심심풀이밖에는 안 된다. 물론 로그란드 영지민들은 그곳만이 세상의 전부겠지만 제국의 눈으로 본다면 그곳은 그저 상처 난 뾰루지 정도에 불과하다. 곡창 지대의 유복한 영지도 아니고 산맥 속의 조그마한 영지에 불과하지 않는가.

"그렇다면 마법사님은 왜 여기에 참가하셨습니까? 어차피 지는 싸움이라면서요?"

꽤나 분했는지 아까의 겁먹은 표정과 달라진 그 얼굴에 나는 가볍게 응수했다.

"좀 더 유리한 방향으로 지기 위해서지."

"유리한 방향?"

로빈은 눈을 크게 떴다. 그 이외에 나와 로빈의 대화를 듣고 있던 용병 몇이 이쪽을 돌아보았다. 그래도 나에게 가까이 올 정도로 담력이 큰 자는 없는지 힐끔힐끔 보고만 있었다.

"여기는 제국이야. 게다가 제국법이란 그다지 흐리멍덩하지 않아. 영주들끼리 싸움이 나서 영주가 죽었다면 어떻게든 무마가 된다. 하지만 영지민들이 영주를 살해한 경우, 반란으로 간주되어 끝장나게 되어 있어."

"불공평해요. 영주가 극악한 놈이라 해도 마찬가지라는 겁니까?"

로빈이 약한 목소리로 항의했다. 나는 그의 말을 무시했다.

"반란군이라고 명시되면 반란군의 괴수와 그 일당은 극형. 물론 온 가족은 물론 친지들도 모조리 다 참형. 그 외에 적극적 가담자 전원 참형. 소극적 가담자는 노예로 강등. 반란이 일어났던 토지는 황제의 칙령에 따라 다른 영주들에게 나누어지던가 혹은 황제 직속령이 된다."

"모조리 참형?"

"모조리 참형."

나는 냉정하게 말해 주었다. 로빈은 실감이 나지 않는다는 얼굴로 나를 바라보았다.

멀리서 보고만 있던 몇 명이 다가섰다. 그들의 얼굴에 서린 불안감이 그들이 얼마나 무지한가를 적나라하게 보여주고 있었다.

"소극적인 참여자라는 게 어떤 거죠?"

바짝 마른 청년이 불안한 얼굴로 물었다. 친지가 로그란드에 있어서 간다는 청년이었다.

"그 영지에 사는 사람들이지 뭐."

시큰둥하게 말하자 그는 입을 벌렸다.

"그, 그럼 그냥 그 일대에 산다는 이유만으로 노예가 된다는 겁니까?"

"그런 셈이지."

"그, 그건 너무하잖아요? 아무런 잘못을 하지 않았는데도 노예가 된다니!"

나는 혀를 찼다. 소극적이든 적극적이든 그 자리에서 식량을 내주고 동의한 것만으로도 이미 참여자가 되어버린 것이다. 법이란 관용이 넘쳐흐르는 게 아니다. 법은 죄지은 자를 벌하기 위해 존재하는 것이지 착한 자를 구해주기 위해 있는 게 아니란 말이다.

갑자기 주변이 침울해지기 시작했다. 용병들 중 몇몇은 이미 알고 있었다는 듯 그저 입을 다물었고 의용병이 되기 위해 오던 청년들 몇은 안색이 완전히 굳어버렸다. 그들은 싸워서 이기면 어떻게든 되리라 생각하고 있었던 모양이다.

"그럼 어떻게 되든 죽는다는 거잖아?"

"이기면 되는 게 아닌가?"

"몇 번을 이겨도 결국 점점 더 강한 적을 불러온다잖아. 제국군이 참가하게 된다면 끝장일지도 몰라. 소드 마스터가 온다면 수백 명이 한번에 몰살이래. 소드 마스터는 땅을 가른다잖아."

수군대는 소리가 들려왔다. 설마 하니 이 콩알만한 지역에 소드 마스터까지 동원되리라고는 생각지 않는다. 데블린 후작의 영지만 해도 로그란드의 열 배는 될 거다.

안절부절못하는 그들을 보고 벤이 낮게 혀를 찼다.

"그럼, 마법사님이 말씀하신 것처럼 유리한 방향으로 진다는 게 어떤 거지요?"

한참 뒤에 로빈이 조심스레 물었다.

"상황을 두고 봐야 알겠지만······."

나는 일제히 쏠린 시선에 부담을 느끼며 조용히 말했다.

"영주를 살해한 자가 어떤 자인가에 따라 달라지겠지. 그리고 현재 로그란드의 후계자가 어떤 작자인가에 따라서도 달라질 수 있고."

나는 나뭇가지에 가려 보이지도 않는 밤하늘을 올려다보며 조용히 덧붙였다.

"하여간 두고 보자구."

Chapter 29

그것은 대단히 불쾌한 경험이었다.

"우욱, 우우우우욱."

여기저기서 구역질을 해대는 일행을 등 뒤로 두고 나와 벤은 주변을 둘러보며 서 있었다. 나보다 한 걸음 앞에 있는 것은 로빈과 소여였는데, 그 둘은 말 그대로 망연자실 넋을 잃고 멍하니 허공을 보며 주저앉아 있었다.

사방은 온통 시체로 뒤덮여 있었다. 아니, 정확히 말하면 타버린 시체와 잿더미가 전부다. 새까맣게 타버린 집들은 그 자체가 거대한 숯이 되어버린 것처럼 보였다. 군데군데 나뭇가지처럼 뻣뻣한 시체의 사지들이 불쑥불쑥 튀어나와 있었다. 새까맣게 그슬린 시체들 중에서 얼굴을 알아볼 수 있는 것은 단 한 구도 없었다. 만약 날씨가 춥지 않았다면 이곳은 악취로 엄청나게 끔찍했을 것이다. 사실은 지금도 충분히 끔찍하지만.

나는 멍하니 선 일행을 내버려 두고 주변을 천천히 돌아보았다. 뭔가 상황을 알 수 있을 만한 것이 있을까 하고 내 스스로에게 핑계를 댔지만, 사실은 가만히 있기 거북해서였다. 어쩐지 이런 광경은 무척이나 낯익었다. 너무 낯익어서 속이 거북했다.

퍼석.

무언가를 밟았기에 고개를 숙여보니, 내가 밟은 것은 새까맣게 그슬린 시체의 손이었다. 역시 시커멓게 타버린 기둥 아래 깔린 시체는 형태를 잘 알아볼 수 없을 정도였지만 묘하게도 손만은 남아 제 형태를 유지하고 있었다. 그나마도 내가 밟는 바람에 뚝 하고 부러져 버리긴 했지만.

작은 손이다.

남자의 손이 아니었다. 여자의 손이라고 생각된다. 아니, 어쩌면 여자의 손이 아닐지도 모른다. 소년이나 소녀의 손일 수도 있다. 손은 작았지만 손가락은 더 작았다. 그리고 아직도 붙어 있는 손톱은 조그맣고 하얗다.

나는 그 손을 내려다보며 가만히 서 있었다. 속에서 뭔가 낯익은 것이 스멀스멀 올라오는 것만 같았다. 잔뜩 일그러지고 부풀려진 기묘한 것이 걷잡을 수 없게 커지고 있었다.

기억해 내. 아니, 기억하지 않아도 좋아.

누군가가 귓가에 대고 속삭였다. 머리가 아프다.

〈오빠.〉

누군가가 다정하게 속삭였다. 달콤한 여운이 남는 그리운 목소리였다.

〈영주님, 살려주세요.〉

서글픈 비명 소리가 들려왔다. 가장 구슬픈 어린애의 비명.

〈죽여 버리고 말 테다. 복수할 테다. 이 저주스러운 것들을 쓸어버리고 말 테다. 이건 너무 심해. 어째서 죄없는 자들까지 죽여 버리는 거야? 어째서 이런 일이 벌어져야 하는 거지? 어째서 내 영지에서 이런 일이 벌어져야 해? 저 죽이기는 어린애가, 소녀가 대체 무슨 죄가 있어? 단지 내 영지에서 살고 있다는 것만으로 이런 일을 당하다니!〉

증오에 찬 목소리는 낯익었다.

머리가 지끈거린다. 터질 것처럼 심장이 뛰고 있었다.

두근두근두근두근…….

고동 소리가 가슴을 뚫고 나와 귀를 쾅쾅 울려대기 시작했다. 메스꺼웠다. 토할 것 같다. 터질 것 같은 심장을 부여잡으며 나는 잠시 눈을 감았다.

어떤 것을 내가 잊고 있는 것이지? 내가 잊어버린 과거는 어떤 거냐고? 나 록그레이드는 얼마나 파란만장한 삶을 살아온 거냐? 아직도 내가 알아야 할 것이 또 남아 있단 말인가? 이제 제발 그만 좀 하자. 기억하기도 고통스러운 과거라면 잊어도 된다구. 더 이상 끔찍한 것들과 대면하고 싶지 않아.

잠을 자거라, 기억이여. 내가 일부러 잃어버린 기억이라면 이젠 필요없어. 잠을 자. 아주 깊은 잠을 자라고. 잊고 또 잊어서 지독하고 끔찍한 모든 것은 다 어둠 속에 묻어버려라. 지독한 기억이라면 기억하고 싶지 않아. 끔찍한 것들은 이것만으로도 충분하다.

목덜미가 간지러워서 나는 손바닥으로 목을 쓸어 내렸다.

흥건하게 땀이 묻어 나왔다. 지독하게 추운 겨울 산속에서 나는 땀을 흘리고 있었다. 그것도 꽤나 많이.

우리들은 마을의 시체를 끌어 모아 적당히 묻었다.

구덩이는 내가 파주었지만 아무도 고맙다고는 말하지 않았다. 나도 이 상황에 고맙다는 인사를 받고 싶지는 않았다. 하지만 내가 손을 휘두를 때마다 겁에 질려서 내게서 줄줄이 도망치는 사태에 대해서는 조금 찜찜하긴 했다. 사람을 죽인 것도 아니고 그저 두꺼비로 만들었을 뿐인데 좀 심한 반응이었다. 아무것도 모르는 농민이나 어린애들이야 그렇다 치지만 직업 용병이라는 것들의 이런 반응에 대해서는 나도 꽤 불만이 생기기 시작했다. 간덩이가 작은 것은 그렇다고는 해도 너무 무식한 놈들 아닌가!

사실 시체가 뒤섞여서 누가 누군지도 모르는 상황이었다. 하지만 머리만 세어보니 정확히 184명이었다. 두개골을 살펴본 결과 건장한 젊은이는 세 명밖에 없었다. 나머지는 다 노인과 어린애, 여자들이었다.

이 불타 버린 곳은 메그라니 마을이라 했다. 정말 찢어지게 가난한 것 이외엔 아무것도 없는 마을이란다. 노인과 애들, 여자들이 대부분이었으며 주로 버섯과 산기슭에 짓는 농사로 생계를 이어간다고 했다. 가끔 부유한 자들이 사냥을 하러 오면 그 뒷바라지를 하면서 떨어지는 돈을 먹는 게 유일한 장사라면 장사라는 작은 산골 마을.

"저항도 할 수 없는 이런 곳을!"

시퍼렇게 질린 얼굴로 로빈이 중얼거렸다.

일행은 재투성이가 된 채로 마을을 떠났다. 하지만 워낙에 지체해서 그런지 마을에서 떠나자마자 곧 해가 져버려서 근처 숲 속에 자리

잡고 밤을 지낼 준비를 하지 않으면 안 되었다. 차라리 그냥 떠났으면 좋았을 것을. 쉬지도 못한 상태로 이렇게 야숙하는 것은 썩 좋은 상황도 아니었다. 게다가 시체 더미에서 헤어 나온 지 얼마나 되었나.

"건장한 남자들도 별로 없는 마을이었다구요. 워낙에 가난했거든요."

로빈의 눈은 그을음 때문인지 고스란히 눈물을 흘린 흔적이 남았다. 그는 무릎을 끌어안고는 누구에게 말하는 것인지 알 수도 없는 상태로 중얼거리듯 말했다.

"대체 무엇 때문에 이런 곳을 이렇게 만들었을까요? 대체 그 새끼들의 머리통에는 뭐가 들었지요? 이 마을에는 건장한 놈들이라고는 하나도 없었어요! 전부 다 여자와 노인네들뿐이었다구요!"

악을 쓰면서 로빈이 항의하듯이 외쳤다.

"이건 너무 불공평해! 너무 불공평해서 말이 안 나와!"

그는 머리를 부여잡으면서 고함을 질러댔다. 그 옆에 있는 다른 사람들도 비슷한 심정이었는지 아무런 말도 하지 않았다. 나 역시 기분은 좋지 않았기 때문에 그저 침묵했다. 하지만 이렇게 난리를 친다고 해서 잿더미가 된 마을이 바뀌지는 않는다.

"이렇게 흥분할 게 아니라 서둘러야 하는 거 아닌가?"

벤이 낮게 충고했다.

"이런 상황이 된 마을은 한두 개가 아닐 거야. 로빈, 자네 가족이 사는 마을은 어디야? 그곳이 지금 공격받고 있을지도 모르지 않나?"

"아!"

그 말에 로빈이 고개를 번쩍 들었다. 그뿐만이 아니라 옆에 있던 다른 몇몇도 새파랗게 질려서 벌떡 일어났다. 힘들다고 늘어졌던 몇몇은 아예 짐을 도로 싸더니 고래고래 소리쳤다.

"어, 어서 가자구! 우리 마을은 멀지 않아!"

"아니, 우리 집부터 가보자구! 어서!"

이십여 명밖에 안 되는데도 벌써 난리들이었다. 그들 모두 자신의 마을로 가자고 난리를 쳐댔다. 몇몇은 차라리 혼자서라도 가보겠다고 난리를 쳐댔는데 문득 벤이 조용히 명령했다.

"기다려!"

"예?"

"조용히 해라!"

한참 떠들던 남자들은 벤의 일갈에 조용해졌다. 그의 위엄에 찬 호통 소리는 기사 시절에 단련된 것인지 아닌지 잘은 몰라도 꽤나 위력이 있었다. 자기 부하들을 이끌며 소리 질렀던 지휘관의 경험이라는 것은 그렇게 쉽게 사라지는 것은 아니다. 게다가 이 중에서 벤의 나이가 가장 많았다.

"가장 큰 마을이 어디지?"

"예?"

"로그란드 영지에서 가장 큰 마을이 어디냐고. 너희들 용병 길드에서 정보를 어느 정도 모았을 게 아닌가? 반란군이 집결하고 있는 곳이 있을 거 아냐?"

"페길 시라고 들었습니다."

게일즈가 조용히 대답했다. 그는 침착한 음성으로 조용히 벤과 나를 번갈아 보더니 심각한 음성으로 설명했다.

"로그란드에서 가장 부유한 도시입니다. 물론 산맥 아래 도시가 부유해 봤자지만 그래도 수로 탓으로 교역이 활발해 자유 도시라는 명칭을 얻었습니다. 그곳으로 모두 집결하고 있다고 들었습니다."

"그리로 가자."

벤이 조용히 말했다. 그러자 몇 명이 벌떡 일어서며 항의했다.

"난 마을로 가겠소! 우리 누님이 어떻게 된 것인지도 모르고……!"

"많은 사람들이 이미 피난을 갔을 거야. 지금 이 상황은 썩 좋은 상황이 아니란 것쯤은 누구나 알고 있을 테니까."

"하지만……!"

퍼렇게 질린 낯으로 두툼한 입술을 가진 청년이 항의했다. 하지만 옆에 있던 눈이 시뻘게진 청년이 제지했다.

"피난 갔을 거야. 그렇게 생각하자구. 우리 누나는 그래도 굉장히 약삭빠르니까 가만히 두 손 놓고 앉아 죽진 않았을 거야."

"그, 그렇지? 너희 누나랑 메리도 같이 있을 테니까 같이 도망갔을 거야. 너희 누나가 우리 바보 같은 메리도 데리고 갔을 거야."

"그래, 그래, 둘은 항상 붙어 다니니까 괜찮을 거야."

덩치 둘이서 어설픈 위로를 하고 있는 가운데 벤이라고 하던 꼬마—내 친애하는 노친네 벤의 관심을 한 몸에 받고 있는—가 일어섰다. 이 끔찍한 광경 속에서 녀석은 토악질 몇 번으로 모든 행동을 마무리했다. 옆에 있는 열다섯 살 애송이는 눈물 콧물 다 흘리며 훌쩍이고 있었지만 말이다.

"저기요, 우리 고모가 사는 곳은 네기라는 마을인데요. 거기에서 대장간을 하고 있거든요. 그 마을은 여기서 먼가요?"

그 질문에 일제히 시선이 로빈에게로 쏠렸다. 로빈은 조금 흐리게 웃으면서 대답해 주었다.

"아직도 한참 가야 해. 그래도 네기는 큰 곳이니까 다들 제대로 피했을 거야."

그 말에 안심한 표정을 지은 소년은 다시 자리에 주저앉았다. 옆에서 흐느끼고 있던 열다섯 살 애송이가 제 형에게 달라붙으며 더러운 얼굴을 마구 부볐다.

대장간이란 말에 벤은 의미심장한 표정을 지으며 날 바라보았다. 나는 그 의미심장한 표정을 대단히 싫어하고 있었으므로 외면하려 했지만 벤은 선수를 쳤다.

"너희들, 앞으로 갈 길이 머니까 앞으로는 내 옆에 바짝 붙어."

"에?"

벤이란 소년이 당혹한 얼굴로 그를 바라보았다. 아니, 정확히 말하면 내 쪽을 바라보고 있었다. 어린애를 잡아먹는 사악한 흑마법사라는 등식이 성립하고 있는 와중에 벤이 그런 말을 하니, 아무래도 더 무서웠는지도 모른다. 나는 멋대로 해라 하는 얼굴로 팔짱을 끼었지만 그 모습이 더 무서웠는지 열다섯 살 애송이가 잔뜩 겁에 질려서 입술까지 부르르 떨었다.

"앞으로 길이 더 험해질 거야. 다들 너희들까지 챙겨줄 새는 없을 게다. 그러니까 나와 켄님 옆에 바짝 붙어 가도록 해. 알아듣겠니?"

나름대로는 자상하게 말하는 것일 테지만 솔직히 말해 벤의 얼굴은 어디로 보나 자상한 중늙은이라는 이미지와는 거리가 멀었다. 도노반이 기품있게 늙어가는 중년의 형상이라면 벤은 뭐랄까, 음흉하고 냉담하게 늙어가는 중년의 전형적인 얼굴이었다. 나도 가끔 그놈의 의미심장한 미소에 흠칫하는데 이 꼬맹이들이야 얼마나 두려울 것인가. 나는 진심으로 꼬맹이들에게 조의를 표했다.

"조, 좋은 말씀이십니다만 저, 저희가 챙기겠습니다!"

갑자기 소여가 벌떡 일어서서 두 꼬맹이들 옆으로 다가가 앉았다. 그 모습이 마치 야수에게 새끼를 빼앗길까 봐 두려워하는 어미 새의 형상이라고 한다면 좀 지나친 걸까.

"네, 저희가 열심히……!"

갑자기 로빈도 말리듯이 끼어들었다. 그만이 아니고 다른 몇몇 청년들도 끼어들었는데, 그 모습이 어쩐지 내가 정말 잡아먹을 거라고 생각하는 것 같아서 꽤나 꼬인다. 벤도 그런지 멀뚱거리며 그 모습을 보더니 갑자기 배를 잡고 웃기 시작했다.

"하하하……. 정말 기가 막히네. 켄님이 정말로 꼬맹이들을 잡아먹을까 봐 두려워서 그러는 건 아니겠지?"

내 쪽을 힐긋 보며 키득거리는 모습이 어쩐지 점점 건방진 태도로 보여서 나는 팔짱 낀 상태로 조용히 벤의 종아리를 걷어차 주었다. 벤은 채인 정강이를 주무르면서 물었다.

"켄님, 어린애들을 정말 잡아먹습니까?"

"맛없다."

내 말에 벤은 눈을 크게 뜨면서 되물었다.

"그럼, 드셔본 적은 있다는 겁니까?"

"먹을 게 천지인데 미쳤냐?"

내 대답에 벤은 키득거리면서 그것 보라는 듯이 일행을 향해 설명했다.

"켄님은 사람을 먹는 짓거리 따위는 안 하시는 분이야. 내 십여 년을 모셨지만 그런 짓을 하시는 것은 한 번도 못 봤다고."

"네가 안 보는 곳에서는 먹을 수도 있겠지."

내가 조용히 덧붙였지만 벤은 무시했다.

"그러니까 다들 이상한 상상은 하지 말라고. 앞으로는 험한 길뿐이니까 조금 여유있는 사람이……."

그가 갑자기 미간을 찌푸리고 시커먼 어둠 속을 노려보았다.

"벤?"

한참 말하던 벤을 이상하다는 듯이 로빈이 불렀다. 벤은 그 말에 대꾸하는 대신 내게 고개를 돌려 물었다.

"어떻게 할까요?"

"뭘 물어?"

내가 시큰둥하게 대꾸하자 벤은 혀를 찼다.

"어떤 자들인지 정도는 가르쳐 주실 수 있잖습니까? 저는 나이가 들어 가는귀가 멀었답니다."

"점점 더 뻔뻔해지는군."

나는 기가 막혔다. 벤 가울링이 이런 자였다고는 상상할 수 없었다. 역시 이 지나친 느물거리는 태도는 나름대로 날 위로하겠다고 하는 짓거리인가? 그것도 좀 우습구만. 가상하긴 한데 내가 이런 정도로 마음의 안정을 얻을 리가 있어?

"열다섯 명. 무기를 든 병사들로 보인다만."

내 말에 벤은 혀를 찼다.

주변에 있는 자들은 아직 무슨 상황인지 잘 모르는 듯했지만 내 말이 끝나자마자 게일즈와 게러딘이 제일 먼저 일어나 무기를 잡았다. 그 태도에 그제야 감 잡았다는 듯이 다른 용병들도 주변을 경계하기 시작했다. 누군가가 모닥불을 재빨리 껐다.

"얼마나 가까이 있는 건가요?"

게일즈가 낮게 물었다. 벤은 나를 흘긋 보았지만 일단 대꾸했다.

"사실은 꽤나 떨어져 있어. 켄님은 나보다도 훨씬 더 예민하시니까 알아차리신 거지만."

"같은 편일 확률은 없겠지요."

로빈이 혼잣말처럼 중얼거렸다.

"절대 없다고 할 수 있지."

벤이 나직하게 말했다. 그는 잠시 생각에 잠긴 듯하더니 바위 한 귀퉁이에 몸을 숨긴 애송이들을 바라보았다. 형제 둘은 잔뜩 긴장한 채로 웅크리고 있었다.

"갔다 오겠습니다, 켄님."

벤이 말하자 나는 오히려 기가 막혔다.

이건 우리의 싸움이 아니다. 우리가 참견한다고 해서 간단히 해결될 문제도 아니다. 물론 내가 황태자다 하고 터억 하니 나타나면 뭔가 일이 해결되겠지만, 그렇다고 해서 근본적인 부분이 해결되는 것도 아니었다. 제국법으로 정해진 반역자의 굴레는 내가 나타난다고 해도 절대로 못 벗는다. 내가 무한정 로그랜드 영지에 머물 것도 아니니 주변에 호시탐탐 노리고 있을 영주들을 막을 방법은 없다. 게다가 세상은 결국 약육강식이다.

"적당히 해."

내가 차갑게 내뱉자 벤은 어색한 얼굴로 나를 바라보았다.

"그 이상 유별나게 굴면 참지 않겠다."

그는 침묵했다.

나와 그의 사이에 감도는 대화가 무슨 의미인지도 모르면서 로빈은 벤에게 동정의 시선을 보냈다. 아무래도 사악한 흑마법사에게 노예로 부려지는 가련한 중늙은이에 대한 애도의 감정으로 보였다. 하지만 실상은 가련한 흑마법사를 제 맘대로 농락하는 가증스런 중늙은이인 것을.

"알았습니다, 주인님."

벤이 조용히 말했다.

그는 감정을 알 수 없는 시선으로 날 바라보고 있었다. 화를 낸다거나 실망했다거나 하는 감정을 잘 드러내지 않는 작자라서 더 꺼림칙한 면이 있는 남자다. 가끔 가면을 뒤집어쓴 것처럼 무표정한 얼굴을 드러낼 때면 나 자신도 섬뜩했다.

"게일즈, 상대는 군인이야. 물론 농노들이었겠지만 제대로 군대 교육을 받은 것 같다."

벤의 조용한 말에 게일즈가 되물었다.

"정말 보이기라도 하는 겁니까? 이 시커먼 어둠 속에서?"

아닌 게 아니라 숲 속에서는 보이는 게 거의 없었다. 달도 구름 속에 숨어버려 잘 보이지도 않는다. 하지만 극도로 수련했다면 그럭저럭 보이지는 않아도 느낄 수는 있다. 나는 아무렇게나 수풀을 헤집으며 걸어오고 있는 열다섯 명의 남자들을 떠올렸다. 그들만이 아니다. 아마도 그들은 정찰대거나 주변을 잠시 살펴보고 있는 무리들일 것이 틀림없다. 마을 사람들을 학살한 자들이라면, 최소한 다른 영지를 침범한 무리들이라면 겨우 열다섯 명 남짓한 숫자로 함부로 움직이지는 않을 것이다.

"어떻게 하지요?"

낮게 누군가가 물었다.

농부 출신이라는 젊은이가 침을 꿀꺽 삼키는 소리가 내게까지 들렸다. 갑자기 시선이 일제히 벤에게 쏠렸다. 그리고 벤은 날 바라본다.

이봐, 자네가 알아서 하라고!

"켄님, 공격할까요?"

"관뒤. 어차피 한둘이 아닐 테니 마주쳐 봐야 좋을 거 없어."

"그럼요?"

벤이 가증스런 순진무구한 눈빛으로 물었다. 그에 따라 다른 일행도 일제히 순진무구하고도 가련한 표정으로 나를 올려다본다. '뭔가 해주세요'라는 무언(無言)의 외침이 나를 향해 쏟아졌다.

"적어도 100명 이상의 병력이 뒤에 있을 거야. 마을을 저 정도로 쓸어버릴 정도라면 열다섯 명으로는 어림도 없어."

알면서 대체 뭘 캐묻는 건가 싶어 벤을 쏘아보았지만 두건 탓인지 아니면 모른 척하는 것인지 여전히 그는 천연덕스레 물었다.

"그렇지만 발각되면요?"

"발각될 리가 없잖아?"

내가 으르렁거리자 벤이 감탄성을 터뜨리며 말했다.

"맞습니다! 켄님이 계시니 발각될 리가 없군요! 켄님이 우릴 숨겨주실 테니까!"

"이봐!"

이번엔 시선이 일제히 감탄과 존경으로 바뀌었다. 이건 대체 뭐 하자는 짓거리냐?

어찌 되었든 나 역시 발각될 마음이 없었기 때문에 긴말은 하지 않았다. 내가 성큼성큼 아까 꺼버린 모닥불 앞으로 다가가자 누구 말대로 무식해서 흑마법사에 대한 이해력이 부족한 자들이 슬금슬금 물러섰다. 나는 그런 그들을 둘러보다가 모닥불에 불을 붙였다. 그 모습에 모두들 긴장한 채 숨죽이고 있다. 내가 모닥불에 불을 붙이자 다들 누굴 구워먹기라도 할 것 같다는 얼굴이 되었다. 애들 둘이 슬금슬금 뒤로 물러섰다. 그들만이 아니라 용병들도 왠지 긴장하는 얼굴이었다. 슬슬 짜증이 나기 시작한다. 일단 모여 앉아야 공간 왜곡이라도 할 게 아닌가.

"모여."

내 말이 끝나기가 무섭게 벤이 내 옆으로 바짝 다가와 앉았다. 그뿐만이 아니다. 그는 대체 무슨 생각인지 두 꼬맹이들을 옆에 끼고 내 앞에 데려다 놓았다. 물론 다른 자들도 내 옆을 바짝 다가섰다. 시커먼 사내들이 스물이나 바짝 붙자 아주 시큼하다 못해 끔찍스런 냄새가 코를 찔러댔다.

원, 제기랄.

내가 작게 손가락을 흔들고는 그대로 모닥불에 손을 대자, 뭔가 거창한 의식이라도 올릴 거라 기대했던 자들이 수군대기 시작했다. 나는 그런 자들을 보지도 않고 조용히 충고해 주었다.

"들키고 싶지 않으면 입 다물어."

물론 어차피 그들이 하는 말은 밖으로는 새어 나가지 않는다. 모닥불을 중심으로 사방으로 공간 왜곡을 시켜놨기 때문이다. 말은커녕 빛도 새어 나가지 않는데 떠든다고 해서 별로 달라질 것은 없었다. 하지만 주변이 시끄러우면 내가 귀찮다.

"어떻게 하셨습니까?"

벤이 나서서 물었다.

"이 주변을 조금 바꿨을 뿐이야. 그들은 발견 못해."

내 말이 끝나기가 무섭게 버석거리는 소리를 내며 몇 명의 병사들이 등장했다. 어둠 속에서 불쑥 나타난 것으로 보아 정찰 중이었는지도 모른다. 잘 정비된 창을 들고 있는 모습이 확실히 제대로 훈련받은 병사들처럼 보였다.

"불빛을 본 것도 같았는데."

"으스스한 소리 집어쳐. 안 그래도 찜찜하단 말이야."

"영주님 말대로 어차피 반역자들이긴 해도 찜찜한 건 사실이지. 어차피 이 일대는 우리 것이 될 테니까 되도록 영민들을 죽이지 않는 게 좋을 텐데."

몇몇이 잡담을 나누며 중얼거렸다. 추운지 발을 동동 구르고 있었다. 들고 있는 창과 방패가 제법 그럴듯해 보였다. 방패까지 갖추기란 쉽지 않을 텐데.

"저, 정말 우리가 안 보이나 봐. 모닥불이 바로 옆에 있는데도 못 보다니."

"지, 진짜다."

일행 중 몇이 경악에 겨워서 중얼거렸다. 그들은 움직이지도 못하고 잔뜩 긴장해서 고개를 숙이고 있었지만 정말로 병사들이 그들을 못 보고 그냥 지나가자 조금은 안심했는지 자기들끼리 쑥덕거리기 시작했다. 시끄러워서 한번 노려봐 주자 다시 입을 다문다.

"아무것도 없어."

"그러게. 아유, 추워라."

"그냥 가자."

병사들은 우리 일행의 바로 코앞에서 창을 거둬들이고는 몸을 돌렸다. 다들 혈색이 좋은 것을 보니 영주가 잘 걷어 먹이고 있는 모양이다. 야심만만하거나 아주 후덕하거나 둘 중 하나인 영주다. 어느 영주일까? 이 일대를 아주 집어삼키려고 하는 것 같은데.

나는 로빈에게 물었다.

"저들이 어디의 병사인지 알 수 있겠나?"

로빈은 잔뜩 목소리를 줄이며 조심스럽게 대답했다. 아무래도 그 역시 이쪽을 살피고 있는 병사들에게 들릴 거라 생각하는 모양이었다. 연신 그들을 살피는 그는 반쯤은 흥분하고 반쯤은 공포에 떨고 있었다.

"아마도 셔든 남작일 것 같습니다. 베어든 남작의 영지는 이곳에서 멀거든요. 로그란드를 둘러싼 영주들 중 호전적인 영주는 두 명이에요. 셔든 남작과 베어든 자작입니다. 그 외 다른 영주들도 있지만 그래도 그들이 가장 호전적인데다가 호시탐탐 이 땅을 노리고 있으니까요."

"다른 자는?"

"멜더른 남작이 있습니다만, 남작은 이 근처에서 평판이 좋습니다. 로그란드 남작가와는 사이도 좋고요. 외사촌 사이라 들었습니다. 지금의 로그란드가의 후계자의 후견인이라고도 들었고요."

로빈은 대답하면서도 작게 속삭이듯 말했다.

"크게 말해도 돼. 아직 후계자라는 걸 보면 인가를 받지는 못한 모양이로군."

갑자기 큰 소리로 벤이 떠들었지만 병사들은 듣지 못했다. 그들은 바로 옆을 스쳐 지나가면서도 전혀 눈치 채지 못했다.

"조, 조용히 말해요, 벤 아저씨."

"괜찮아, 괜찮아."

괜히 친근한 척 내 이야기를 떠들어대는 벤을 나는 모른 척했다. 점점 수다스러워지는 게 거슬리기 시작했다. 내가 그만을 데리고 나왔을 때는 그래도 그가 과묵하다는 것을 장점으로 삼았었는데 말이야. 능글맞게 구는 걸 보니 차라리 도노반이 나왔을지도.

"그런데 니희들은 어떻게 반란군에 참가하겠다고 여기까지 오게 된 거야? 단순히 가족 때문은 아닌 것 같고."

수풀을 헤치며 병사들이 사라져 버리자 일행은 일제히 안도의 숨을 내쉬었다. 그들은 신기하다는 듯이 나를 다시 한 번 돌아보더니 곧 겁에 질린 얼굴로 속삭이듯 말했다.

"호, 혹시 저희들은 영원히 남의 눈에 보이지 않게 되는 건가요?"

"미쳤군."

아연해진 내 대신 대답한 것은 벤이었다.

"괜찮다니까, 괜찮아."

나는 구석탱이에 앉아서 왠지 꽤나 흐뭇한 얼굴로 웃고 있는 벤을 노려보았다. 벤은 나와 시선이 마주치자 재빨리 아무것도 모르고 스쳐 지나가는 병사들을 향해 시선을 돌렸다. 그들은 곧 어둠 속에 완전히 묻혀서 보이지 않게 되었다.

'그나저나 정말 귀찮은 일에 끼어들었군.'

벤을 쏘아보자 그는 능구렁이처럼 내 시선을 피해 버리고는 천연덕스레 게일즈에게 물었다.

"지금 지휘관은 누군가?"

"짐 로스라고 하는 용병이라 들었어요. 로드리스 용병대의 부대장이라 하더군요. 아직 본 적은 없지만 유능하다는군요."

"로드리스 용병대의 짐 로스? 대체 그 녀석이 여기까지 왜 왔는데?"

벤은 그를 알고 있는 듯 눈을 크게 떴다.
"아세요?"
소여가 불쑥 끼어들었다. 게일즈도 궁금했는지 거푸 물었다.
"벤 가울링 씨, 대체 뭐 하시는 분입니까? 물론 이쪽 켄님이 마법사라는 것은 알고 있습니다만 벤님은 대체……."
"나도 용병이야. 용병 길드에 속해 있지. 짐 로스는 왕년에 한번 일면식이 있었어."
벤이 슬쩍 날 바라보았다. 그의 얼굴에 미소가 떠올라 있는 것을 보고 나는 어쩐지 불길한 예감이 들었다.
"그는 켄님의 제자를 자처하기도 하지."

"다 왔습니다."
잔뜩 헐떡이면서 로빈이 내게 말했다. 아니, 정확히 말하면 벤에게 말했다.
숨이 차도록 계속 산기슭을 거슬러 올라가자 거짓말처럼 평평한 고원 지대가 펼쳐졌다.
비단결 같은 이끼가 허연 서리를 뒤집어쓰고 바람에 지친 시커먼 바위들이 잔뜩 주름을 머금고 있는 고원 지대. 허옇게 드러난 길 위를 지친 듯이 걸어가는 피난민의 행렬 덕분에 길 안내가 없어도 헤맬 염려는 없었다.
"헉, 헉……."
"저기야. 조금만 가면 돼. 바로 보이지?"
"저, 저게 페길 시인가요?"
"그래."

숨이 차서 헐떡이는 꼬마들을 제각각 부축한 용병들은 자신들도 후들거리면서도 그럭저럭 다른 사람들을 격려하고 있었다. 다들 농민들이긴 하지만 건강한 몸을 하고 있어서인지 처지거나 하는 자들은 없었다. 그러나 아무리 건강해도 고원 지대에서 숨이 차지 않을 리가 없는 것이다. 당장 몇몇은 얼굴이 퍼렇게 질린 채 새된 소리를 지르고 있었다.

"들어가서 뜨거운 차라도 마시면 나을 거요."

여지껏 단 한 마디도 하지 않았던 랠프 버릇이라는 자가 입을 열었다. 소여나 게일즈 등과는 달리 그는 단 한 번도 입을 열지 않았었는데 지금에서야 그 이유를 알 수 있었다. 그의 목소리는 굉장히 거슬리는 쉰 목소리였다. 목에 긴 헝겊을 두른 것으로 봐서 왕년에 목이라도 크게 다쳤었던 모양이다. 어찌 되었든 그가 그렇게 말하자 로빈이 옆에서 설명하듯 말했다.

"랠프는 이 도시 출신입니다."

그야 어쨌든 나는 시커먼 얼굴에 목에는 헝겊을 둘둘 감은 남자에게는 그다지 관심이 없었다. 아니, 전부 다 관심이 없었지만 내 옆에 있는 벤은 아직도 그 꼬맹이들에게 미련이 있는지 어울리지 않게 말을 걸곤 했다.

페길 시는 의외로 제법 규모가 있었다.

정말 도시라고 부를 수 있을 정도로 컸으며 과연 로그란드 영지에서 가장 큰 곳이라고 하더니 산속의 도시치고는 정말로 제법이다. 이 도시는 수로와 연결되는 강을 끼고 있으며 뒤로는 험하기 짝이 없는 바위산을 지고 있어 상당히 아늑한 위치에 있었다. 하지만 자유 도시치고는 살벌하게도 몇 겹의 방책이 세워진 것으로 보아 현재 상황을 알

만했다. 급조한 것으로 보이는 나무 방책이 놀랍게도 세 겹. 엉성하나마 그럴듯한 해자도 있었다.

성채의 앞부분은 평원이지만 그렇다고 해서 완벽한 평원은 아니고 곳곳에 균열이 있는 기묘한 지형이었다. 대자연이 만들어낸 균열과 절벽, 그리고 시커먼 이끼가 낀 고원 특유의 넓적한 바위들이 음흉하게 도사리고 있어 발이라도 헛디디면 시체조차 찾기 힘든 험난한 지형이었다. 게다가 어디서 물이 흘러드는지 알 수도 없는 깊은 계곡에서 흘러나오는 급류가 허옇게 이빨을 드러내며 포효한다. 진정 대규모의 군대가 도저히 공략할 수 없는 지형이다.

이것만 보아도 왜 이 반란군들이 이곳에 집결했는지 알만 했다. 그 급조된 방책까지 오려면 만들어진 다리를 일곱 개나 건너야 도달할 수 있었다. 군데군데 위치한 거대한 균열은 마치 함정 같았다. 말 그대로 그 옛날 무지막지한 거인이 대지 위에 화풀이 삼아 도끼질이라도 했던 모양이다. 그 균열의 폭은 약 7페키에서 10페키 정도, 큰 것은 무려 50페키가 넘는 듯했다. 물론 그 아래 깊이는 아무도 모를 것이다. 사실 알고 싶지도 않았다.

어쨌거나 우리 일행 말고도 다른 일행, 정확히 말해 피난민들이 줄지어 짐을 들고 개미처럼 일렬로 도시로 들어가고 있었다. 꾸역꾸역 들어서는 그 모습이 어쩐지 보기 거북했다. 피난민들의 얼굴들은 모두 무표정했다. 바짝 말라비틀어진 듯한 얼굴들은 약속이나 한 듯 피로에 찌들어 있었다.

피난민 행렬에 끼어서 방책을 지나는 동안 몇몇의 험상궂은 남자들이 신분을 물었지만 의외로 우리들을 잡는 자들은 없었다. 오히려 용병으로 보이는 우리들을 보고 반갑게 미소까지 지었다.

"환영하오. 힘센 용병은 환영합니다."

경비병으로 둘러싸인 입구에서 관리로 보이는 사십 대의 중년인이 말했다. 그는 낡아 빠진 책상을 하나 갖다 놓고 앉아 있었는데, 장부책 몇 권을 펼쳐 놓고 있었다. 먼지를 잔뜩 뒤집어쓴 옷차림이 꽤나 처량 해 보였지만 남자는 그런대로 싹싹했다.

"어디서 오셨습니까? 용병이시죠?"

"네, 로그란드의 소식을 듣고 달려왔습니다."

로빈이 자랑스레 말했다. 그 말을 듣고 중년인은 잔뜩 찌든 얼굴에 지친 웃음을 지어 보였다.

그의 어깨 너머로 도시의 동쪽에는 여러 개의 저택이 보였는데 그 저택들은 모두 적당히 화려하고 적당히 검소해 보였다. 상인의 저택인 듯했지만 어쩌면 귀족들의 저택일 수도 있다. 피난민들이 와글거리는 거리는 난잡했지만 곳곳에 서 있는 병사들 탓인지 그럭저럭 질서가 잡 혀 있는 듯했다. 그 점은 꽤 의외였다. 게다가 병사들의 옷차림도 갖가 지로 다 달랐다. 낡아 빠진 튜닉에 창 하나만 들고 있는 작자부터 대단 히 실용적인 방호구까지 갖춘 전문 용병과 아무리 보아도 기사로 보이 는 갑주를 걸친 자들도 있었다. 물론 낡아 빠진 옷차림새를 한 전형적 인 경비병들도 있었다. 그들은 모두 피곤에 찌든 모습이었지만 어쨌거 나 바로 서 있긴 했다.

의도적인지 입구에 서 있는 자들은 전부 사나운 용병으로 보였는데, 그 증거로 모두 모양새가 다른 갑옷을 입고 있었다. 나는 구경이나 하 러 빨리 들어갔으면 했지만 여지껏 침묵하고 있던 게일즈가 먼저 나서 서 중년인에게 물었다.

"어디로 가야 합니까? 다른 용병들과 합류해야 할 텐데."

"일단은 여기 방명록에 이름을 적어주시고, 다음은 남문 근처의 주점 『바람의 집』으로 가십시오. 새로 온 용병들은 거기서 모입니다."

얼마나 사람들의 이름을 적었는지, 남자의 손가락은 완전히 잉크로 물들어 있었다. 그가 쥔 깃털 펜은 아예 뭉그러진 상태였다.

게일즈는 잠시 망설이면서 나와 벤을 돌아보았다. 우리들을 어떻게 해야 할지 알 수 없는 모양이다. 그러나 그는 잠시 후 결심했는지 로빈의 옆구리를 가볍게 치면서 에둘러 말했다.

"그럼 제가 대표로 적고 다들 그 주점으로 갑시다."

주점에 도착하자마자 나는 목욕하고 싶었지만 그럴 여유는 조금도 없었다. 들어서자마자 기다리고 있었다는 듯이 턱수염 더부룩한 다튼이란 남자가 다가와 또 다른 명부를 들이민 것이다.

"이건 또 무슨 명부요?"

불쾌한 듯이 게일즈가 묻자 다튼은 빙긋 웃으며 대답했다.

"이건 신분 확인을 위한 거지요. 아시다시피 이 도시는 피난민과 각지에서 모인 용병들로 뒤범벅이 되어서 누가 누군지도 모르고 있는 형편이거든요."

"아까 성문에서 적었는데?"

소여가 노골적으로 으르렁거리자 남자는 더 더욱 크게 웃었다.

"그거야 들어서는 손님들을 불쾌하게 만들지 않기 위해서요. 온 도시 안에 어중이떠중이가 돌아다니고 있소. 그중 귀족의 첩자가 있을 수도 있고 사악한 살인마가 끼어 있을 수도 있잖소?"

"우리가 살인마로 보여?"

"우리가 왜 생고생을 해서 여기까지 왔는데!"

분개하는 일행을 누르고 랠프가 잔뜩 쉰 목소리로 말했다.
"나는 랠프 버릇, 이 도시 출신이오. 내가 말할 테니 적으시오."
"오오, 잘됐군."
용병이라기엔 지나치게 쾌활한 표정을 짓고 있는 다튼이란 남자는 덥수룩한 얼굴과는 달리 반듯한 튜닉을 입고 있었고 그 아래엔 갑옷을 걸치고 있었다.
"자, 여러분은 어디서 오셨소이까?"
펜과 명부를 든 채 다튼은 말투를 바꿔 사무적으로 물었다.
"우리들은 각자 온 길이 다릅니다. 그러나 여기에 온 뜻은 같지요."
로빈이 험악해진 분위기를 바꾸려는 듯 부드럽게 말했다.
게일즈와 그 일당이 소속된 용병대 이름을 대자 다튼이란 남자는 기쁜 얼굴로 웃었다. 아마도 게일즈가 속한 용병대라는 곳이 꽤나 이름 있는 곳인 모양이었다. 로빈도 이름을 댔고 뒤이어 나름대로 건장한 체구를 가진 자들도 다투어 이름을 댔다.
다튼이란 작자는 용병들을 대할 때와는 다른 찜찜한 태도로 그들을 보고는 명단을 적었는데 아무래도 이 체구만 건장한 녀석들이 살아남을 확률이 지극히 낮다는 것을 예감하고 있는 듯했다. 그러나 그도 잠시, 같이 온 작은 벤과 그의 동생인 열다섯 살 애송이를 보자 미간을 잔뜩 구겼다.
"이봐, 얘들아. 이건 장난이 아니다."
"장난이 아닌 건 우리도 알아요!"
열다섯 살 애송이가 바락 대들었다. 녀석의 눈에도 이 다튼이란 남자가 보이는 표정이 무슨 의미를 가지고 있는지 눈치 챈 모양이다.

"어쨌거나 우리 고모님이 로그란드에 사니까 우린 도우러 온 거에요."

꼬마 벤이 조신하게 말했지만 다튼이란 사내의 얼굴에 낀 구름은 사라지지 않았다. 그는 초조한 듯 안 그래도 그다지 깨끗지 않은 수염을 손가락으로 비비 꼬면서 곤란한 얼굴로 투덜거렸다.

"우린 용병대를 모으는 거지 민병대를 모으는 게 아니란 말이야. 민병대는 다른 곳에 가서 알아보는 게 좋아. 우린 어디까지나 제대로 교육받은 용병을 원한다구."

"하지만……."

항의하듯 비쩍 마른 청년이 끼어들었다.

"문 앞에 있던 사람이 이리로 가라고 했는데요."

"그건 여기 있는 열 명의 용병들에게 말한 거지 자네들에게 말한 것은 아니야. 더더구나 무장도 제대로 안 된 열 살박이 꼬맹이라니. 이건 너무하다구."

"난 열다섯 살이에요!"

애송이가 외쳤지만 다튼은 무시했다. 그는 곧 이어 침묵하고 있는 나와 벤을 번갈아 보며 물었다.

"당신들은……."

그가 막 뭐라 물을 때 재빨리 로빈이 끼어들었다.

"흑마법사이십니다. 우릴 도와준다고 오셨습니다!"

다튼의 얼굴은 잠시 굳었다. 정확히 말하면 굳었다기보다는 얼굴에서 아주 천천히 혈색이 빠져나가고 있었다. 그는 창백해진 얼굴로 명단을 쥐고 어쩔 줄 몰라 하며 잠시 나와 벤을 번갈아 보더니 억지로 내게 시선을 맞추며 되물었다.

"그, 그러니까 흑마법사이시라는, 그러니까, 저희들을 도와주시겠다는……?"

더듬는 몰골이 볼 만했지만 나는 나름대로 한탄했다. 아, 흑마법사에 대한 인식이 진정 이리도 나쁘단 말인가.

어느새 주점 안은 완전히 침묵에 휩싸였다. 주점 안에 있던 대부분은 다 용병들이었는지 나름대로 군장을 점검하고 있던 사내들이 많았다. 그들은 거대한 맥주 잔 너머로 나를 멀거니 바라보고 있었다. 여기저기서 경악과 불안, 그리고 회의가 희미하게 일렁이기 시작했다.

"분명합니다. 이분 덕분에 우리들은 무사히 산맥을 넘어 여기까지 도착했습니다."

로빈은 자랑스럽게 말하더니 갑자기 심각한 어조로 물었다.

"그나저나 메그라니 마을이 완전히 말살당했다는 것은 알고 있습니까?"

"들었소이다. 그곳을 지나왔소?"

다튼이 찡그린 얼굴로 말했다.

"그 일대에는 셔든 남작의 병사들로 가득 차 있을 텐데."

"여기 계신 마법사께서 보호해 주신 덕에 조금의 상처도 입지 않고 무사할 수 있었소이다."

로빈의 자랑 섞인 말에 미심쩍다는 시선이 더 강해지기 시작했다.

"그, 그것은 대단히 감사한 일입니다. 아, 이러지 말고 일단은 여장을 푸는 것이 어떻겠습니까?"

다튼이란 사내는 갑자기 아주 정중하게 내게 말했다. 내가 고개를 끄덕이자, 그는 손뼉을 치면서 턱짓했다. 그러자 카운터에 앉아 있던 외팔이사내가 재빨리 다가와 방 안내를 하겠다고 나섰다. 모두 지쳐 있던 터라 그의 뒤를 주저하지 않고 따랐다.

"마법사님."

다튼이 등 뒤로 불렀다. 돌아보자 그는 불안한 미소를 억지로 지어 보이며 말했다.

"저희 대장님께 지금 곧 연락을 넣겠습니다. 잠시 기다려 주십시오."

"됐어."

나는 무뚝뚝하게 말했다.

"대장까지 만날 필요 없어. 난 적당히 도울 테니까."

내 말에 그는 흥분하기 시작했다.

"아닙니다! 흑마법사라니! 저쪽 귀족 진영에서도 절대로, 절대로 짐작조차 못하고 있을 겁니다! 마법사께서 이곳에 계시는 것만으로도 대단한 전력이 됩니다~! 부디 기다려 주십시오. 곧장 연락을 넣겠습니다!"

그 흥분한 어조에 나는 괜히 심술이 나기 시작했지만 벤이 슬그머니 나서서 말했다.

"여기 대장이 로드리스의 짐 로스 아니었던가?"

늙수그레한 음성으로 그가 말하자 다튼은 떨떠름한 얼굴로 그렇다고 대답했다. 그러자 벤은 내가 엄청나게 싫어하기 시작한 그 음흉한 미소를 머금으며 말했다.

"그렇다면 그에게 전해주게나. 벤 가울링이 그의 주군과 함께 와 있다고 말이야."

"벤!"

내가 으르렁거리자 벤은 고개를 살짝 집어넣으며 천연덕스럽게 말했다.
"그래도 나름대로 그에게 마음의 준비는 시켜주어야 할 것 아닙니까?"

Chapter 30

"뭐 하자는 거야?"

방에 들어서자마자 내가 차갑게 묻자, 벤은 공손히 내가 걸친 로브를 받아 창가에 서서 먼지를 털기 시작했다. 흙이 묻은 장화도 얌전히 손질하는 그 모습은 왕년에 내가 황궁에서 보았던 시종의 자세 그대로였다. 하지만 요 며칠 그의 태도는 대단히 불손했다. 불손하다 못해 내 신경을 긁어대고 있었다.

"전하."

"빌어먹을 전하는 때려치워!"

"주인님."

그는 전과 다름없이 차분한 시선으로 날 바라보면서 나직하게 말했다.

"주인님께서는 곧 죽을 거라 하셨지요?"

"그래서?"

"하지만 주인님께서 대단한 힘을 지니고 계신다는 것은 분명한 일이 아닙니까?"

"그래서? 그 힘으로 남에게 봉사 좀 하다 죽으라고?"

내가 삐딱하게 묻자 그는 심각하게 얼굴을 굳혔다.

"주인님께선 왜 황궁을 떠나오신 겁니까? 그렇게 자기 연민으로 가득 차 왕년의 당당함도 잊은 채 웅크리기만 할 거라면 대체 왜 여기까지 오신 겁니까?"

"닥쳐! 죽고 싶나!"

"아니, 아닙니다, 주인님. 저는 어차피 주인님의 것. 저로선 두려워할 것은 아무것도 없습니다. 아시겠지요? 벤 가울링은 주인님의 개. 죽음 따윈 두려워하지 않는 미친 충견입니다."

그는 이를 드러내고 히죽 웃었다.

"주인님의 뒤를 따라 저도 죽습니다. 주인님을 혼자 보내는 짓 따위 저는 하지 않을 것입니다. 주인님은 저를 살려 저에게 새로운 삶을 주셨고 저에게 신뢰를 보내주신 단 한 분. 그런 주인님을 절대 혼자 보내지는 않습니다."

벤은 눈 하나 깜빡하지 않고 미소 지었다. 하지만 그 미소는 눈가까지 이르지는 못했다.

"이봐, 낯 뜨겁다."

"낯 뜨거운 말, 낯 뜨거운 짓거리를 눈 하나 깜빡하지 않고 해내는 게 바로 접니다, 주인님."

그는 또다시 히죽 웃었다. 나는 대체 어디에 시선을 두어야 할지 알 수 없어졌다. 이 미친 늙은이는 지금 나에게 프로포즈라도 하겠다는 건지. 내가 지금 이 노인네의 이따위 소리를 듣고 기분이 좋아질 거라고 생각하고 있단 말인가!

"저에게 있어 주인님의 무게는 빌어먹을 황제 폐하나 펜게이드 제국 전체보다도 무겁습니다. 주인님이 없는 제국은 당장 망해 버려도 전 상관없습니다. 아니, 주인님이 없는 펜게이드 제국 따윈 망해 버려야 합니다."

이젠 슬슬 기가 막히기 시작했다. 대체 요점이 뭐냐?

"이봐, 남의 아버지에게 그렇게 말하는 게 아니지."

"알게 뭡니까? 제 자식 죽어가는 것도 모르고 멍하니 있는 멍청한 작자, 제 알 바 아닙니다."

어쩐지 화를 내는 것도 허탈해지기 시작했다. 이 미친 늙은이는 마침내 막 나가기로 결심한 것이다. 내가 낼모레 죽으면 자기도 낼모레 죽을 테니 사방천지 무서운 게 없다는 태도였다. 이런 황당한 늙은이 같으니.

나는 탁자에 앉아 그가 내 벗은 발을 잡끄는 것을 멍하니 바라보았다. 그는 전형적인 시종답게 내 고린내 나는 발에 더운물을 부으며 닦기 시작했다. 구석구석 노련하게 닦는 그의 손길은 아주 익숙했다. 마치 항상 이렇게 해왔던 듯이.

"그래서, 미친 늙은이, 요점이 뭐냐고. 내 부아를 이렇게 돋우면서까지 하고 싶은 말이 뭐냔 말이야."

그는 수건을 꺼내 내 발을 아주 꼼꼼히 닦아내더니 짐 꾸러미에서 새 셔츠와 튜닉을 꺼냈다. 그러면서 히죽 웃는다.

"그야 물론 가시는 그 순간까지 즐겁게 가시라는 거지요."

기가 막혀 그를 물끄러미 보자 그는 음흉하게 웃으며 말했다.

"가시는 그 순간까지 즐기시길 바랍니다. 주인님께선, 내 주인님께선 제 기억으로 14세 이래로 단 한 번도 쉬거나 도피한 적이 없었습니다. 전 누구처럼 주인님을 위해 울거나 하진 않습니다. 전 그저 주인님을 위해 죽을 뿐입니다."

"……"

나는 그를 무심한 시선으로 바라보았다.

기분이 좋아진다. 분명히 기분은 좋아졌다. 이 음흉한 늙은이의 뜻대로 내 기분은 대단히 상향 곡선을 그리고 있었다. 나 하나가 무엇보다도 소중하다고 말해 주는 사람이 있다는 것은 뜻밖에도 무척이나 기뻤다. 아니, 엄청나게 기뻤다. 가슴속이 부글부글 끓어오를 정도로 기뻤다.

"늙은이와 같이 죽다니. 사양한다."

내 말에 그는 히죽 웃었다.

"그렇다면 그때에 절 살리시지 말았어야죠."

"기억은 나지 않지만 후회막급이다, 건방진 늙은이."

그가 또다시 웃었다. 하지만 결코 눈은 웃지 않았다. 그의 눈은 텅 빈 것처럼 아무것도 없었다.

나는 그제야 깨달았다.

이 늙은이는 울 줄 모른다. 웃을 줄도 모른다. 이 늙은이는 바탕부터가 아주 빌어먹을 악당이고 감정 따윈 애초부터 없는 냉혈한이었다. 그에게는 모든 것이 의미가 없었다. 그는 심지어 살고 싶은 욕망조차 없었다. 내가 시키지 않아도 아무렇지도 않게 살인을 저지르고, 내가 시키지 않아도 내 앞에 한 걸음 먼저 서 있다. 이 늙은이는 아마 내가 100명을 죽이라 하면 101명을 죽일 살인마였다. 그에게는 어떤 인간도 의미가 없었다. 아니, 인간을 인간으로 보지도 않을 것이다. 정중한 것도, 말수가 없었던 것도, 지나치게 충실했던 것도 다 그가 빌어먹을 악당이었기 때문이다.

그에게 의미있는 것은 단 하나, 어린 록그레이드 팰러스. 자신을 죽음 문턱에서 구원해 준 어린 황태자. 바로 나였다.

"먹을 거나 가져와. 그리고 이 빌어먹을 로그란드 영지를 어떻게 해결해 볼지 생각해 보자고."

나는 먼지투성이 옷을 벗어 바닥에 훌훌 던지면서 말했다.

그는 여전히 눈은 웃지도 않은 채 미소를 지으며 내가 던져 버린 옷가지들을 주웠다.

"그럽지요."

그가 문을 닫고 나간 뒤 옷을 갈아입으며 나는 터져 나오는 웃음을 참을 수가 없었다. 아니, 실제로도 킬킬 웃기 시작했다. 아, 빌어먹을. 진짜 빌어먹을 늙은이. 이 지독한 무게. 이 끔찍한 무게.

하지만 기쁘다. 비록 미치광이 늙은이이긴 하지만 나를 위해 죽어줄 누군가가 있다는 것은 빌어먹게도 기뻤다. 그래, 노인네, 성공했다. 어차피 난 음흉하고 치졸한 질투광이다. 나는 고상하고 착해 빠진 성인군자가 아니다. 모두의 행복을 위해 조용히 사라진다고? 하! 웃기는 소리! 그런 말도 안 되는 짓거리 따윈 하고 싶지 않아. 그래, 하고 싶지 않다고! 누군가 나를 위해 죽어준다고, 자살해 주겠다고 말해 줘서 기쁘다. 아주 기뻐. 미치도록 기쁘다. 그래, 나 그런 인간이다. 그렇고 그런 속물이다. 잘 집어냈어, 늙은이. 나는 날 위해서 되도록 많은 작자들이 달려들어 자살하겠다고 말해 줬음 좋겠다. 그래, 그게 내 솔직한 심정이야. 결코 나 혼자 죽고 싶진 않다고. 절대로 나 혼자 쓸쓸히 사라지고 싶진 않단 말이야. 내가 죽고 나서도 다들 잘 먹고 잘산다는 것을 상상만 해도 속이 뒤집힌다. 그래, 뒤집혀. 참을 수 없이 분하다.

"크크크……"

특히 내 희생을 밟고 잘 먹고 잘살 인간들을 생각하면 더 더욱 분해. 분해서 돌아버릴 지경이다. 처음에는 슬프고, 무섭고, 그 다음에는 분하다. 아주 분해.

그러니까, 심술 좀 부리자고. 즐기자고. 어차피 죽어 시체조차 남기지 못할 불쌍한 인생, 심술 좀 부려보자 이거야. 어차피 난 모든 사람들이 두려워하는 흑마법사 아니었던가.

벤의 말대로 나 역시 눈물 따윈 나오지 않았다. 자기 연민의 눈물 따위는 필요없다.

눈물은, 눈에 들어간 티끌을 닦아낼 때로 충분하다.

적당히 목욕을 마치고 뭘 좀 먹으려는데 방문을 두드리는 소리가 들려왔다. 아까부터 아래층이 소란하던데 그 주인공이 등장한 모양이다.

"들어와."

벤이 가져온 빵과 고기 더미에 코를 묻고 있던 나는 고개도 들지 않고 말했다. 벤은 내가 그동안 안 먹었다고 생각했는지 먹을 것을 퍼 가지고 왔다. 포도주는 거의 한 통을 가지고 왔는데, 이걸 설마 다 먹으라는 것은 아니겠지 싶어 나는 벤의 정신 상태를 좀 의심했다. 뭐, 하기야 이 늙은이가 미친 짓을 어디 한두 번 하나.

열릴 문으로 들어온 남자는 모두 세 명이었다. 모두 벌건 눈에 우람한 덩치를 하고 있었다. 그중 제일 앞에 선 밤색 머리의 남자가 훈제 돼지고기 접시를 들고 있던 벤에게 소리쳤다.

"벤 경!"

언제부터 벤이 경이 되었던가. 아니, 예전에는 경이었다가 박탈당했던가?

"여어. 짐."

여전히 음흉한 얼굴로 애써 경쾌하게 대답하는 벤은 여전히 돼지고기 접시를 들고 있었다.

검도 차지 않고 돼지고기 접시를 들고 있는 남자에게 경이라 부르는 모습은 확실히 어색했다. 하지만 벤 자신은 이상하게 생각하지 않는지 내 코앞으로 접시를 들이밀었다.

"한 조각 더 드십시오."

"됐어."

"더 드셔야 합니다. 이런 곳에서는 체력 소모가 많기 때문에……."

나는 잔소리를 들으며 그를 물끄러미 올려다보았다. 내 시선을 받자 그는 아하, 하는 이상한 소리를 내지르더니 수줍지도 않으면서 수줍은 듯 미소를 지으며 말했다.

"하, 마스터이신 분께 어줍잖은 잔소리를 했군요, 주인님."

난 그가 뭐라 지껄이든 신경을 끄기로 했기 때문에 눈앞에 있는 밤색 머리의 남자에게로 시선을 돌렸다. 그는 짙은 밤색 머리에 그에 못지않은 밤색 턱수염을 기르고 있었다. 파란 눈동자가 유달리도 돋보이는 것은 꽤나 늙수그레한 그 면상에 너무나도 이질적으로 맑았기 때문이었다. 아뿔싸! 나는 이런 놈들이 싫다.

"저기, 설마. 설마……?"

짐 로스라는 지극히 평민적인 이름을 가진 녀석은 내 앞으로 걸어오더니 눈을 부릅뜨고는 나와 벤을 번갈아 보며 물었다.

"벤 경이 여기에서 주인님이라고 부른다는 것은, 즉, 그러니까… 이 자리에 계신 분이 '스승' 님이라는 것인데. 그러니까 스승님께서……."

"누가 스승이야?"

내가 침 뱉듯 말하자 그는 화들짝 놀라며 다시 날 바라보았다.

"그러니까 스승님이세요?"

"누가 네 스승이냐고 묻잖아!"

괜히 울화가 치밀어 나는 그 파란 눈의 애송이를 향해 들고 있던 포도주 잔을 집어 던졌다. 녀석은 잽싸게 피했지만 뒤에 있던 두 명 중 하나는 불행히도 피하지 못해 정통으로 이마를 얻어맞았다. 비명 소리가 요란스럽게 울려 퍼지며 그 불행한 한 명이 나뒹굴자, 그 옆에 있던 다른 한 명이 내게 항의했다.

"이게 무슨 짓이오!"

막 칼을 빼 들고 싶었지만 앞에 선 짐 로스라는 놈의 분위기에 압도된 것인지 차마 뽑지는 못했다.

"쯧쯧. 짐, 주인님께서는 스승이 된다고 하신 적이 없었어."

벤이 태평스럽게 말했다. 아무래도 그는 황궁에서는 살인마 시종이었지만 밖에서는 잘난 척하는 퇴물 기사였던 모양이다.

"어, 어찌 되었든 이 자리에 계신 것을 보니, 기쁩니다."

짐이라는 녀석은 활짝 웃고는 자기 뒤에서 나에게 원한의 불길을 뿜고 있는 두 사람을 이끌고 내 앞까지 왔다.

"인사드려라. 이분은 내 스승이신 분으로 온 용병 세계의 지주, 용병들의 우상이신 분이다."

나는 먹던 것을 하마터면 토할 뻔했다. 짐은 반짝이는 파란 눈으로 나를 바라보면서 전신으로 '존경합니다'를 외치고 있었다.

"누구신데요?"

이마에 둥근 자국을 남긴 녀석이 불퉁하게 물었다. 그는 여전히 나에게 원망의 시선을 보내고 있었다.

"저 유명한 용병 세계의 그림자, 어둠 속의 진정한 왕! 가난한 자들의 용병! 1덴의 용병! 우울한 검의 마스터!"

흥분해서 떠드는 짐의 얼굴을 보다 말고 나는 옆에 선 벤을 흘긋 보았다. 벤은 여전히 무심한 표정으로 서서 그 이야기를 듣고 있었다. 이 녀석 용병이라더니 광대 아닌가?

"저 유명하신 암격왕 대럴 켄님!"

부들부들 떨기까지 해가면서 나를 소개하던 녀석은 무릎을 반쯤 꿇고는 진짜 왕에게 하듯 내 손에 키스까지 하려고 했다. 남자에게 키스 받는 취미는 없는지라 나는 재빨리 녀석에게서 손을 빼냈다. 그러자 녀석은 실망한 듯 건방지게도 내 로브 자락까지 들춰보려는 만행을 저질렀다. 물론 그전에 내가 한 발 걷어차 주었지만.

"암격왕!"

바보같이 서 있던 두 놈이 두 눈을 부릅떴다. 그들은 믿을 수 없다는 듯 나와 벤을 번갈아 보고 다시 짐을 살피더니 두 손을 맞잡고 고개를 숙였다.

"여, 영광입니다!"

"바, 반갑습니다. 대럴 위드입니다!"

여전히 돼지고기 접시를 들고 있던 벤은 한숨을 삼키면서 조금 투덜거렸다.

"대럴이란 이름은 진짜 흔하다니까."

어찌 되었든 조금 불편한 시선 속에 앉은 나는 침묵했다. 뭐, 할 말

있으면 알아서들 할 것이다. 게다가 난 저 짐 로스라는 녀석을 전혀 모르니 뭐라 할 말도 없었다. 그래서 포도주만 홀짝거리기 시작했다. 덕분에 주변이 온통 불편한 분위기로 휩싸였다.

"앉아도 됩니까?"

나 아닌 벤에게 슬그머니 물어본 짐은 벤이 고개를 끄덕이자 잽싸게 의자 하나를 꿰어차고 앉았다. 그 뒤를 이어 다른 두 명도 엉거주춤 앉았다.

"벤 경, 그런데 진정 켄님께서 여기 일에 참가해 주시는 겁니까?"

흥분한 어조로 짐이 물었다.

벤은 고개를 끄덕였다. 그리고는 내 쪽을 살피듯 바라보면서 점잖게 말했다.

"켄님께선 이번에 같이 온 꼬맹이들을 보고 참가하기로 결정하셨네."

거짓말도 잘한다.

"꼬맹이들? 아, 같이 온 일행이 있다고 들었습니다. 의용병이라지요."

짐이란 녀석은 찢어질 듯 벌어진 입을 다물지 못하며 두 손을 비볐다.

"켄님이 여기에 왕림하신 이상, 일은 다 된 거나 마찬가집니다. 누가 감히 여기에 끼어들겠습니까!"

나는 녀석이 떠드는 소리를 가만히 듣고 있었다. 듣고 있자니, 내가 무슨 해결사 내지는 신적인 존재인 것처럼 떠드는데 어쩐지 울적해졌다. 곧 죽어 나자빠질 날 앞에 두고 뭔 소리를 지껄이는지. 아니, 우울한 생각은 관두자. 이제 그만 하자고.

"그럼 상황을 설명해 드리겠습니다. 그러니 일단 본부로 옮기시지요. 켄님께서 이곳 지휘를 맡으시도록 모든 조치를……."

"관둬."

나는 손을 내저었다. 한창 흥분하던 짐은 내 말에 입을 다물고는 두 눈을 동그랗게 떴다. 아아, 저놈의 파란 눈 좀 어떻게 했음 좋겠구만.

"난 여기 있을 거고, 지휘는 하지 않아."

"하지만! 감히 누가……."

"안 한다고 했으면 안 한다."

내가 짧게 말하자 막 항의하려는 짐을 무게있게 짓누르며 벤이 한 걸음 나섰다.

"켄님이 안 한다면 안 하시는 거다, 짐 로스."

칙칙한 무게감을 자랑한 벤 덕분에 수다스러운 녀석은 입을 다물었다. 그는 잠시 어떻게 하나 망설이더니 조심스럽게 되물었다.

"그럼, 제가 도와달라고 말씀드리면 도와주시겠다는 겁니까?"

"그래."

"아, 알겠습니다. 그러니까 켄님께서는 여전히 나서기 싫다고 하시는 거군요."

짐은 나름대로 심각한 얼굴로 납득하더니 조심스럽게 부스스 일어났다. 그리고 머리를 긁적이고는 물었다.

"그럼, 다른 자들에게 이곳에 켄님이 계시다고 말해도 됩니까?"

"당연히 안 되지."

내 말에 벤이 미소 지으며 덧붙였다.

"이곳에 흑마법사가 있다고만 말해 두게, 짐. 켄님의 이름은 알리지 말고."

"흑마법사라고만 말하라구요?"

짐은 반문하더니, 잠시 후 알았다는 듯 박수를 쳤다.

"그렇군요! 하기야 보통 사람들이 켄님의 실력을 보면 흑마법사라고 해도 믿을 겁니다. 켄님이 워낙에 신출귀몰하신데다가 소드 마스터의 실력을 직접 본 사람이 얼마 되지 않으니 흑마법사라고 해도 믿겠지요! 좋은 생각이십니다, 벤 경!"

이봐, 진짜 흑마법사라니까.

소란스럽게 떠들던 녀석들이 사라진 뒤 나는 뒤에 앉아 있는 벤을 흘긋 돌아보았다.

"어떻게 된 거야?"

"짐 로스와의 인연 말씀입니까?"

벤은 다시 정중해져 있었다. 제길, 정말 정 안 가는 늙은이일세.

"짐 로스는 한 반년 전에 시그린 왕국의 농민 반란 때 만난 적이 있습니다. 그 당시 주인님께서는 한 소녀의 의뢰로 악덕 영주인 그라임 자작을 없애러 나섰다가 그를 호위하고 있던 짐 로스와 만난 겁니다."

"그런데?"

"지금 보면 아시겠지만 짐 로스는 흥분하기 쉬운 성격입니다. 주인님을 공격하다가 말 그대로 얻어맞고는, 주인님께서 그 소녀의 의뢰로 나섰다는 이야길 듣고 두 손을 들었습니다."

두 손을 들든 말든 나에겐 상관없었을 텐데, 그 실력 가지고는.

"그 다음부터 존경한다고 주인님을 쫓아다니기 시작하다가, 하도 귀찮게 구니 주인님께서 녀석의 자세를 좀 손봐주셨었죠. 그 다음부터 자신이 주인님의 제자라고 떠들고 다니는 겁니다."

"그런데 가난한 자들의 용병이라느니, 1뎬의 용병이란 건 또 무슨 소리야?"

그 말에 벤이 웃었다.

"그라임 자작을 죽여달라고 했던 소녀의 의뢰금이 1덴이었습니다."

"뭐?"

나는 눈을 크게 떴다.

의뢰금이 겨우 1덴? 1덴이라면 빵 한 조각조차 먹을 수 없는 돈이다. 5덴은 되어야 주먹만한 검은 빵을 살 수 있다. 그런데 내가 1덴에 움직였다고?

"일가족이 참살당한 소녀가 울면서 1덴을 내밀었습니다. 복수해 달라고. 그 악독한 영주를 죽여달라고. 그 아이의 나이 고작 여섯 살이었습니다, 주인님."

나는 가만히 앉아 있었다. 내 발 밑의 뭔가가 부서진 것 같은 느낌이 들었다.

"그 외에도 주인님께서는 귀족가와 연관된 부조리한 상황이라든가 아주 악독한 녀석일 경우는 1덴이나 10덴 정도의 의뢰금이라든가, 노파의 사과 한 알 정도의 의뢰금을 받고 움직이셨습니다. 돈에는 구애받지 않았으니까 다들……."

암격왕.

생각해 보면 그렇다. 왕이라는 호칭이란 것은 나름대로 경의를 표한 것이다. 용병왕이라는 위본은 용병들을 다루는 데 있어서 나름대로 품격이 있었다. 그냥 늑대처럼 어슬렁거리는 자에게 왕이란 호칭을 붙여주진 않는다. 암격왕 대럴 켄은 어둠 속에서 의뢰받는다. 가장 가난한 자들, 돈이 없어 억울한 자들을 위해 단 1덴 따위의 동전으로 움직이는 소드 마스터.

그래서 그를 암격왕이라 부른다는 것이다. 당연하다. 제국의 황태자인 록그레이드가 돈에 구애받을 필요는 전혀 없다.

그러나 나는 소름이 끼쳤다. 알아선 안 되는 것을 알아버린 기분에 사로잡혀 눈앞이 깜깜해졌다. 뭔가 이상했다. 아주 이상하다.

"전하?"

갑자기 벤이 불렀다.

나는 고개를 황급히 저으며 말했다.

"잠시 나가 있어, 혼자 있을 테니."

그는 잠시 나를 뚫어지도록 바라보았다. 하지만 아무리 보아도 그는 로브 속의 내 얼굴을 보지는 못한다.

"알았습니다. 시킬 일이 있으면 부르십시오."

그는 그렇게 정중하게 인사하고는 방을 나갔다.

그가 나가고 난 뒤 내내 나는 천장을 바라보며 누워 있었다. 머리가 빙빙 도는 것 같았다. 머리 속 어디선가 계속해서 이상하다를 외치는 내가 있었다. 이상해서 견딜 수 없다고 외치는 내가 있었다. 무엇이 그리도 이상한가.

돈.

돈이다.

벤의 말을 듣는 순간, 반감을 느끼는 내가 있었다. 반감을 느끼다 못해 냉소하는 내가 있었다.

뭐? 1뎬의 의뢰라고? 그 따위는 받지 않아. 세상은 어차피 부조리한 것이야. 어린 고아가 의뢰했다고 1뎬의 의뢰를 받는다니 그건 말도 되지 않는다. 만약 그렇다면 내가 해치울 놈 이외의 다른 녀석들의 목숨 값은 어디로 가지? 어린 고아가 겨우 1뎬에 의뢰를 했을 때 가지는 그 헛된 생각은 어떻게 해? 세상은 힘있는 자의 것이다. 그 부조리함을 어린애도 빨리 깨닫고 살아가는 데 열중하는 게 좋아. 지랄맞은! 1덴? 10덴의 의뢰? 그것이 목숨 값이라고? 그건 말도 되지 않아. 난 정의의 사자 따위가 아니야. 그 따위는 세상에 없어. 내가 울부짖으며 정의의 심판을 원했을 때 신은 어디 있었지? 웃기지 마라! 세상은 그렇게 쉬운 게 아니라구!

계속해서 울부짖는 소리가 들렸다. 나는 분노하고 있었다.

겨우 1덴의 의뢰? 사과 한 알의 의뢰? 낭만적이긴 하지만 너무나 불쾌한 의뢰다. 그걸 내가 받아들였다고? 믿을 수 없어! 그건 배부른 자의 방식이야. 나는 배가 고파! 나는 배가 고파서 죽을 것 같았어!

문득 눈앞이 깜깜해졌다. 배가 고팠다고? 황태자인 내가 배가 고팠어? 이건 뭔가 모순 아니야? 황태자인 작자가 배가 고파 울부짖었다니, 그런 일이 있을 수가 있단 말인가?

손이 부들부들 떨리는 게 보였다. 머리 속이 부글부글 끓어오르는 것만 같았다. 오갈 데 없는 분노가 점점 부풀어 올랐다.

돈 한 푼이라도 아끼자고 궁중 재단사와 떠들었던 나. 모두들 웃으며 그 이야길 듣고 있었지. 궁중 재단사는 아이고 아이고 소리를 내면서도 내 말을 잘도 받아넘겼어.

머리가 지끈거렸다. 배부른 자의 방식. 배부른 자의 적선.

"베세레스 아이!"

나는 마침내 큰 소리로 외쳐 불렀다.

"베세레스 아이! 나와!"

내가 큰 소리로 몇 번이나 외쳤지만 아무도 나타나지 않았다. 그 요염한 자태를 자랑하던 마족 여자는 보이지 않았다. 나의 계약자인 그녀는 내가 부르면 나타나야 했다. 그래야 이야기가 된다. 나는 혼란스러워서 미치기 시작하는 머리를 붙잡고 이를 갈았다.

대체 이게 어떻게 되는 노릇이야? 록그레이드란 놈은 미친놈이었나? 이중인격이었나? 황태자인 주제에 암격왕이라고 불리며 적선과 수련을 동시에 하면서 뒤에선 호스르슨 귀족들을 비웃었다. 그러면서도 자신은 호화찬란한 의상을 걸치고 눈이 뒤집어질 정도로 거창한 명검들을 소장했다. 하지만 결국 본인이 쓴 것은 낡아 빠진 평범한 철검 쇼트 소드.

돈에 연연하지 않는다고 1덴에 의뢰를 받고 살인을 하던 록그레이드. 어린애의 철없는 의뢰를 받거나 돈 없는 노파의 사과 한 알에 검을 휘두른 록그레이드. 그리고선 궁에 돌아와 자신의 출궁을 눈치 챘다는 이유로 죄없는 시종들을 죽여 버린 록그레이드. 그러면서도 자신을 죽이려 한 황후를 끝까지 감싸며 고통을 감내한 록그레이드. 지극히 황태자다운 그 태도. 그 구역질나는 그 태도. 나는 그 행동이 구역질이 난다. 나는 그자가 역겹다.

한 인간이 이렇게까지 분열될 수도 있는 건가? 내가 미쳐 가는 거 아닌가?

"뭘 그렇게 안절부절못하는 거지?"

갑자기 차가운 손이 내 어깨를 눌렀다.

흠칫하고 멈추자, 그 손은 주저하지 않고 로브를 벗기고 뒤이어 아무렇게나 걸친 셔츠 자락을 헤치고 들어와 내 등을 쓰다듬었다. 척추를 훑어 내리는 손길은 지극히 관능적이었지만 나는 완전히 얼어 있었다.

"록, 왜 나를 불렀지?"

손가락이 뺨에 와 닿았다. 귓가에 그녀의 입술이 닿았다.

천천히 뒤돌아 서자 그녀가 눈가에 웃음을 담고 날 바라보는 게 보였다. 하얀 두 팔이 내 목을 휘감고 반라의 맨 가슴이 내 가슴을 압박

하고 있었다. 나는 그녀를 물끄러미 바라보았다. 어째서 이 여자는 나타날 때마다 나를 유혹하는 거지? 아니면 단순히 날 놀리는 것일까?

"날 부른 이유는?"

그녀의 동공이 가볍게 흔들렸다. 인간과는 다른 길쭉한 홍채가 자연스럽게 수축했다.

"내 기억을 되살려 줘."

그녀의 눈이 커졌다. 아니, 홍채가 둥글게 변했다.

"내가 기억 소거의 마법을 펼쳤다고 했지? 그것을 되살려 줘."

"왜? 이제 와서 새삼스럽게?"

"아무래도 너무 이상한 게 많으니까. 그리고 내가 펼쳤다는 그 마법도 이상하기 그지없어."

"뭐라고?"

나는 그녀가 빨간 입술을 혀끝으로 핥는 광경을 무심히 바라보며 말했다.

"얼마 전 기억을 지우는 마법을 한 애송이에게 펼친 적이 있었지. 그녀석의 기억을 지우는 것은 쉬웠어. 나와 만났을 때부터의 기억을 지워 버리면 그뿐이었으니까. 녀석은 그때의 일은 아무것도 기억하지 못해."

로빈의 얼굴을 떠올렸다.

그렇다. 기억을 지우는 마법에서 선택 사항이라는 것은 없다. 왜냐면 인간의 정신에 대한 마법이기 때문에. 지운다면 모조리 지우는 것이다. 아예 백지 상태로.

"하지만 난 다르지. 나는 모든 것을 기억해. 감정, 습관, 언어, 행동, 취향, 판단, 성격, 내가 익혔던 기술까지도. 기억 소거의 마법을 펼쳤다고 한다면 난 이것들을 기억하지 못했어야 정상이지. 하지만 나는 기억한다. 내 자신이 누구인가만 빼놓고, 내 주변의 인물들이 누구인가만 빼놓고는 모두 다 기억해. 이건 대체 어떻게 된 일이지?"

베세레스 아이는 물끄러미 날 바라보았다. 그녀의 홍채가 몇 번이고 수축하는 광경을 보면서 나는 점차 온몸이 싸늘해지는 감각을 맛보고 있었다.

"재미있네."

그녀가 마침내 말했다.

그녀는 킥킥 웃었다. 그리고는 내 뺨을 감싸 안으면서 속삭이듯 말했다.

"너는 정말 재미있는 인간이야. 정말 순진하지 못한 인간이야. 어쩌다 이렇게도 의심으로 똘똘 뭉친 인간이 되었을까."

나는 아무 말도 하지 않고 그녀를 똑바로 바라보고만 있었다. 이렇게 되자 또 의심스러워지기 시작했다. 정말 그녀는 나의 계약자일까?

"정말 지극히 흑마법사다워. 의심하고 또 의심하고 절대로 자신을 이용하는 것을 용납하지 못하는 이기적인 인간. 너무나 흑마법사다워서 슬플 지경이야."

그녀는 내 뺨에 손가락을 대고는 한숨을 쉬는 척했다.

그녀의 손가락은 내 뺨을 거쳐 천천히 목으로 내려가 쇄골을 어루만지고 그 다음에는 가슴으로 내려갔다. 차가운 그 손가락 때문에 나는 소름이 끼쳤다. 그녀는 심장이 뛰는 왼쪽 가슴까지 손을 내리고 잠시 가만히 음미하듯 있더니 자신의 뺨을 내 가슴에 댔다.

"심장이 뛰는 소리가 들려. 록그레이드 팰러스. 여기에 살아 있는 사랑스런 내 계약자."

얼음이 온 사방에 가득 차는 듯했다. 발가락에서부터 머리끝까지 얼어붙는 듯한 차가운 한기와 오한이 온몸을 뒤덮었다. 그녀가 닿아 있는 심장만이 미친 듯이 요동치고 있었다. 마치 죽기 직전의 짐승이 발버둥을 치듯이. 공포였다. 이것은 끔찍한 공포였다.

"지극히도 사랑스럽군."

그녀는 손톱으로 내 가슴을 긁으며 보이지도 않는 심장을 향해 속삭였다.

"이렇게도 발버둥 치는 것을 보면 정말 너무나 사랑스럽게 느껴져. 들려? 이 심장의 고동이?"

나는 눈을 감았다. 더 이상은 참을 수 없다. 숨이 막혀 버릴 것만 같았다.

"가엾어라."

그녀가 눈을 감은 내 뺨에 다시 한 번 키스를 했다. 그녀의 입술에 닿을 때 나는 가늘게 떨었다. 두려움으로 미쳐 버릴 것 같았다. 아니, 차라리 미쳤으면 좋겠다. 미쳐서 이 자리에 없다면 좋겠다.

"정말 가엾기도 하지. 모르면 좋았잖아?"

그녀가 귓가에 대고 속삭이며 웃었다. 내가 공포에 부들부들 떨고 있는 것을 보면서 그녀가 또 웃었다.

"모르면 좋았을 텐데. 흑마법사라는 것은 정말 가련한 족속이야."

나는 바닥에 무너지듯 주저앉았다. 다리에 힘이 풀려서 서 있을 수가 없었다. 그런 나에게 두 팔을 감은 그녀가 내 귓불을 핥으면서 속삭였다.

"진실은 잔인하지. 그렇지?"

눈물이 나올 것만 같았지만 여전히 나오지 않았다. 말라비틀어진 눈가는 여전히 따갑기만 했다.

"잔인하지만 인간들은 꼭 알고 싶어하지. 아, 정정할게. 인간들이 아니고 흑마법사라는 족속들만 그래."

그녀가 나직하게 웃었다.

"흑마법사란 족속들은 자신들이 남에게 이용당하는 걸 너무 싫어해서 아주 집요하게 주변을 탐색하지. 탐색하고 또 탐색해. 그리하여 마침내 끔찍한 진실을 마주하고는……."

그녀의 혀가 내 입술에 와 닿았다. 마치 사탕이라도 되는 듯 그녀는 내 입술을 핥더니 다시 킥킥 하고 웃었다.

"미쳐 버리지."

그녀가 깔깔대고 웃었다.

나는 귀를 막아보려고 했지만 그녀의 강인한 두 팔에 갇혀 막을 수가 없었다. 그 깔깔대는 웃음소리가 귀청을 찢어대고 마침내 내 심장을 송두리째 찢어발길 것만 같았다. 머리통을 부여잡고 몇 번이나 몇 번이나 나는 뒤틀었다. 하지만 여전히 나는 그녀의 팔 안에 있었다. 나를 희롱하며 즐기고 있는 그녀의 팔 안에.

헐떡이며 늘어져 버린 내 몸을 끌어안고 그녀가 다시 한 번 키스하며 속삭였다.

"넌 록그레이드 팰러스가 아니야. 축하해."

그래, 진실은 잔인하다. 지독하게도.

Chapter 31

"설마 오늘인가?"

나는, 아니, 록그레이드 팰러스는 테이블에 읽던 책을 놓고 베세레스 아이를 바라보았다. 그녀는 부드럽게 웃으며 그에게 손을 뻗었다. 그녀의 흰 팔이 그의 목에 부드럽게 감기자 록그레이드는 씁쓸한 미소를 머금었다. 그의 입가에 그녀가 키스하자 그는 냉담하게 그녀의 입술을 밀치고는 천천히 일어섰다.

"그래, 그럼 어떻게 하면 될까?"

그는 초연했다. 아니, 어떻게 보면 마치 기다렸다는 것처럼 보였다. 새까맣게 윤기가 나는 머리와 냉담할 정도로 담담해 보이는 검은 눈, 창백한 피부는 기품있는 윤곽선을 따라 놀랍게도 고압적인 냄새를 풍겼다. 거칠고 단단한 손을 가진 귀인(貴人).

"생각보단 늦었군. 나는 네가 성인식을 올릴 때 나를 데려갈 줄 알

있어."

"나 역시 널 데려가고 싶어 죽을 지경이었지만 참지 않으면 안 되었어."

베세레스 아이가 유혹적인 내음을 흘리며 그의 뺨에 손가락을 댔다. 하지만 그 손가락을 우아하게 밀쳐 내면서 록그레이드는 재촉했다.

"왜 참았다는 거지? 그리고 내 미래를 가지고 뭘 어떻게 하겠다는 거지?"

"그건 비밀이야."

그녀는 조바심을 내듯 두 팔을 벌려 그의 허리를 잡았다. 록그레이드는 그런 그녀의 태도에 아랑곳하지 않고 잠시 생각에 잠겼다. 냉혹해 보이는 눈.

내가 그를 보는 감각은 묘했다. 그는 나와 너무나 달라 보였다. 내가 거울을 볼 때와는 다른 기분이었다. 그는 내가 기억하는 나보다 훨씬 더 유연하고 위압감이 있는 남자였다. 아니, 냉혹하고 강한 남자인지도 모른다. 그라면 정말로 눈 하나 깜짝 않고 아무 죄 없는 시종들을 베어 죽였을 수도 있을 것이다.

"그럼 유언장이라도 써둘까?"

"뭐라고 쓸 건데? 어차피 넌 사라지는 것이지 죽는 게 아니야. 네가 유언장을 쓴다고 해도 내일 아침에는 또 다른 네가 있을 텐데."

"또 다른 나?"

그는 미간을 찌푸렸다.

베세레스 아이는 깔깔대고 웃었다.

"미래를 가져간다고 했어. 난 네 미래를 가져가는 거지, 네 목숨을 가져가는 게 아니라구."

"그럼 설마 하니 내 자리를 누군가가 대신한다는 거야?"

울컥하는 태도로 그가 그녀의 목을 쥐었다. 격렬한 분노가 새까만 눈동자 속에서 번들거렸다. 그는 이를 악물고는 그녀의 목을 있는 힘껏 쥐었다. 하얀 그녀의 목은 그가 힘을 준다면 그대로 부러질 듯 가늘었지만 사실 그렇게 약하지는 않았다.

"어차피 무슨 상관이야? 넌 사라질 거야. 넌 모를 거라고."

그 말에 그의 얼굴이 고통스러운 듯이 일그러졌다. 영혼 저 밑바닥부터 올라오는 분노와 고통이 나를 전율케 했다. 나도 알고 있다. 그는 내가 겪은 그대로 느끼고 있을 것이다.

그가 알고 있는 모든 사람들이 타인을 자신이라 믿고 따를 것이다. 그가 한 모든 일들을 타인에게 빼앗긴다. 아무도 그가 사라진 줄 모를 것이다. 아무도 그가 모후를 구한 대가로 사라져 버리는 줄 모를 것이다. 록그레이드라고 하는 인간 하나가 사라지는데 그것을 아무도 모른다. 아무도 모른 상태로 그는 사라진다. 죽는 것보다 더한 고통. 존재 자체가 사라져 버리는 그 원통함. 그 분함.

"록."

그녀가 뱀처럼 그의 몸을 휘감으며 불렀다. 그녀의 황금빛 눈동자는 놀라울 정도로 감정을 담고 빛나고 있었다.

"나는 오래 기다렸어, 네가 내 것이 되기를."

"그런가."

그는 나로선 놀랄 정도로 금방 침착을 되찾았다. 그가 베세레스 아이의 목을 놓자 그녀는 피식 웃으며 그의 입가에 키스했다. 아직도 경련을 일으키고 있는 악문 입술에.

"너에겐 억울한 거래였겠지? 네 어미가 그 모양이 되어버렸으니까."

"좋은 거래라고는 할 수 없겠지."

그는 픽 하고 웃더니 갑자기 테이블로 가서 뭔가를 쓰기 시작했다.

"새로운 나는 완전히 새로운 모습이겠지?"

"그렇겠지."

그녀의 대꾸에 그는 갑자기 킬킬거리기 시작했다. 울음이 배어 나오는 듯한 비통한 웃음이었다. 하지만 그는 실제로 눈물은 흘리지 않았다.

"뭐라고 썼어?"

"유언보다는 농담이 어울리겠군. 생각해 보면 내일 아침 도노반의 얼굴이 어떨지 궁금하군."

그는 킬킬대더니 테이블 위에 놓인 브랜디 병을 잡았다. 그리고는 천천히 잔에 브랜디를 따랐다. 그가 그것을 마시는 것을 보며 그녀는 그의 목덜미에 키스했다. 그녀가 그의 옷자락 속에 손을 넣든 말든, 키스를 퍼붓든 말든 그는 아무런 신경도 쓰지 않았다. 물론 제지도 하지 않았다.

"후회하고 있어?"

유혹하듯 그녀가 물었다. 어느새 그녀의 손이 그의 가슴을 더듬고 있었다. 셔츠 자락 사이로 맨살을 만지는 그녀의 손은 하얀 뱀처럼 교묘했다.

"후회?"

그는 입가를 비틀며 웃었다. 차다찬 냉소에 나는 조금은 그와 나의 차이를 깨달았다.

"만약에 내가 여기서 후회한다면 뭐가 되는 거지?"

"밤마다 네가 고통에 겨워 울부짖었다는 것을 나는 알고 있어. 나는 너의 모든 것을 알고 있다고."

그녀는 깔깔대며 그의 목덜미에 거듭 키스했다.

나는 그녀를 밀쳐 버리고 싶었다. 밀쳐 내고 난도질하고 싶었다. 정말 짜증나는 계집, 마족이었다. 그녀는 애무하는 게 아니라 희롱하는 중이었다. 죽어가는 자를 바라보며 그자의 속까지 뒤집어대는 희롱을 하고 있는 것이다.

하지만 내 생각과 달리 록은 자신을 애무하는 그녀의 손을 아예 무시했다. 그녀가 어떻게 하든 알 바 아니라는 태도였다. 그 무심함이 오히려 지독하게도 오만하게 보였다.

대체 저 인간은 어떻게 저렇게까지 냉정할 수가 있는 것일까? 죽는 것보다도 더한 이 상황에서 어떻게 그는 웃을 수 있지? 모든 것을 내게 빼앗기리라는 것을 알면서도 어떻게 저렇게까지 초연할 수 있는 건가? 그가 정말로 염세적인 성격이었다면 모르겠지만 그는 그런 성격이 아니었다. 오히려 치열하게, 끔찍할 정도로 치열하게 살아가는 인간이었다. 낮에는 황태자로서 자신이 이 제국에 어떻게 하면 조금이나마 좋은 상황을 만들어볼 수 있을까, 자신이 얼마나 흔적을 남길 수 있을까 하고 고민했고, 밤에는 암격왕 대럴 켄으로서 소드 마스터의 경지에 오르기 위해 부단한 노력을 했던 남자다. 여자를 품으면서도 치열하게 계산을 하고 누군가를 만나면서도 속이고 속였다. 그런 남자가 자신의 모든 것을 다른 자에게 빼앗기는데 저렇게도 태연할 수가 있단 말인가? 나라면 절대로, 절대로 태연할 수 없다. 어떻게 태연할 수가 있단 말인가!

"물론 나는 인간이니까 후회하고 고통스러웠지."

그는 자신의 팔뚝에 남은 화상의 흉터를 바라보며 대꾸했다. 하지만 묘하게도 담담한 어투여서 정말로 후회하고 있다고는 생각되지 않았다.

"하지만 내가 여기서 후회하고 있다고 한다면, 뭐가 되는 거지?"

그가 갑자기 쿡 하고 웃었다. 그는 그녀 쪽으로 돌아서면서 갑자기 그녀의 턱을 잡았다.

"내가 여기서 후회하고 있다고 한다면, 나의 인생 전체가 무의미해져 버린다!"

그는 가볍게 이를 갈고는 그녀의 턱을 잡아당겨 그 입술에 키스했다.

"나는 절대 후회하지 않아. 아니, 후회한다는 말을 하지 않아."

"고집쟁이."

그녀가 그의 코끝에 키스하자 그는 피식 웃었다. 이미 증오를 넘어선 그의 눈빛은 놀랍도록 담담했다. 내가 베세레스 아이를 증오하는 것과 달리 록그레이드는 이미 냉담한 얼굴을 하고 있었다.

어떻게 그럴 수가 있을까? 자신을 없애기 위해 달려든 마족을 이젠 증오조차 하지 않는다고?

"나는 치열하게 살았다, 베세레스 아이."

그는 속삭이듯 그녀에게 고백했다.

"어차피 인생은 불공평하잖아? 그러니 후회한다고 내 인생을 모욕할 필요는 없지. 게다가……."

그는 그녀의 입술을 깨물었다.

"나는 모욕당하는 것에 익숙하지 않아."

조롱하듯 키스하던 그는 그녀의 턱을 놔주고는 다시 잔에 브랜디를 따랐다.

"그걸 왜 마시는 거지? 그 안에 독이 들었다는 걸 알잖아?"

베세레스 아이는 그가 깨문 입술을 핥으며 물었다. 피가 조금 나왔지만 그녀는 오히려 흥분하는 것 같았다.

"그래, 독의 고통을 맛보고 싶어서 그래. 어차피 난 사라질 거니까."

록은 입가를 비틀며 냉소했다.

"인간이란 정말로 이상하군. 굳이 고통을 당해보고 싶다는 것이야?"

베세레스 아이가 길쭉한 동공을 축소시키며 그의 턱에 키스했다. 찰싹 달라붙어 있는 것이 창부나 다름없는 태도였지만 그녀는 자기 것을 만지는 양 당당한 태도였다.

"난 죽는 것도 아니고 잠자는 것도 아니야. 난 사라지는 거라구. 그러니까 최소한 기본적인 감각만은 가지고 싶어. 이것이 어쩌면 마지막 감각일지도 모르니까."

그의 손이 떨렸다. 그는 떨리는 몸으로 그 자리에 주저앉았다. 왈칵 피를 토했지만 그는 그 피를 손으로 받아 들여다보았다. 부들부들 떨리는 그의 몸으로 보아 고통은 심한 듯했지만 그는 신음조차 내뱉지 않았다. 그런 그의 곁에 베세레스 아이는 흥미진진한 얼굴로 달라붙어 있었다. 그의 뺨과 가슴, 목과 팔을 끊임없이 애무하듯 쓰다듬으며 그녀는 미소 짓고 있었다.

"얼마나 오랫동안 널 갖고 싶었는지 몰라, 록그레이드."

"빌어먹을."

그는 다시 한 번 왈칵 피를 토했다.

"네가 태어날 때부터 널 갖고 싶었어. 아무래도 너에겐 꽤나 억울한 거래를 한 것 같기도 하지만 네가 선택한 거야."

그녀는 고통에 떠는 그의 귀를 살짝 깨물며 유혹하듯이 속삭였다.

"내 것이 되어줘, 영원히."

그는 눈을 감았다. 부들부들 떨리는 몸은 고통에 겨워 간헐적으로 경련을 일으키고 있었으나 여전히 신음조차 내뱉지 않았다. 그는 주먹을 쥔 채 이를 악물었다.

"내 것이 되겠다고 말해. 그럼 그 고통을 멈춰줄게 사랑스런 록."

그는 눈을 감으며 키득키득 웃었다. 정말 대단한 정신력이었다. 독을 마시고도 웃을 수 있다니. 고통에 일그러진 얼굴로 그는 그녀의 머리카락을 움켜쥐며 속삭였다.

"내 미래를 주긴 했지만 내 영혼을 주진 않았어, 마족 아가씨."

"그러니까 달라고. 내 것이 되어달라고, 록그레이드!"

그녀가 조금 초조하게 달라붙으며 외쳤다.

"난, 모욕당하는 데 익숙하지 않다고 했지."

그의 입술이 부들부들 떨렸다. 사지는 제멋대로 뒤틀리고 그녀의 머리카락을 쥔 손가락은 허공을 휘저었다.

"나는 사라지는 것 대신 죽는 것을, 죽는 것을 택할 테니까."

"록그레이드! 죽기 전에 네 영혼을 내게 줘!"

악을 지르며 베세레스 아이가 외쳤다. 그녀는 고래고래 고함을 질러댔다.

"줘! 내 것이 되어줘! 영혼을 준다면 네 소원을 들어주겠어! 소원을 들어주겠어!"

악을 지르는 그녀의 앞에서 그의 움직임이 멈췄다. 그는 더 이상 움직이지 않았다. 간헐적으로 가끔 사지가 움직였지만 호흡은 사라졌다. 눈은 감기고 피 묻은 입가는 다물어졌다. 독기로 인해 파랗게 변한 피부는 온기를 잃어갔다.

베세레스 아이는 씩씩대며 그의 시체를 끌어안고 있었다. 피로 물든 그의 입가를 정성스럽게 닦아내면서 그녀는 이를 갈았다.

"제기랄! 제기랄! 지독한 인간! 지독한 인간!"

인간이었다면 나는 그녀가 울고 있다고 생각할 정도로 비통한 음성이었다. 그녀는 그렇게 이를 갈더니 손을 휘저었다. 순간, 피로 물든 그의 시체가 깨끗해졌다. 물론 그의 피로 얼룩진 카펫도 순식간에 제 모습을 되찾았다.

"난 죽이겠다고는 하지 않았다고. 진짜 죽어버릴 것까지는 없잖아? 나와 함께 마계로 가서 지낼 수도 있는데. 진짜 죽어버리다니. 이건 불공정한 거래야, 록그레이드."

그녀는 한탄하듯 중얼거렸다.

그는 잠자는 듯한 모습이었다. 여전히 윤기 흐르는 흑발을 늘어뜨리고 카펫 위에 반듯이 누워 있는 그를 안아 든 베세레스 아이는 침대 위에 그를 올려놓았다. 그리고는 몇 번이나 한숨을 내쉬더니 그의 이마에 거푸 키스했다. 정말 아쉽다는 듯이 그의 시체를 몇 번이나 어루만지던 그녀는 낮게 투덜거렸다.

"최상급의 영혼을 가질 수 있을까 하고 기대했었는데, 이렇게 죽어버리다니. 12년간이나 기다려 왔었는데."

투덜거리던 그녀는 벌떡 일어서더니 아쉬운 듯 계속해서 그의 주위를 맴돌았다. 그리고는 허공 속으로 사라졌다.

나는 어둠 속에 누워 그 모든 광경을 지켜보았다. 베세레스 아이의 손가락이 내 가슴 언저리를 더듬고 있었다. 그녀가 뱀처럼 속삭였다.

"어때?"

"지독한 남자였군."

나는 담담하게 대꾸했다.

"좋은 남자였는데, 너무 오만했어."

그녀가 투덜거렸다. 그 음성에 남은 희미한 감정을 느끼고 나는 중얼거렸다.

"정말로 록그레이드를 원했나 보군."

"그가 태어났을 때, 대륙의 모든 드래곤들이 고개를 돌렸을 정도였으니까. 마법사의 재능과 소드 마스터로서의 재능 모두를 갖춘, 마나를 다루는 자로서는 최고의 육체를 가진 자였어."

그녀는 한탄하듯 속삭였다.

"그리고 그에 어울리는 강인한 영혼의 소유자이기도 했지."

그녀는 생긋 웃었다.

갑자기 가늘어진 동공이 나를 향했다. 내 깊숙한 곳까지 꿰뚫어 보는 듯한 강렬한 시선이 나를 직시했다. 화살처럼 날카로운 시선은 나도 모르는 가장 깊숙한 곳을 단숨에 꿰뚫고 들어와 조롱했다.

"그대는 어떻지? 그대의 영혼은 록그레이드만큼 강인한가?"

나는 대답하지 않았다. 그 대신 조용히 비웃어주었다.

"기쁘군."

"뭐?"

"너무나 기뻐 울고 싶을 정도다."

내 말에 그녀는 눈을 부릅떴다. 베세레스 아이는 내 팔뚝을 갑자기 움켜쥐었다. 그리고는 기묘한 표정으로 나의 턱을 잡아당겼다.

"다시 말해 봐."

"내가 진짜 록그레이드가 아니라서 무척 기쁘다고."

내가 피식 웃으며 말하자 그녀는 내가 진심인지 의심스럽다는 듯이 내 눈 속을 들여다보았다. 조롱하듯 이글거리던 그녀의 길쭉한 동공은 뱀처럼 차갑게 가라앉았다. 화살촉처럼 보이는 그 눈동자는 내 약점을 쥐고 싶어 견딜 수가 없는 모양이었다.

하지만 사실이었다.

나는 기쁘다. 아아, 형언할 수 없이 기쁘다. 뭐라 말할 수 없을 정도로 기쁘다.

비록 록그레이드 본인은 아니지만, 나는 이제 죽지 않는다. 나는 사라지지 않는다. 나는 '나'로서 존재하고 모든 이들이 나를 기억할 것이다. 나를 사랑하고 존중하고 또 증오하고 경멸하며 또 그렇게 사람들 사이에서 부대끼며 살아갈 테니까. 나는 사라지지 않는다. 사라진 쪽은 록그레이드였다.

깊은 안도감이 아주 천천히 메마른 속을 적셨다. 흑마법사란 결국은 지독하게 이기적인 인간. 몇 번이나 절망에 빠져도 결국 '나'라는 것을 포기하지 못하는 이기적인 짐승. 흑마법사란 정말로 이기적인 짐승이다. 록그레이드는 없다. 그는 마족에 의해 사라지느니 차라리 죽음을 택했다. 그가 잘난 인간이든 못난 인간이든 상관하지 않는다. 나는 여기에 있고 그는 갔다. 이렇게나 기쁜 일이 있을 수가.

웃음이 터져 나왔다. 정말로 기쁘다. 이런 기쁜 선물을 마족에게서 받다니. 대체 중간에 무슨 일이 있었는지 잘 모르겠지만 분명한 것은 나는 사라지지 않는다는 것이다. 나는 계속해서 여기에 있을 수 있다! 존재할 수 있다!

"정말 이상한 인간이군."

베세레스 아이가 웃음을 터뜨리고 있는 나를 향해 투덜거리듯 말했다.

"당장 죽어버릴 것 같은 눈을 하고 있다더니 금세 이렇게나 낄낄거리다니. 기쁘다고? 넌 여전히 네가 누구인지도 몰라. 그런데도 기뻐?"

"베세레스 아이."

나는 눈물까지 새어 나오는 눈가를 누르면서 그녀를 향해 물었다.

"지긋지긋한 마족아, 만약 내가 록그레이드가 아니라면 너는 내 계약자가 아닌 거지?"

그녀의 얼굴이 잠시 흔들렸다. 그녀는 아닌 척했지만 그녀의 얼굴이 흔들리는 것은 분명했다. 고양이를 닮은 길쭉한 동공이 잠시 가늘게 변했다.

"건방지게 굴지 마, 마족 계집! 네가 내 계약자가 아니라면 내 앞에서 그 암내나는 몸뚱이를 치워."

그녀는 눈을 크게 떴다.

내가 그런 말을 할 줄 몰랐다는 듯, 아니, 마족인 자신이 그런 말을 들을 줄은 상상도 하지 못했다는 그런 얼굴에 나는 비틀린 쾌감을 느꼈다.

"마족인 주제에 거짓말을 해? 네가 내 계약자라구? 네 계약자였던 록그레이드는 이미 죽었다. 따라서 너와 나는 관계없어. 그럼에도 불구하고 네가 내 앞에서 얼쩡거렸다는 것은……."

나는 큭큭대고 웃었다. 마족답지 않게 파리하게 질린 그 낯짝이 무척이나 보기 좋았다.

"내 진짜 계약자는 너보다 서열이 높은, 꽤나 강력한 존재임이 분명해. 내 말이 틀리냐?"

그녀는 단 한 마디도 하지 않았다. 아니, 하지 못했다. 그저 입을 꼭 다문 채 파리해진 얼굴로 나를 쏘아보았을 뿐이었다. 나는 천천히 몸을 일으켰다. 몇 번이나 죽었다 살아난 심장을 부여잡고 나는 천천히 그녀의 전신을 훑어보았다.

마족은 거짓말을 하지 않는다는 말은 말짱 헛소리다. 마족은 거짓말을 한다. 그것도 아주 교묘하게 한다. 자신에게 이로운 말을 늘어놓는 고도의 거짓말이다. 계약을 할 때도 항상 그렇듯 마족에게 이로운 방향으로 이끌어가기 위해서는 무지한 인간들을 제멋대로 조종하는 것은 당연지사.

"이, 인간 주제에 건방지게!"

그녀가 갑자기 입술을 깨물며 외쳤다. 그 태도에 나는 확신했다. 나의 계약자는 베세레스 아이보다도 훨씬 더 대단한 존재임이 분명하다. 어쩌면 그녀에게 명령해 나를 록그레이드의 몸으로 환생시킬 정도의 대단한 존재일지도 모른다. 그렇다면 보통 고위 마족이 아닐 것이다.

"어차피 너도 내가 누구인지 모르는 게 분명해."

나는 조용히 웃었다.

"그렇다면 너에게 볼일은 없어, 건방진 계집."

내 말에 그녀의 얼굴이 점점 일그러지기 시작했다. 아아, 그래. 나는 그녀의 이런 얼굴을 보고 싶었다. 우월감에 가득 찬 건방진 표정 말고 당혹감과 공포에 일그러진 저런 얼굴이 보고 싶었다.

"$εζγβγαιθκλΨΧΦΥΤ$!"

큰 소리로 외치자마자 그녀의 주변으로 화염의 원이 튀어 올랐다. 베세레스 아이가 크게 눈을 부릅뜨는 순간, 화염은 그녀의 전신을 할퀴며 달려들었다. 이글거리는 불꽃이 그녀의 전신을 타고 흐르며 포효했다. 공간을 찢으며 달려드는 검은 화염. 에그나르페임.

"두, 두고 봐! 이 건방진 인간 놈!"

악을 쓰며 그녀가 고함을 질렀다. 화염이 내지르는 포효와 그녀가 질러대는 고함 소리가 너무나 커서 귀가 멍멍할 지경이었다.

나는 주먹을 움켜쥐며 그녀의 전신을 태우는, 아니, 그녀의 존재를 태우는 화염을 감상했다. 아니, 어쩌면 그녀가 존재했던 공간을 태우는 것일지도 모른다. 실제로 그녀는 타버린 게 아니고 마계로 돌아갔을 뿐이다.

"칼레이드케르헤허펠레이누. 에그나르페임칼레이드."

나는 혀도 잘 돌아가지 않을 소리를 입 밖으로 흘려냈다. 갑자기 내가 떠들어댔던 말이 이해되기 시작했다. '내 이름을 빌어 명하노니 공간을 태우는 화염의 야수여, 나의 적을 찢어라'.

"맙소사."

이것은 마계어다.

마법의 언어는 대개는 마법의 체계에 따라 달라진다고 알려져 있었다. 백마법이라는 극단적인 인간의 마법은 물론 인간의 언어. 신성마법은 신계의 언어, 그리고 흑마법은 마계의 언어. 흑마법사가 마족과 계약을 했든 말든 마법이라는 것은 여러 가지 단계를 거친다. 즉, 인간이 마계어를 떠드는 셈이니까 그 어색함은 말도 못할 지경일 것은 분명하다. 그런데 나는 의미도 모른 채, 아니, 기억도 잃은 채 마계어로 마법을 행했다. 이것은 완전히 무의식적인 마법 발동으로, 내가 고위의, 아주 대단히 고위의 마족과 계약했다는 결정적인 증거였다.

갑자기 다리가 풀려서 나는 바닥에 주저앉았다.

머리에 쥐가 날 것 같았다. 충격이 몇 번씩 이 작은 머리통을 후려갈겼는지 정신이 아득해질 지경이었다. 저 나락에서 하늘로, 하늘에서 나락으로 몇 번씩 떨어지고 올라간 탓에 머리 속은 여전히 뒤죽박죽이었다. 대체 내가 어떻게 이 자리에 서 있는 것인지조차 이상할 지경이었다.

몇 번이나 록그레이드에 대해 생각했다. 분석하고 따지고 의심했다.

록그레이드 팰러스. 펜게이드 제국의 황태자로서 소드 마스터이자 흑마법사. 대륙 최연소 소드 마스터로서 천재 중의 천재. 그리고 그는 죽었다. 그리고 나는 죽지 않는다.

"하아……."

하지만 그것만으로도 됐다.

나는 록그레이드가 아니다. 내가 누군지 아직 모르지만 어쨌거나 나는 록그레이드가 아니다. 그러니까 사라지지 않는다. 죽지 않는다. 나는 강하다.

"크크크……."

나는 고개를 떨군 채 웃었다. 어깨를 마구 흔들며 웃었다.

기뻐 죽겠다. 정말 나는 죽지 않는다. 그래서, 너무 기쁘다.

나는 고개를 들고 거미줄이 낀 천장을 바라보았다.

베세레스 아이의 공간도 깨지고 나는 어느새 여관방으로 돌아와 있었다. 희미하게 옆방에서 떠드는 소리와 사람들이 걸어 다니는 소리들이 들려오기 시작했다. 아래층에서 흘러나오는 듯한 음식 냄새와 거리의 아이들이 내지르는 시끄러운 소음들도 함께 귓가로 내려앉았다.

메마른 눈 안쪽이 아팠다. 머리가 지끈거리고 온몸은 얻어맞은 듯 쑤셔왔다. 잠이 쏟아질 것만 같아 나는 아주 천천히 걸어 침대 위에 누웠다. 엄청나게 피곤하고 지쳤지만 아직도 의문은 하나도 풀린 게 없었다. 아니, 오히려 다시 원점으로 돌아왔다.

나는 누구인가. 그리고 내 계약자는 누구인가. 게다가 왜 난 록그레이드의 몸뚱이 속에 들어와 있는가. 만약 내가 베세레스 아이와 연계된 마족에 의해 그의 몸속에 들어오게 된 것이라면 진짜 내 몸은? 그리고 지워진 내 기억들은 어떻게 된 걸까?

가장 근본적인 것은 아무것도 해결되지 않았다. 오히려 내가 애써서 알아낸 모든 것은 전부 다 뒤집혀 버렸다. 피곤하다. 지독하게 피곤하다. 피곤하다 못해 허탈하다. 그저 시한부 인생이 아니란 것 하나만을 기뻐할 뿐이다. 게다가 그 재수없는 계집이 내 계약자가 아니라는 것도 기쁘다. 그 계집이 록그레이드에게 한 그 짓거리는 상상만 해도 역겹다.

"후우……."

웃음은 멈췄다. 이제 멍한 머리는 생각하기를 거부했다.

한숨 자고 나서, 그리고 나서 생각하자. 이제 나는 시간에 쫓기는 몸이 아니니까. 시간은 무한정 있다. 아아, 나는 정말 가진 것은 시간밖에 없는 남자니까.

잠에 취한 채 나는 문득 옛 기억 같은 것이 희미하게 떠올랐다 사라지는 것을 느꼈다. 무한정한 시간. 시간밖에 없다니. 그건 또 무슨 소리지? 에라, 아무려면 어떠랴. 나중에 생각하자. 지금은 너무 피곤하니까 나중에. 나중에 생각하자구…….

Chapter 32

"그 상태로 주무신 겁니까?"

낯선 잔소리에 눈을 뜨자 부드러운 눈매의 남자가 서 있었다. 나이는 삼십 대 중반 정도로 보였지만 어쩌면 더 되었는지도 모른다. 귀밑머리가 조금은 하얗다.

"정말 고약하신 분이군요. 위병들이 새파랗게 질려서 원당 형님을 찾고 있습니다."

남자는 가늘고 긴 눈매에 턱수염을 기르고 있었다. 검은 머리에 다갈색 눈동자는 청결해 보이는 인상이었다. 내가 아무 말도 하지 않자 그는 그다지 크지도 않은 눈을 조금 더 크게 뜨더니 부드럽게 웃었다.

"차를 올릴까요? 아무래도 잠이 덜 깨신 모양입니다. 어젯밤 연회가 피곤하셨습니까?"

나는 아무 말도 하지 않았다. 아니, 할 수 없었다. 지금 내 눈앞에 있는 자가 누군지 잘 알 수가 없었다.

"어쩐 일이십니까? 형님 같은 대주호가 술에 취해 잘 곳을 잊다니오."

긴 소매.

품이 넓어 보이는 옷을 허리띠로 조인 그 옷은 굉장히 낯설면서도 어딘가 그리운 냄새가 났다. 윤기가 흐르는 그 옷은 하얀 바탕에 연둣빛의 깃을 단 것이었다. 목깃과 소매 끝단, 그리고 발끝까지 덮는 그 옷자락의 끝에 장식된 연둣빛의 깃은 윤기가 흐르는 남자의 피부에 잘 어울리는 듯도 했다. 길고도 긴 옷.

"형님?"

그가 다시 이상하다는 듯 눈을 크게 뜨며 묻는다.

"아무것도 아니야."

나는 손을 내저으며 천천히 일어나 앉았다. 아니, 내가 일어나 앉은 것이 아니라 '원당' 이라 불린 사내가 일어나 앉았다. 그는 구겨진 옷을 입은 채 딱딱한 나무 의자 위에 누워 있었던 듯하다. 굵고 단단해 보이는 손가락이 제일 먼저 눈에 들어왔다. 그리고 그가 입은 옷이 바로 눈앞에 있는 사내와 별 차이가 없다는 것도 깨달았다.

"왕께서 찾으십니다. 내내 찾고 계셨습니다. 저번에 있었던 비무대회 우승자가 감히 형님께 가르침을 청한 모양입니다. 그런데 해가 중천에 떴는데도 이런 모습이시라니······."

사내가 피식 웃는다.

나는 천천히 일어섰다. 아니, 나 아닌 원당이 일어섰다. 일어서고 보니 굉장히 키가 큰 모양이다. 눈앞의 사내 정수리가 보일 정도다. 뿐만 아니라 나, 아니, 원당의 덩치는 그의 두 배는 될 듯했다.

"어디로 가면 되나?"

"일단 차를 드시고 좀 의관을 정제하시지요. 제가 가마를 이미 불러 놓았으니 시간은 오래 지체되지 않을 것입니다. 안 그래도 위병들은 새파랗게 질렸답니다. 왕께선 너무 성정이 급하시지요."

사내가 다시 피식 웃으며 김이 모락모락 올라오는 작은 찻잔을 내밀었다. 다갈색의 찻잔에 담긴 찻물에 잠시 시선을 던지자 사내가 여전히 웃는 낯으로 말한다.

"형님이 좋아하시는 밀락은 아직 올라오지 아니하였습니다. 이건 올해 첫 수확한 밀언이랍니다. 그래도 향은 좋으니 드시지요."

나는 손을 뻗어 찻잔을 받아 들었다. 사내 손의 두 배는 될 듯한 내 손에 나도 모르게 움찔했다. 못이 잔뜩 박히고 단단해 보이는 손은 대단히 거칠었다.

차는 생각 외로 맛있었다. 좀 떫은맛이 있었지만 목이 마른 터라 그건 상관없었다.

"고맙구나."

나 아닌 원당이 말했다.

목소리는 굉장히 굵고 낮았다. 단어의 끝을 딱딱 끊어 말하는 버릇이 있는 건지 묘하게도 퉁명스런 인상이었다. 눈앞에 있는 사내와는 전혀 다른 느낌이다. 그런데도 설마 형제인가?

"어서 가세요. 왕께선 기다리는 것을 가장 싫어하십니다."

사내의 재촉에 걷기 시작했다. 조금 앞서 걷던 사내는 내 쪽을 보며 물었다.

"그런데 어제 왜 그렇게도 술을 많이 하셨습니까? 평상시 형님답지 않으십니다."

"……."

평상시의 나는 어떻다는 것일까. 나는 걸음을 옮기며 주변을 살펴보았다.

화려한 꽃과 단정한 잎새를 가진 화초로 장식된 정원이 눈앞에 펼쳐져 있었다. 화강암을 깎아 만들었음 직한 각은 블록이 바닥에 박혀 있었고 길쭉한 나무로 만든 울타리 너머로 작은 연못이 보였다. 내가 방금 전까지 누워 있던 곳은 지붕과 나무로 만든 의자만이 놓여 있는 소박한 정자였다.

콧속으로 흙 냄새가 스며 올라왔다. 아직 이슬의 습기가 그대로 느껴지는 것을 보아 하니 아침나절인 듯도 싶다. 이름 모를 꽃이 뿜어내는 향기 때문인지 기분이 좋아진다.

다시 시선을 한 걸음 앞서 걷는 사내에게로 돌렸다. 가는 몸체에 어딘가 병색까지 엿보이는 사내는 나와는 전혀 다른 체구를 가지고 있었다. 하지만 움직임은 의외로 흐트러짐없이 고요하다. 생각보다 약한 작자는 아닌지도 모른다.

아치형의 꽃으로 만든 중문을 연달아 지나자, 마침내 자줏빛이 도는 거대한 기둥이 나타났다. 그리고 그 기둥이 받치고 선 회색 빛 지붕도 보였다. 문과 창문이 십수 개나 되지만 단층으로 지어진 기묘한 집이었다. 집 주변은 아까와 다름없이 꽃과 화초로 장식되어 있었고 사람의 기척은 별로 없다. 웅장하긴 하지만 별로 썩 아름다운 형태는 아닌 집이었다.

"들어가시지요."

붉은빛이 도는 나무 문을 사내가 열어준다. 안으로 천천히 들어가 보니 긴 복도가 나왔다. 꽤나 긴 복도다. 그리고 복도의 좌우로 방문이 보였다. 기묘한 형태다. 복도 좌우로 마치 약속이나 한 듯이 마주 보고 있는 방문은 위압감이 있었다. 나는 아무 문이나 확 열어버리고 싶은 충동을 느꼈지만 억눌렀다. 원당이라는 자는 내 기분이야 어쨌든 성큼성큼 걷더니 가장 안쪽의 문을 활짝 열었다.

"어마."

앉아 있던 젊은 여자가 벌떡 일어섰다. 나는 순간적으로 움찔했다. 원당이 아닌 내가 움찔했다. 여자는 이십 대 후반 정도로 보였다. 흑백 분명한 눈동자와 붉은 입술을 가진 그녀는 인간이라기에는 지나치게 곱고 아름다웠다.

"대체 어디에 가셨다가 이제 오신 건가요? 밤새 걱정했어요!"

화를 바락 내는 그녀는 두 팔을 벌리더니 나를 덥석 끌어안았다. 이를 드러내며 웃는 그 얼굴이 너무나 환해서 나는 넋을 잃었다. 그녀를 온통 감싸고 있는 연한 보랏빛 드레스는 묘한 디자인이었다. 어쨌거나 허리가 조여졌지만 살갗은 하나도 볼 수 없는 치렁치렁한 옷을 걸친 여자는 매우 아름다웠다. 인형처럼 조밀조밀한 이목구비가 웃음으로 활짝 휘어지는 것이 정말 보기 좋았다.

그녀는 내 옷깃에 대고 킁킁 냄새를 맡더니 히죽 웃었다.

"아, 다행이다. 당신 다른 여자랑 있다 오는 것은 아니군요."

"술만 마셨다구. 이봐, 소희. 그렇게 강아지처럼 킁킁대지 마. 희린 보기에 부끄럽지도 않아?"

원당이 웃음기 섞인 어투로 말하자 그녀는 얼굴을 확 붉혔다.

"어마나. 서방님이 계셨군요. 죄송해요."

사과하는 그 말에 보고만 있던 사내가 여전히 웃는 낯으로 대답했다.

"아아. 아닙니다, 형수님. 워낙에 형님이 인기가 많으시다 보니, 사실 여자들의 유혹도 적진 않아요. 형수님의 마음, 충분히 이해합니다."

"그렇죠? 서방님도 이해하시죠?"

두 손을 맞잡은 그녀는 나비처럼 팔랑팔랑 옷깃을 나부끼며 움직였다. 이 꽃에서 저 꽃으로 날아다니는 나비. 연한 보랏빛, 분홍빛, 노란빛. 화려한 색채가 마치 카드처럼 펼쳐지며 눈앞을 가득 메웠다.

기시감.

언젠가 나는 그런 광경을 보았던 것도 같다. 여인의 화사한 옷자락과 맑고 부드러운 웃음소리, 그리고 향긋한 살 내음. 너무나 그리운 아름다운 풍경.

"원당, 뭐 해요? 옷을 갈아입어요. 준비해 놨어요. 성질 더러운 왕께서 이렇게 오래 기다려 주시는 것도 드문 일이라구요."

깔깔 웃으며 그녀가 내게 옷을 내놓았다. 갈색과 검은색, 그리고 자줏빛이 도는 옷이었다. 그리고 그 옷 위로 굵직한 검이 놓여졌다. 잔뜩 낡은 가죽끈으로 친친 동여맨 그 묵직해 보이는 검은 아내의 키만큼이나 길었다. 훅 하고 끼쳐 오는 금속 특유의 냄새에 나는 문득 전율했다.

원당은 자연스럽게 세숫물에 손을 담가 세수를 하고 옷을 갈아입었다. 그리고 구릿빛 거울 앞에 앉은 채 흐트러진 머리카락을 묶어 올린다. 나, 아니 원당은 구릿빛 피부에 큼직한 이목구비를 한 남자였다. 턱수염을 기르고 있긴 하지만 그다지 길진 않았고 눈썹은 굵고 짙었지만 무성하진 않았다. 코나 입가가 묵직한 것이 꽤나 남자다운 얼굴이었다. 나이는 삼십 대 중반, 혹은 후반 정도로 보였다. 귀에 단 금빛 귀고리가 조금 특이했다.

아내인 소희가 내 머리를 빗겨주었다. 내 머리는 등허리까지 내려올 정도로 길었다. 가죽끈으로 머리를 묶어 올리고 일어서기까지 그다지 시간은 걸리지 않았다. 허리에 검을 차자 기다리고 있던 동생 회린이 여전히 미소 띤 얼굴로 방문을 열었다.

"어서 가세요."

손까지 흔들며 배웅하는 사랑스런 아내를 향해 원당은 웃었다. 그는 그녀의 이마에 살짝 입맞춤을 하며 미소 지었다.

"오늘은 술 많이 하시면 안 돼요. 아무리 왕께서 먹으라 권해도 물리치세요."

뾰족한 아내의 말이 어여뻤다. 내 가슴속으로도 원당이 느끼는 사랑스러움이 밀려들어 왔다. 그녀가 웃으면 초승달이 뜬 것처럼 곱다.

다시 복도로 나오자 회린이 아까와는 조금 다른 어투로 슬그머니 물었다.

"대체 어제 무슨 일이 있었습니까? 아무리 왕께서 성정이 급하시다고는 해도 이렇게까지는 아닌데요. 아침부터 집까지 찾아오시다니. 정말로 드문 일입니다."

원당은 침묵했다. 아내와 마주했을 때 보였던 즐거움은 씻은 듯이 사라지고 없었다. 오히려 그의 마음은 어두웠다. 나도 갑자기 마음이 어두워지는 것을 느꼈다.

"천하제일검이신 형님이 어째서 그렇게 어두운 얼굴을 하시는 겁니까? 왕께서 혹여 무슨 무리한 명령이라도 내리신 겁니까? 하지만 형님께선 이 나라는 물론이요, 대륙이 인정한 천하제일검이십니다. 형님을 해할 자는 아무도 없습니다."

원당— 나는 위로하듯 말하는 회린을 흘긋 보았다. 정성껏 말하는 이 사내로 상상해 보건대 전혀 닮지 않은 이 형제는 우애가 좋은 모양이다. 구릿빛 피부의 원당과는 달리 회린은 하얗고 자그마했다.

"왕께서 이상한 요구라도 하셨습니까?"

아무런 대답을 하지 않자 회린은 불안한 어조로 작게 속삭이듯 물었다.

"형님, 사실은 저도 조금 걸리는 게 있었습니다. 천학원의 대학사께서 며칠 전 사임을 하고 낙향하셨는데, 그분께서 누누이 제게 형님을 꼭 잘 보필하라 말씀하셨답니다. 그래서 저는 계속 불안하기만 합니다."

회린이 아무 말도 하지 않는 원당의 소맷자락을 문득 잡더니 아무도 없는 복도를 확인했다. 하인들도 없는 것인지 정말 집 안은 쥐 죽은 듯 조용했다.

"형님, 솔직히 말해 주세요. 왕께서 형님께 무슨 말씀을 하신 겁니까? 저는 불안합니다. 대학사께서 분명 왕이 무서운 일을 저지르실지도 모른다고……."

입을 다문 회린을 바라보던 원당은 깊게 한숨을 내쉬었다.

그의 어두운 마음이 내 마음까지 침식해 들어왔다. 이 낯설면서도 익숙한 대화에 머리가 복잡했다. 이건 또 무슨 꿈일까.

"회린아."

"네, 형님."

"이 나라는 지금 태평성대를 누리고 있다."

"그렇습니다, 형님. 선왕께서도 성군이셨고 현왕께서도 성정은 급하시나 현군이십니다."

냉큼 대답하는 회린을 보며 원당이 다시 탄식했다.

"그러나 사람의 욕심이란 끝이 없는 게다."

"네?"

"하나를 얻으면 두 개를 가지고 싶고, 두 개를 가지며 세 개를 가지고 싶은 법. 왕께서는 나와 동문이시지만 단 한 번도 나에게 검을 섞어 이겨본 적은 없었지."

"하지만 제왕이시니, 그건 또 다른 문제이지요."

회린의 불안한 대꾸에 원당은 희미하게 웃었다.

"질투란 것은 반드시 남이 나보다 더 가지고 있기에 일어나는 것만은 아니다. 내게 부족한 것이 있다는 것을 깨닫는 순간부터 찾아오는 것일지도 모른다."

"그게 무슨 뜻이신가요?"

회린의 눈이 흐려졌다.

"나의 호는 참마검이다. 그럼에도 불구하고, 왕께서는 나에게 악마를 불러내라 하시는구나."

그 말에 회린의 얼굴이 새파랗게 질렸다.

악마? 악마를 불러내? 그게 대체 무슨 의미?

"왕께서는 악마의 힘을 끌어내 이 대륙을 통일하고자 하신다. 나 개인의 힘만이 아니라 악마의 힘, 인간의 힘을 초월한 거대한 힘을 얻고 싶으신 게다."

"그… 마, 말도 안 됩니다! 악마를 불러내는 소환 마법은 이미 절전된 지 오래입니다. 게다가 그것은 모든 선문에서 기피하고 있는 것이 아닙니까!"

회린이 원당의 소매를 잡고 흔들었다. 거대한 체구의 원당에게 매달린 회린은 무척이나 작아 보였다.

"왕의 운기로는 악마를 불러낼 수가 없으시단다. 강한 악마를 부르려면 강한 자가 나서야 하는 법. 왕께서는 내가 직접 악마를 불러내 부리라 하신다."

"마, 말도 안 됩니다! 절대로 안 됩니다! 악마를 부른다는 것은 끔찍한 결과를 초래할 뿐입니다! 형님께서 단호히 거절하십시오!"

회린의 말에 원당은 씁쓸하게 웃었다.

그 순간, 나는 알았다.

만약 원당이 거절한다면 왕은 회린을 죽이고, 그 사랑스런 아내를 죽일 것이며, 원당의 수백 제자들과 친척들을 남김없이 몰살시킬 것이다. 원당 하나는 강했지만 그의 일족 전체가 모두 그처럼 강한 것은 아니었다. 나는 왕에게 살의를 느꼈다. 만약 원당이 왕을 죽여 버리고 스스로 왕위에 오른다면 얼마나 좋을까. 그럼 나쁘진 않잖아?

내가 그런 상상을 하고 있는 동안 원당이 말했다.

"왕을 설득시켜 보아야겠지만, 어쩌겠느냐. 세상 모든 것이 어찌 순리대로야 흐르겠느냐."

그는 한탄하듯 말했다. 그리고는 자신의 손 안에 놓인 장검을 어루만지며 속삭이듯 말했다.

"천하제일검이면 무엇 하느냐. 나는 이미 충성하기로 맹세한 몸이다. 좋으나 싫으나 왕은 나의 주인이고 나는 그 신하로다."

미친놈이라고 나는 욕하고 싶었다. 안 되는 것을 알면서도 행하는 것은 용기가 필요한 것이다. 하지만 안 되는 것을 안 하는 것 또한 용기가 아닌가. 비난을 두려워하는 것은 용기가 아니다. 진정한 용기는 비난을 두려워하지 않는다.

어라? 나는 멍하니 원당과 회린을 바라보았다. 원당 속에 내가 있는

가 싶었는데 다시 나왔나 보다. 그나저나 지금 내가 어디에 있는 것일까? 저 원당이란 작자는 누구이기에 내가 그의 안에 들어갔다 나왔다 하는 것일까?

나비처럼 팔락이는 그녀의 옷자락. 사랑스런 웃음소리.

나는 누구고 저 원당은 또 누구일까. 그리고 난 지금 어디에 있는 거지?

"전하!"

갑작스런 부름에 나는 눈을 크게 떴다.

눈앞에 무표정한 얼굴이 떠올랐다. 바로 코앞까지 다가왔기에 너무 놀라 뒤로 나자빠질 뻔했다.

"뭐 하는 거야?"

나는 그 괴상한 얼굴이 벤이라는 사실을 다시 떠올렸다.

"배고프다고 하시더니, 숟가락을 들고 졸고 계셨나요?"

벤이 묘한 표정으로 물었다.

나는 시선을 아래로 내렸다. 내 손이 쥐고 있는 것은 둔탁해 보이는 나무 숟가락이었다. 그것도 머리 부분이 닳을 대로 닳아 꺼칠꺼칠하다. 나는 다른 한 손을 찾았다. 그 손은 아까처럼 가죽으로 둘둘 만 낡아 빠진 쇼트 소드 위에 있었다.

쇼트 소드. 어쩐지 엄청나게 롱 소드가 가지고 싶어졌다.

롱 소드라면 아까의 그 남자, 원당이 가진 그 검과 비슷할지도 모른다. 아니다. 그 검은 영 생김새가 달랐다. 롱 소드보다는 크레이모어와 바스타드 소드의 중간 정도 되었던 것 같다. 이질적인 검. 여기와는 다른 나라, 다른 대륙의 검이 분명하다. 그 낯선 복장과 명칭이며 건물

형태가 그곳이 이국임을 그대로 드러내고 있었다. 하지만 그 원당은 대체 누구야?

"전하, 아니, 주인님?"

벤이 이상하다는 듯이 다시 불렀다.

나는 꿈을 꾸고 있었던 것일까? 여기는 분명 나와 벤이 머물고 있는 여관의 객실이었다. 아주 평범하고 평범한 여관의 방. 오히려 지금 이 상황이 실감이 나지 않았다. 나는 방금 전까지 원당이라는 인물이 되어 회린이란 자와 함께 서 있었는데.

백일몽?

창가를 보니 햇빛이 성큼 들어와 있었다.

시간 감각이 없어서 잘 모르겠지만 정오는 조금 못 된 것 같다. 하지만 이런 시간에 내가 졸았을 리가 있나? 소드 마스터가 이렇게 무방비 상태로 존다는 이야긴 내 생전 들어본 적이 없다.

나는 식은땀이 배어 나오는 손바닥을 문지르면서 다른 한 손으로는 계속 음식을 입에 넣었다. 맛도 모르겠다.

"치즈 한 조각 드릴까요?"

벤이 치즈를 잘라 뜨거운 수프 위에 얹었다. 멀건 수프가 영 맛없어 보였던 모양이다. 이런 시골의 여관에서 왕년 록그레이드가 먹었던 만찬을 기대한다는 것은 말도 안 되는 이야기다.

"……."

나는 내 식사 시중을 들고 있는 벤을 새삼스레 바라보았다.

그렇군. 난 록그레이드가 아니었다. 그리고 벤의 주인도 아니다.

녹아내리는 치즈와 뜨거운 수프를 한 숟갈 입에 넣으면서 그를 꼼꼼히 바라보았다. 만약 내가 록그레이드가 아니라 정체 모를 놈으로, 난데없이 마족의 농간으로 록그레이드의 육체를 홀라당 먹어치웠다는 것을 알게 된다면 그는 어떻게 할까?

나, 아니, 록그레이드를 위해서라면 뭐든지 한다는 작자였다. 뭐든 록그레이드만을 위해 살아온 남자다. 만약 여기서 나는 록그레이드가 아니다라고 말하면 그는 어떤 반응을 보일까?

틀림없이 날 죽이겠다고 달려들겠지. 그리고 진짜 록그레이드를 위해 자결하겠지. 저 지나치게 자존심 높고 오만방자하며 마족마저 감탄한 싸가지없는 그 록그레이드 팰러스를 위해서.

나는 숟가락을 꽉 쥐었다. 이글이글 뭔가가 치밀어 올랐다.

이렇게 분할 수가 있나. 이렇게 허탈할 수가 있나.

나는 죽은 록그레이드를 이길 수 없다. 그리고 그를 잊을 수도 없다. 나는 그의 이름으로 불릴 테니까. 그리고 수없이 많은 사람들이 나를 록그레이드라 부르며 애정, 혹은 증오를 퍼부어댈 것이다. 그리고 그 중에 나라는 존재는 없다.

방금 전까지 나는 내가 록그레이드가 아닌 것에 감사했다. 내가 죽지 않을 것이란 것에 기뻐했다. 하지만 그렇다고 해서 상황이 바뀌는 것은 아니었다. 음험하게 도사린 검붉은 질투와 증오는 여전히 으르렁거리며 존재한다. 나는 록그레이드라 불릴 때마다 그를 증오할 거다. 그 주변 사람들에 대해 죄책감을 느끼며 침잠할 것이다.

"주인님, 식욕이 없으시다면 다른 것으로 바꿀까요?"

벤이 물색없이 물었다.

나는 벤의 얼굴을 똑바로 노려보았다.

차라리 여기서 벤을 죽여 버리자. 그리하여 나는 록그레이드라는 이름을 버리고, 그가 만든 대럴 켄이라는 이름을 버리고 내 스스로 내 자신의 이름을 짓고 살아가는 것이다. 그렇게 하면 나는 나 자신으로 있을 수 있을 것이다.

갑작스런 살의가 구름처럼 일어났다. 자유, 나 자신에 대한 자유를 상상하자 견딜 수 없는 열망이 치밀어 올랐다. 나는 록그레이드라는 이름에서 자유롭게 살 수 있을 거다. 이 얼굴을 모르는 자들 사이에 끼면 아무도 모른다. 하늘처럼 높은 제국 황태자의 얼굴을 모르는 자는 아는 자보다 훨씬 많을 테니까.

"죽이십시오, 주인님."

갑자기 벤이 고개를 숙였다.

그 말에 나는 갑자기 벼락을 맞은 것 같았다.

"제가 주제넘은 짓을 너무 많이 한 모양입니다. 죽이십시오, 주인님."

벤은 무릎을 꿇고 목을 길게 드러낸 채 고개를 숙이고 있었다. 단두대에 오른 사람처럼.

나는 눈을 감았다.

잊고 있었다. 벤은 그러한 인간이었다. 내가 죽어라, 라고 한마디만 하면 죽을 그런 인간이다. 하지만 기쁘긴커녕 끔찍하게 싫었다. 왜냐면 난 록그레이드가 아니므로 그에게 명령할 권리는 가지고 있지 않았다.

"자결할까요?"

마치 과자라도 권하는 듯한 말투였다.

그는 지극히 여상스러운 말투로 그렇게 말하더니 나를 빤히 바라보았다. 아무 말 하지 않자 그는 진짜로 허리춤에서 단검 하나를 빼어 들더니 그것을 그대로 자신의 목에 들이댔다. 조금의 주저도, 망설임도 없는 움직임이었다.
 팅.
 나무 숟가락이 날아갔다. 낡아서 그런지 두 동강이가 났다.
 "죽으려는 녀석을 죽이는 것만큼 재미없는 게 있을까."
 그렇게 느릿하게 중얼거리자 벤이 진지한 음성으로 물었다.
 "무슨 일이 있으셨습니까?"
 충견이라… 충실한 강아지라.
 나는 턱을 괸 채 내 왼손 아래 있는 낡은 쇼트 소드와 박살 나 바닥을 구르고 있는 나무 숟가락을 번갈아 보았다. 그리고 벤도.
 록그레이드의 행세를 한다고 해서 죄책감이 들 정도로 나는 착하지 않다. 아니, 순진하지도 않다. 내가 기분 나쁜 것은 내가 분명 록그레이드가 아닌데 나를 록그레이드라 부르는 이 상황이 싫다는 것일 뿐이다. 여기서 기억을 완전히 찾는다면 좋을 텐데. 그럼 진짜로 벤이나 록그레이드를 아는 자들을 모조리 다 죽이고 완전한 새 삶을 가질 수도 있을 텐데.
 "……."
 벤은 고개를 숙인 채 침묵했다. 그도 내가 그를 계속해서 마치 토막 낼 생선 보듯 보고 있다는 것을 알고 있을 것이다. 그러나 그는 나에게 반항하지 않는다. 내가 죽으라면 죽을 것이다.
 재미없다.
 나는 늙었다. 확실히는 모르지만 난 늙었다. 늙은 놈임이 틀림없다. 이 시큰둥한 의욕 상실은 다 무엇인가. 내가 록그레이드가 아니라는 것을 알자마자 튀어나온 이 무력한 기분. 아니, 아무래도 될 대로 되라는 느낌이다.

나는 다시 시선을 테이블 위로 돌렸다. 아직 김이 모락모락 올라오는 감자 쪼가리 수프와 치즈덩어리, 그리고 축 늘어진 삶은 야채 더미와 다갈색으로 구워진 커다란 빵. 후각을 자극하는 음식 냄새. 배는 고픈 것 같지만 식욕은 없었다. 나는 죽지 않지만 록그레이드도 아니었다. 여전히 나는 내가 누군지 모른다.

문득 쇼트 소드를 들여다보았다. 가죽 끈으로 둘둘 말린 검집. 왜 나는 이 낡아 빠진 검집을 가죽 끈으로 둘둘 말았을까. 마치, 환상에서 본 원당이란 작자처럼. 그자는 대체 나와 무슨 관련이 있기에 백일몽처럼 툭 하고 튀어나온 걸까? 도무지 이해가 가지 않는군. 왜 그가 툭 튀어나왔지? 그와 나의 공통점이라곤 아무것도 없었다. 덩치도, 나이도, 행동도 전혀 다르다. 지금 내 성격이 원래의 성격이라 봤을 때 나는 원당이 아니다. 나는 원당이라는 자의 행동이 영 마음에 들지도 않고 이해도 안 간다. 그리고 무엇보다 그의 세계는 나의 세계가 아니었다.

그런데 왜. 왜 내가 록그레이드가 아닌 지금 그가 내 눈앞에 나타난 걸까.

갑자기 발자국 소리가 들려왔다. 하나가 아닌 서너 명이 울려대는 발자국 소리는 꽤나 크기에 나는 혼자서 땅 파는 짓을 관두기로 했다. 어차피 벤을 죽이고 록그레이드를 아는 작자들을 모조리 다 죽일 수도 없는 거라면 록그레이드라는 이놈의 위치를 즐겨주도록 하지. 잘 써주도록 하지 뭐.

노크 소리와 함께 명랑한 목소리가 들려왔다.

"스승님, 접니다."

"저가 누구야?"

내가 시큰둥하게 되묻자 밖에서 커다란 웃음소리가 터졌다.
"너무하십니다. 스승님의 귀염둥이 짐 로스입니다!"
나는 잠시 바닥에 앉아 있는 벤을 돌아보았다. 벤은 멀뚱거리며 날 바라보고 있었다. 살기가 사라진 것을 눈치 채는 순간 고개를 든 모양이다.
"내가 언제부터 귀염둥이를 키웠나?"
내 질문에 벤은 무표정하게 대답했다.
"키우신 적 없습니다."
"나도 그런 기억 없어."
벤의 진지한 대답에 나는 어깨를 으쓱했다. 살기를 한번 쏘아주었더니 벤도 이제 제자리를 찾았나 보다. 그러나.
"무엇보다도 짐은 귀엽지 않습니다."
충견을 자처하는 사내는 너무나 진지하게 그렇게 한마디를 덧붙였다.

Chapter 33

 암격왕은 어둠 속의 소드 마스터.
 그리고 돈 안 받고도 의뢰를 받는 손해 보는 미친 짓거리를 하는 놈을 일컫는다. 머리에 구멍이라도 나지 않은 이상 돈 안 받는 용병이란 있을 수 없다. 따라서 암격왕이란 놈은 제대로 된 용병이 아니었다는 결론이 난다. 물론 암격왕 대럴 켄이라는 놈은 제국의 황태자니까 돈이 필요하지 않았겠지. 하지만.
 나는 돈이 필요하단 말이다, 이 얼간아!
 "그래서, 지금 현재는 이렇게 되어 있습니다."
 짐은 심각하게 떠들어대고 있었다.
 "셔든 남작의 군대가 얼마 전 마을 세 개를 전소시키고 점령했습니다. 돈이 안 되는 마을은 전소시키고, 돈이 되는 곳은 점령했답니다. 로그란드는 마을 열두 개, 도시 두 개의 제법 큰 영지입니다. 물론 도시도 도시 나름입니다만. 거기에 베어든 자작이 두 개의 마을을 점령하고 물러날 생각을 안 하고 있습니다. 델시테 백작이 두 남작에게 제발 좀 꺼지라고 명령을 내려놨지만 이렇게 후계자도 제대로 결정되지 않은 빈 영지를 탈취하는 것은 옛 풍습에 따르면 별로 잘못한 게 아니라서……."

목이 마른지 맥주를 꿀꺽꿀꺽 삼키던 녀석은 흘긋 나를 본다. 그래 봐야 난 여전히 두건을 뒤집어쓰고 있기 때문에 얼굴은 보이지 않는다.

"제가 스승님께 부탁하고 싶은 것은 서든 남작의 군대를 박살 내주십사 하는 겁니다. 서든 남작의 끔찍한 행위는 사방에 널리 알려졌지만 놈의 군대는 강합니다요."

그래서? 아무리 그래도 나는 용병인데 금액을 말해 줘야 할 거 아닌가? 설마 의뢰만 하고 돈은 안 줄 셈일까? 아니지, 녀석도 양심이 있으면 지도 용병인데 설마 하니 의뢰금을 내놓지 않을 리가 없어. 난 무료 봉사 따윈 질색이다. 갑자기 초조해졌다.

"아, 목말라. 그 빵 먹어도 되죠?"

녀석은 역겹게도 나에게 이쁜 척을 하며 윙크까지 날렸다. 먹었던 것을 모조리 게워 버릴 뻔했지만 참았다. 벤이 재롱 떠는 것보다는 덜 역겨웠으니까. 그동안 비위가 어지간히 잘 단련된 모양이다.

어쨌거나 나는 녀석이 금액을 부르기까지 기다렸다. 하지만 녀석은 돈에 대해선 조금의 언급도 하지 않더니 테이블 위에 놓인 육포를 갈기갈기 찢어 삼키기 시작했다. 돈을 주기는커녕 남의 육포까지 빼앗아 먹다니.

뜻밖에도 그동안 벤은 잠자코 서 있었다. 어제와 달리 그는 끼어들려고 하지 않았다. 어쩌면 내가 그를 죽여 버리려고 마음먹었던 것을 깨닫고 자기 주제를 깨달아 버렸는지도 모른다.

짐은 침을 튀겨가며 장황하게 설명했지만 이야기즉슨 이러하다.

맨 처음 로그란드 영지의 로그란드 남작이 소작농 처녀를 건드리려다가 죽었다. 그리고 뒤이어 로그란드 남작의 가솔들도 다 죽었다. 그럭저럭 피가 연결된 친척은 사촌의 육촌쯤 되는 놈으로 열세 살 먹은 꼬맹이다. 그런데 그 꼬맹이는 중부의 귀족인 델시테 백작의 피후견인으로 다른 도시에서 공부 중이었다. 변고를 들은 델시테 백작은 어쨌거나 이 열세 살 먹은 꼬맹이를 후계자로 밀어야겠다고 결론을 내렸다. 작위도 높으니 그가 결정하면 그럭저럭 일이 해결될 것이 분명했다. 하지만 그는 이 디아드라 산맥 내에는 영지를 가지고 있지 않으니 영향력은 별로 미치지 않는다. 따라서 근처 베사지 산성의 수비 담당인 게올레 준남작에게 일 처리를 맡겼다고 한다. 게올레 준남작은 그동안 로그란드 남작의 착취를 잘 아는 사람이라 델시테 백작에게도 선처를 부탁하며 소작농들을 아우르려 하고 있다고 했다. 그것까지는 좋은데, 문제는 이 와중에 세 명의 영주들이 끼어들었다는 것이다.

로그란드 영지는 이 디아드라 산맥 내에서도 제법 노른자위에 해당한다. 그 때문에 근처의 소영주인 셔든 남작, 베어든 자작, 멜더른 남작이 영지 확장의 기회로 군대를 일으켰다. 아니, 정확히 말한다면 셔든과 베어든은 영지 확장을 위해, 멜더른은 법도를 바로 세우기 위해서라며 등장했다.

"굉장히 복잡하지요?"

짐이 아주 심각하게 말했다.

"그러니까 우리들이 해치워야 할 놈은 한둘이 아니라는 겁니다."

"진짜 그 게올레 준남작이라는 놈은 믿을 수 있나? 그보다 어째서 베사지 산성의 책임자라는 놈이 그렇게 작위가 낮지?"

준남작은 평기사와 같은 급이다. 보통 어린 후계자에게 많이 붙여주는 것이지만 평민이라면 명예직에 해당할 뿐 실제로 영지도 없고 가질 수 있는 혜택이란 아무것도 없다.

"실력이 훌륭하거든요."

"실력?"

"네, 베사지 산성은 사실 상당히 험악한 곳입니다. 산적은 물론이고 이름 모를 몬스터들이 들끓어요. 소문에 드래곤의 영향을 받아 그렇다고는 하지만 어쨌거나 험악한 동네입니다. 그런 곳에서 경비 책임자가 되었다면 그 실력이 어떤지는 아시겠죠?"

"베사지 산성은 누구의 소유지?"

"따진다면 이곳에는 없는 데어린 백작의 소유입니다. 앨 데어린 백작은 늙수그레한 작자로 델시테 백작과는 친분이 깊죠. 하지만 그 작자는 무릎이 나쁘다고 이 근처는 얼씬하지도 않죠. 대대로 그의 소유는 베사지 산성 일대의 산악 지방인데 마을은 고작해야 세 개. 대단한 물품도 생산되지 않으니 관심도 별로고요. 그 작자는 여기 말고도 중앙에 영지가 또 있거든요."

"흠."

"그래서 그 백작은 아예 이 근처에는 안 오고 가신 중 하나인 크레스 남작을 이곳 영지로 보내 대리 영주로 삼고 있습니다. 그런데 그 크레스 남작이 오자마자 몬스터에게 습격을 받아 불구가 되었어요. 그 이래 그는 자신의 거처를 전혀 벗어날 수 없게 되었죠. 게올레 준남작은 당시 수비대 병사였는데 죽어가는 크레스 남작을 업고 사흘 동안 혼자서 그 험한 지역을 뚫고 마을로 내려왔답니다. 대단한 놈입죠."

"그래서 그 공로로 그를 준남작에 봉했다는 거냐?"

황당하다. 하기야 이런 시골에서는 그런 일도 있을 수 있겠다. 그래도 그렇지 일개 경비대 병사였던 놈을 준남작으로 임명해 산성 하나를 맡기다니……. 황당 그 자체다.

"에에, 그렇게 된 겁니다. 그래서 준남작은 말은 귀족이지만 알맹이는 그냥 평민이나 다름없어요. 석궁의 명수입니다. 어쨌거나 그가 배사지를 맡은 이래로 잘 굴러가고 있지요."

"그래서 그 평민의 편이라는 녀석이 남작을 죽인 소작농을 감싸는 편지를 올렸다 그거지?"

"네, 그렇다고 들었습니다. 하지만 워낙 먼 곳이라 가는 데만도 한참입니다. 게다가 그 편지가 진짜로 전해졌을지도 확실치 않습니다. 지금 서든과 베어든이 완전히 로그란드를 포위하고 있으니까요."

"흠."

나는 의뢰금을 얼마나 받을까 고민하다가 생각을 바꾸었다. 이건 소작농 봉기에 따른 전쟁이다. 여기서 돈을 받을 가망성은 별로 없다. 즉, 무료 봉사다.

"그래서 로그란드 남작의 저택은 지금쯤 박살이 났겠군?"

그래도 혹시 돈 좀 남았을까 싶어 묻자 짐은 고개를 끄덕였다.

"네, 반은 불태워졌습니다. 하지만 다행히 조금은 남았습니다. 게올레 준남작이 몽땅 훔쳐 갔다간 끝장이라고 설득했거든요."

"그나마 다행이네."

나는 그 욕심쟁이 영주의 저택에 돈이 얼마나 있을까 상상하다가 관두었다.

"그래서 서든과 베어든을 해결 보는 게 우선이라 그거지요. 그 둘을 해결 봐야……."

녀석의 말에 나는 고개를 저었다.

"바보. 그 둘을 해결한다고 일은 끝나는 게 아니다."

"전 바보가 아닙니다, 스승님."

"난 니 스승이 아니다, 바보."

"……"

잠깐 묘한 침묵이 감돌았다. 짐은 갑자기 활짝 웃으며 박수를 쳤다.

"그런 거군요!"

"뭐가 그런 거냐?"

"그렇게나 냉정하신 스승님께서 저에게 농담을 하신다는 것은, 즉 저를 진심으로 받아들이신다는 거지요?"

"……"

나는 잠시 턱이 빠졌다. 어째서 일이 그렇게 된다는 거냐?

슬쩍 벤을 돌아보니 벤은 묵묵히 연민의 눈빛으로 날 바라보고 있었다. 설마 하니 진짜 저 짐이라는 자칭 귀염둥이를 내가 제자로 삼아야 한단 말인가!

"어쨌거나 스승님의 애정을 믿고 말씀드리자면……"

"애정 따윈 없어."

"하하. 또 그러시네. 알았습니다, 알았습니다."

녀석은 두 손을 들어 보이며 히죽 웃었다. 그리고는 심각하게 덧붙였다.

"서든과 베어든이 죽인 숫자가 얼마인지 아시는 겁니까?"

모르기에 침묵했더니 녀석은 갑자기 핏대를 올리며 외쳤다.

"무려 이천여 명에 달합니다! 이천여 명! 그것도 노약자나 어린애를요!"

그는 이를 부득부득 갈며 외쳤다.
"결국 영주들에게는 보통 영민들은 땅 따먹기의 공깃돌에 지나지 않는 겁니다! 몇 명이 죽어 나가든 자신의 땅을 넓히면 그뿐인 거죠. 만약 그대로 놔두면 이 봉기가 끝나더라도 녀석들의 지배를 받게 됩니다. 그러니까, 적어도 그놈들을 죽여 버리지 않으면……!"
나는 두 주먹을 불끈 쥐고 있는 녀석을 물끄러미 보며 잘랐다.
"너는 여기 왜 왔어?"
"그야 당연히 영민들을 도우려고요! 저는 여기 출신이 아니지만 제 부하들 중에는 이곳 출신이 꽤 많다고요. 산맥 출신자들은 식량이 모자라 곧잘 용병으로 떠돌게 되는 경우가 많거든요. 어린애들도 금세 사냥꾼이 되지요."
"그래서 로그란드라는 이 이름도 없는 산골 영지에 용병대들이 모여들게 된 거로군."
나는 나름대로 납득했다. 하지만 여전히 이상하긴 마찬가지였다. 용병대란 돈이 있어야 움직이는 곳이다. 그런데 어째서 자원이란 형식으로 이렇게나 많은 수가 모였을까.
"어쨌거나 우리는 수가 적지 않습니다. 게다가 이렇게 스승님께서 지휘를 해주시게 된다면 승리는 이쪽에 있습니다!"
흥분한 짐을 무시하고 나는 다시 물었다.
"돈은? 그리고 리더는 결국 누구야?"
내가 단도직입적으로 묻자 짐은 심각하게 말했다.
"돈은 로그란드의 은닉 재산에서 나옵니다. 그리고 리더는 현재……"
그는 잠시 망설였다.

"페길 시의 서점 주인입니다."
"……."
나는 잠시 내가 뭘 잘못 들었나 했다. 하지만 곧 이어 찾아온 침묵 덕에 다행히 착각은 아니었음이 증명되었다. 하긴 이건 일종의 농민 봉기다. 서점 주인이라면 까막눈도 아니고 바보도 아닐 테니 리더가 된다고 해서 이상할 것은 하나도 없다.
"그 사람이 의외로 보통이 아닙니다. 저도 애송이라 여기고 가볍게 봤다가 크게 놀라고 말았습니다."
"응?"
뭘 어떻게 놀랐다는 거지?
"대담하면서도 사람의 의표를 찌르는 남자입니다. 우왕좌왕하던 사람들을 틀어 잡은 것은 바로 그 사람이지요. 그가 없었더라면 이 정도로 이쪽이 정비되지 않았을 겁니다."
아무래도 꽤나 사람을 잘 다루는 모양이다. 나는 조금 흥미가 생기려다가 벤의 시선을 느끼고는 다시 허탈해졌다. 생각해 보면 여기서 내가 뭔가를 한다는 것도 좀 우습지 않나? 나는 결국 록그레이드가 아니니까 이곳 제국의 농민들이 몇이나 죽어가든 별 상관도 없고 또 돈이 특별히 나올 것 같지도 않다. 벤이 뭐라 하든 내가 그냥 슬쩍 가버린다 한들 상관없을 텐데.
그런 생각을 하는 줄도 모르고 짐은 급히 말했다.
"그자를 한번 만나보십시오. 제법 머리가 잘 돌아가고 지휘 능력도 충분히 되는 남자입니다. 그런 작자가 이런 시골에서 썩어간다는 것 자체가 제국에 문제가 있다는 증거가 됩니다."
"그가 그렇게 말하든?"

내가 되묻자 짐은 고개를 저었다.

"그런 건 아닙니다만, 전 그런 남자가 산골 도시의 서점 주인으로 늙어간다는 건 참 아깝다고 생각합니다. 아마도 이번 일이 없었다면 그는 이름이 드러나는 일도 없이 내내 먼지 풀풀 날리는 서점에서 늙어 죽었겠죠."

짐이 열변을 토해도 나는 별로 내키지 않았다. 이제 어영부영 끌려다니는 것은 싫다. 그동안 나는 록그레이드의 역할을 하느라고 이리저리 끌려 다녔다. 그때야 내가 진짜 제국의 황태자인 줄 알고 있었지만 지금은 그것도 아니다. 여기서 내 배역은 용병 대릴 켄이지 기품 넘치는 황태자가 아니었다.

그의 일행이 같이 나가자고 권했지만 나는 결국 거절했다.

창밖을 내다보니 햇볕은 제법 따사로웠다. 확실히 봄이 다가오고 있었다. 산속의 도시에도 온화한 여신이 찾아와 향기를 뿌린다. 검푸른 이끼만이 덮여 있던 바위에도 하얀 얼음만이 남아 있던 시냇가에도 결국은 봄의 온기가 찾아와 색색으로 덧칠해 준다. 파리해 보이는 사람들의 얼굴도 혈색이 돌았다. 더러운 얼굴의 아이들도 햇볕 아래서 웃으면 그럭저럭 볼 만하다.

창턱에 고개를 대고 멍하니 하늘을 올려다보았다. 온갖 냄새와 온갖 소리들 때문에 정신이 산란하다.

"후우."

결국 알게 된 것은 단 하나. 내가 록그레이드가 아니라는 것이다. 그리고 나는 어쩌면 원당이란 이국(異國)의 전사일지도 모른다. 하지만 그것도 아귀가 맞지 않는다. 그런 이국의 전사였다면 내 몸 안에 남아 있는 용병의 의식, 지극히 용병다운 생각과 경험이 말이 안 된다. 그럼 나는 이국의 전사인 원당이며 흑마법사인 동시에 용병으로 뼈가 굵은 남자라는 결론이 되는데 그게 말이 될까? 한 인간이 이렇게나 복잡한 구조를 가지고 있을 수는 없을 거다. 또한 내가 기억 소거 마법에 걸렸다고 해도 이런 식으로 군데군데 짜 맞춘 듯한 기억을 가진다는 것도 정상이 아니다.

"그럼 마족의 짓인가?"

혐의는 결국 마족에게로 돌아갔다. 베세레스 아이보다도 강한 자가 나의 기억을 만졌다. 혹은 나와 계약했다. 그리고 그가 이 모든 일의 원흉일 것이다. 하지만.

"왜 마족이 그런 짓을 하지?"

거기서 또 생각이 막혀 버렸다.

마족이 왜 이리저리 인간의 기억을 조작했다는 걸까? 나는 그렇게까지 가치가 있는 인간이라고는 생각되지 않는다. 흑마법사이며 소드 마스터. 그것만으로 마족이 인간에게 그렇게나 집착을 할까? 베세레스 아이는 록그레이드가 태어날 당시 마족과 드래곤들이 흥분했다고 했다. 소드 마스터와 흑마법사의 재질을 전부 가지고 태어난 드문 아이였다고. 확실히 흑마법사와 소드 마스터를 겸하고 있는 인간이란 대단히 드무니까.

인간이란 참 간사하다.

내가 죽지 않는다는 것을 확인한 순간, 나는 내가 어떻게 하면 더 편하고 자유롭게 살 수 있는가만을 생각한다. 저 충실한 벤도, 황궁에 있을 모든 사람들도 나와는 상관없었다. 궁비들이 아무리 아름답다고 해도, 가련한 운명의 마가렛 궁부인과 아이들도 결국은 내 것이 아니다. 내가 록그레이드라고 생각했을 때는 또 모르지만 어쨌든 내가 낳은 애도 아니니 무슨 상관 있겠어?

나는 애써 가슴을 펴고 음험하게 웃었다. 그렇다. 아무래도 상관없다. 나는 죄책감 가질 필요가 없다. 일을 저지른 것은 록그레이드지 나, 정체 모를 괴인물이 아닌 것이다. 정체 모를 괴인. 그것처럼 나에게 어울리는 말이 있을까.

나는 소리 내어 웃고 말았다. 정체 불명의 괴인. 나도 내가 누군지 모르는 정체 불명. 연령 불명의 괴인. 어쩌면 인간이 아닐지도 모른다.

나는 또 가슴을 치고 올라오는 시커먼 덩어리를 씹어 삼켰다. 그래, 아무래도 상관없다. 상관없다구. 내가 누구인지 그건 모르지만 이 상황에서 그냥 죽어 넘어질 수는 없어. 절대 흐느적 죽어 넘어가진 않을 테다. 내가 누구인가도 중요하지만 그보다 더 중요한 것은 내가 잘살 수 있는가 하는 것 아니겠는가? 지금 당장 나에게 필요한 것은 돈이었다. 그래, 돈.

나도 모르게 흐뭇한 표정을 지었다. 그래, 고민할 것은 사실 별로 없다. 나는 흑마법사이며 소드 마스터로 지금 당장은 죽지 않을 것이다. 나는 강하다.

"가진 돈이 얼마나 있지?"

나는 당장 벤에게 물었다.

"지금 당장은 2천만 텐 정도입니다. 물론 보석이나 장신구도 있고요. 사실 주인님께서 원하신다면 다른 곳에서도 얼마든지 돈은 빼올 수 있습니다만."

벤은 짐 정리를 하다 말고 잠시 나를 향해 묘한 시선을 던졌다. 하지만 얼굴만은 무표정했다.

"그래?"

그렇겠지. 난 록그레이드 황태자니까. 제국의 후계자다. 돈이라면 썩어 문드러질 만큼 있다. 양심 따윈 상관없어. 어차피 이 몸은 내 거다.

나는 음흉하게 웃으면서 어깨를 들썩였다. 아무래도 상관없다. 이 정도로 지위와 금력이 갖춰진 몸뚱이가 어디 흔한가? 어차피 내가 누군지도 모르는 입장이니 록그레이드의 이름을 맘대로 쓴다고 해서 아무도 욕할 수 없을 거다. 얼마든지 사용해 주지.

벤은 꺼내놓은 검을 닦다가 물었다.

"돈이 필요한 데가 있으신가요?"

"아, 새 검을 만들고 싶어서."

나는 들고 있는 쇼트 소드를 들여다보았다. 원당이 가지고 있던 그 검. 그래, 그게 갖고 싶다. 아주 몸서리나도록 가지고 싶다.

"이 근처에서 잘하는 대장간이 있을까? 내가 원하는 대로 만들었으면 좋겠는데."

초조한 마음이 배어났나 보다. 벤은 잠시 생각에 잠기더니 자리를 떴다.

"잠깐만 기다리십시오. 제가 알아보겠습니다."

그가 나간 뒤에 나는 내 멋대로 짐을 뒤졌다. 벤이 싼 짐은 도노반이 싼 짐과 달리 사치품이라고는 조금도 없었다. 물론 배낭, 장화, 물 주머니, 낡은 가죽신도, 벨트도 꽤나 좋은 재질의 물건이었지만 새 물건은 하나도 없다. 벤을 데리고 록그레이드가 여행 다닐 때 쓰던 것들인지도 모른다.

다시 가슴이 싸아해졌다. 차라리 내가 록그레이드였으면 좋았을걸. 물론 죽을 몸이라는 것만 빼고 말이다. 내가 록그레이드가 아니란 것을 알자마자 나는 결국 내 디딜 곳을 잃어버렸다. 나는 아무도 아니다. 아무리 괜찮다고 외쳐 봐야 나는 사실 괜찮은 게 아닌 거다. 그 증거로 이처럼 도둑놈처럼 시종의 짐을 뒤지고 있지 않은가. 왜 뒤지는지조차 모르면서.

"제기랄."

나는 다시 이마를 감싸고 주저앉았다. 지독한 두통.

내가 누군지 모른다는 건 정말로 끔찍하다. 내가 뭘 해야 할지도 모르겠고 주변을 어떻게 대해야 할지도 모르겠다. 내가 록그레이드일 거라 생각하고 있는 동안에는 그래도 괜찮았다. 주변에서는 모두들 날 그라고 불러주었으니까. 나도 혹시나 하면서도 마음 한구석에는 록그레이드라고 믿고 있었다. 그래서 이런 끔찍한 기분은 아니었다.

얼마 전까지만 해도 나는 의기양양 죽지 않는 몸이라고 기뻐했었다. 그런데 뒤돌아 서서는 내가 누군지 몰라 미치겠다고 머리를 쥐어뜯는다. 제기랄. 정말 싫다. 이 상황이 미칠 정도로 싫다. 아니, 미쳐 버릴 지경이다.

"주인님?"

벤이 다급하게 외쳤다. 그는 주저앉은 내 옆으로 달려와 무릎을 꿇더니 신속하게 차가운 물수건을 내 이마에 대고 물었다.

"어디가 불편하십니까? 두통입니까? 따스한 차라도 올릴까요?"

"됐어."

퉁명스럽게 말하면서도 역시 구원받는다. 나를 위해주는 따뜻한 말과 손에.

"불편한 곳이 있으시다면……."

"됐다니까."

"죄송합니다. 역시 제가 너무 제멋대로 굴었던 모양입니다."

고개 숙이는 그를 비틀어 죽여 버리고 싶었다. 그가 걱정하는 건 내가 아니다. 그가 걱정하는 건 오로지 록그레이드뿐인 것이다. 아니, 내 주변의 모든 인간들이 내가 아닌 록그레이드를 원하는 것이다.

"크크크……."

절로 웃음이 나온다. 울음에 지쳐 쏟아내는 웃음이다. 미쳐 날뛰는 신경을 가라앉히려고 나는 심호흡을 했다. 이래서야 정말 미치기 일보 직전이다.

"전하……."

안타까운 음성으로 벤이 속삭이듯 불렀다. 그 무표정한 얼굴에 퍼져 나가는 고통을 보며 나는 잔뜩 비틀어진 감정을 잠재우느라 이를 악물었다. 내 자신을 부정하는 인물을 눈앞에 두고 있는 기분이란 건 진짜 더럽다. 모든 것이 다 가증스럽기만 하다.

"산책하고 오겠다."

나는 내 이마에 올려진 물수건을 내팽개치고 일어났다. 눈앞이 조금 아찔했지만 쓰러질 정도는 아니었다. 이렇게나 내 자신을 제어할 수 없다는 것도 수치스럽다. 붙잡는 그를 내버려 두고 밖으로 나갔다. 시끌시끌한 사람들 사이로 뛰어들면 그럭저럭 기분은 나아질지도 모른다.

여관을 뒤로하고 밖으로 나오자, 온통 사람들로 가득 차 있었다. 시큼털털한 냄새로 가득 찬 거리는 산중 도시치고는 지나치게 붐볐다. 물론 지나가는 사람들은 대다수 잔뜩 피로한 얼굴의 피난민들이었다. 그중에는 어딘가 어설퍼 보이는 용병들도 몇 보였지만 대개는 어디선가 도망쳐 온 듯한 사람들이었다. 로그란드의 영지민들이 셔든이나 베어든의 공격에 두려워 피난 온 것이 분명했다.

나름대로 대장간을 찾아 천천히 거리를 돌았다. 거리는 지저분했다. 제도 아이어드와는 비교도 할 수 없는 초라한 몰골의 사람들과 거리. 판잣집으로 이어진 거리의 집들은 벽돌로 지은 아이어드의 거리와는 너무도 달랐다.

"맛있습니다. 감자 스튜입니다!"

"싸요! 싸요! 고기 파이를 먹어봐요!"

"거기 가는 양반! 딸내미에게 줄 좋은 옷감 좀 봐!"

저잣거리의 상인들은 별 시답잖은 물건들을 늘어놓고 있었다. 나는 주먹만한 고기 파이를 파는 상인 앞에 줄지어 늘어선 꼬마들을 물끄러미 바라보았다. 온통 꼬질꼬질한 아이들은 이 추운 날씨에 맨발에 상처투성이의 몰골을 하고 있었다. 걸친 옷은 넝마고 머리털은 새집을 지어도 남을 만큼 산발이었다. 틀림없이 이가 들끓을 것이다. 콧물로 반질거리는 입가며 눈곱이 더덕더덕한 눈가도 앙상한 팔다리도 저 아이들이 버려진 몸이라는 것을 웅변적으로 드러내고 있었다.

"저리 가!"

그다지 안색이 좋지 못한 상인이 자신이 내놓은 가판대 앞에 줄줄이 늘어선 꼬마들을 향해 주먹질했지만 어떤 꼬마도 두려워하진 않았다. 오히려 상인이 그 꼬마들이 자기 물건을 덮칠까 봐 무서워하고 있는 듯 보였다.

"거기 잡아!"

소매치기가 누군가를 털었는지 악을 쓰는 소리와 함께 내 앞으로 웬 꼬맹이 하나가 쏜살같이 달려간다. 역시 아까 고기 파이 앞의 꼬마 못지않은 더러운 꼬마였다. 헐떡이며 쫓아가는 남자도 잔뜩 더러운 몰골이었다. 그는 거의 울상을 하며 악을 쓰고 있었다.
"빌어먹을 새끼! 잡아! 내 전 재산이란 말이야!"
어느 누구도 신경 쓰지 않았다. 사내가 울부짖으며 통곡하든 말든 아무도 신경 쓰지 않는다.
"왓! 거기 서!"
고기 파이 상인이 그쪽을 쳐다보다 그만 꼬맹이들의 습격을 받았다. 한 녀석이 잽싸게 김이 오르는 파이 한 조각을 들고 튄 것이다. 상인이 그 뒤를 쫓자, 기다렸다는 듯이 다른 꼬마들이 주인이 사라진 가판대 위에 쌓인 고기 파이를 한아름 안고 달아났다. 상인은 그것을 알아차리고는 이러지도 저러지도 못하며 욕설을 퍼부었다. 울상이 된 얼굴.
골목길에서는 병색이 완연한 여자가 쓰러져 있었지만 부축하는 사람은 없었다. 울고 있는 어린애들은 널렸지만 달래는 사람 또한 없다. 얻어터져서 피를 흘리는 사람도 있었지만 동정하는 사람도 없다.
어디서나 마찬가지였다.
나는 멍하니 그 광경을 지켜보다가 쓰고 있던 두건을 밀쳐 맨 얼굴을 드러냈다. 눈이 부셨다. 햇볕에 드러낸 얼굴은 무척이나 상쾌했다.
"나리, 아주 굉장한 계집을 소개해 드릴까?"
내가 얼굴을 드러내기가 무섭게 소매 끝을 잡아오는 작자가 있었다. 굽어진 등을 한 꼽추였다. 꽤나 일그러진 얼굴을 한 사내는 한 눈은 크고 한 눈은 작았다. 먼지를 뒤집어쓴 남자는 히죽거리며 음흉하게 말했다.
"젊은 나리가 가만히 계신 걸 보니 계집이 생각나신 거 아니우? 아주 괜찮은 곳을 소개해 드릴게."
"…대장간을 찾고 있다."

나는 음흉해 보이는 꼽추를 내려다보며 말했다. 그는 조금 움찔하더니 고개를 숙였다.
"나리, 어떤 걸 찾으시는데?"
"쓸 만한 검을 만들 만한 대장간."
"그거라면 나리는 잘 찾으신 거유! 나 페이건이 진짜 괜찮은 곳을 알지요!"
"앞장 서."
내 말이 끝나기가 무섭게 그는 사람들을 헤치고 걷기 시작했다. 굽은 몸이라 걷기 꽤나 힘들어 보였는데도 인파를 뚫고 잘도 걸어나간다.
나는 아직 괜찮다. 괜찮고말고. 사지 멀쩡하고 강하다. 돈도 많다. 길거리에 널린 거지에 비하면 훨씬 형편이 좋다. 자기가 누구인가를 모르는 것, 그것만 빼면 나처럼 편안하고 잘난 인간이 어디에 있는가. 매일매일 죽어 넘어가는 사람들에 비하면 나는 괜찮다. 정말 괜찮은 것이다.
한참 골목길을 돌고 돌았다.
매캐한 연기와 구질한 냄새가 콧속을 가득 채웠다. 덜 마른 장작을 피우는 집이 있는지 연기가 정말 맵다. 오물로 범벅된 골목길도 걷는 게 쉽지만은 않다. 날씨가 풀려서 그런지 바닥은 질척거려서 냄새는 더 더욱 지독했다. 꼽추는 뭉툭한 손으로 손가락질하며 설명했다.
"저쪽입니다요, 나리."
꼽추는 가죽 장화를 신고 있었다. 그 목이 긴 장화 속에 단검 정도는 하나 숨길 만하다. 허리춤은 조금 불룩한데 어쩌면 돈주머니라도 차고 있는지도 모른다. 얼룩덜룩한 바지는 본래의 색을 도저히 알 수 없다.
그가 가리킨 대로 모퉁이를 돌자 쩡쩡 소리를 내며 담금질하고 있는 사람 두엇이 보였다. 대개 대장간은 한곳에 몰리기 마련이다. 그 때문인지 연달아 세 집 정도가 나란히 대장간이었다. 규모도 비슷하고 일꾼의 수도 비슷해서 그런지 물건도 비슷해 보였다.

"세 집이 다 대장간인데 모두 가족입죠. 솜씨가 제일 뛰어난 것은 제 마누라입니다."

꼽추는 손가락을 비비며 말했다.

마누라? 대장장이가 여자?

내가 눈을 크게 뜨고 있는 동안 두 팔을 걷어붙인 여자가 씩씩대며 부지깽이를 들고 소리를 질렀다.

"아니, 이 빌어먹을 꼽추영감이 어딜 이제야 어슬렁거리고 들어와!"

"아, 이봐, 마누라. 손님 모셔왔잖아!"

꼽추는 슬쩍 내 눈치를 보며 덩치 큰 여자에게로 다가갔다. 여자는 시커먼 가죽 앞치마를 걸치고 있었는데 보통 여자들보다도 머리 하나가 더 컸다. 물론 팔뚝도 남자 못지않게 굵었다. 주먹을 쥐고 있던 여자는 꼽추를 후려갈기려다가 날 보고는 잠시 머뭇거렸다. 그리고는 무뚝뚝한 음성으로 물었다.

"뭘 찾으시유?"

"검을 주문하려고 하는데 실력이 있나 모르겠군."

내 말에 여자는 눈을 번뜩이더니 불쾌한 듯 코웃음을 쳤다.

"내가 못 만들면 아무도 못 만들지. 전설의 드워프도 못 만들걸."

자신만만해 보이는 그 얼굴을 물끄러미 보다가 나는 그녀가 서 있는 대장간 안의 물건들을 휘이 둘러보았다. 그 모습을 보고 여자도 자신만만한 태도로 선뜻 권했다.

"골라보쇼. 얼마나 대단한 것을 찾는지는 몰라도 다 내가 알아서 할 거유."

그 여자가 뭐라 하든 말든 나는 대장간 안의 물건들을 훑어보았다. 투박하긴 하지만 강도는 제법 있어 보였다. 걸려 있는 롱 소드를 들고 가볍게 튕겨보았더니 탱 하고 맑은 소리가 난다. 검이 대부분이었다. 그것도 롱 소드가 반 이상이었다. 나는 크레이모어를 하나 발견하고 꺼내 잠시 휘둘러 보았다. 장식은 전혀 없었지만 균형은 잘 맞춰져 있었다.

"우리 마누라가 실력은 끝내주지요. 원하는 걸 말해 보시지요, 나리."

꼽추가 굽실거리며 떠들었다. 그것을 보면서 여자는 코웃음을 친다. 그리고는 풀무질을 잠시 멈추고 있던 소년에게 호통을 쳤다.

"멈추지 말랬지!"

앙상하게 마른 소년은 그래도 강단이 있었는지 땀을 줄줄 흘리면서 풀무질을 다시 시작했다. 여자는 나를 모른 체하며 시뻘건 쇳덩이를 꺼내 들고 담금질을 시작했다. 떠엉떠엉 울려대는 소리가 아주 대단하다.

"여기 있는 물건들은 적어도 300덴 이상은 되는 물건들입죠. 멀리 외지에서도 마누라의 물건을 보러 오는 기사님들이 적지 않답니다. 용병들은 말할 것도 없구요."

꼽추가 떠들고 있는 동안 한산하던 가게에 두 명의 소년들이 나타났다. 그들은 마른 장작과 시커먼 석탄을 한 짐씩 지고는 커다란 통에 쏟아 부었다. 그들 중 키가 큰 소년이 어색한 말투로 물었다.

"이 다음에는 무얼 할까요, 고모?"

"집에 가 밥이나 먹어."

여자는 무뚝뚝했지만 그래도 정이 담긴 음성으로 대꾸했다.
"처, 청소라도 도울까요?"
소년이 다시 말했다. 아무래도 땀을 뻘뻘 흘리며 풀무질하고 있는 소년을 의식해서 그런 모양이다. 하지만 여자는 고개를 세차게 젓는다.
"관두고 집에 가 밥이나 처먹으래도!"
호통 치는 소리가 정말로 우렁찼다. 두 소년은 움찔했다. 하지만 무서워하기는커녕 빙긋 웃는다. 나는 왠지 그 얼굴이 낯익어서 자세히 들여다보았다. 그런 날 보고 두 소년은 고개를 갸우뚱했다.
나는 그 얼굴을 기억해 냈다.
고모 집을 찾아간다던 의용병 꼬마들이었다. 벤과 핀이라는 대장간 네 핏줄. 찾긴 찾았나 보다. 하지만 녀석들은 두건을 벗은 나를 알아보지 못하고 얼른 고개를 숙였다. 다행히 고모가 드세서 의용병이 되겠다는 의지를 꺾은 모양이었다.
"그럼 손님, 마음에 드는 게 없으신가요?"
"내가 원하는 모양은 없군."
나는 꼬맹이들에게서 시선을 떼고 대답했다. 꼽추는 끈질기게 따라붙고 있었다. 아무래도 내가 봉으로 보인 모양이다.
나는 여자를 불러 그림으로 그려서 설명해 주었다. 바스타드 소드와 비슷하지만 바스타드 소드는 아니고, 크레이모어와 비슷하지만 크레이모어는 아니다. 어차피 같은 종류라고 해도 크기는 제각각인 법이니 나는 이렇게 저렇게 자세히 설명했다.
"희한한 것을 찾으시는군. 하지만 이런 스타일이라면 휘두르는 데 어지간한 힘이 아니면 어려울 겐데."

여자가 턱을 주무르며 말했다.

"그래."

"베는 것 위주겠지? 하지만 이런 크기라면 보통 강도로는 안 돼. 또한 너무 무거워도 무기로써 효용이 없고."

그녀는 혼자서 중얼중얼하더니 내게 물었다.

"얼마나 내실 거유? 어림잡아도 3,000덴은 받아야겠소만."

나는 순순히 고개를 끄덕였다.

"마음에만 들면."

"좋수다. 그럼 해보지."

"얼마나 걸리지?"

"한 달 정도 잡았으면 하는데."

"안 돼."

"당장 쓸 거요?"

"당장 쓰게 될 거다."

나는 이 땅을 노리고 덤벼드는 욕심쟁이 영주들을 생각하며 대답했다. 여자는 히죽 웃었다.

"여기에 도와주러 온 용병이시구랴?"

"그래."

"난 처음엔 혹여 귀족인 줄 알았수."

"아냐."

"그러게. 그런 낡은 검을 쓸 귀족은 거의 없지."

여자는 내가 들고 있는 쇼트 소드를 가리키며 말했다. 그러면서도 머리를 긁적였다.

"보통 분은 아니시겠지. 말투로 봐서 용병대장쯤 되는 거 아니유?"

"알 바 아니잖아?"

내가 시큰둥하게 대꾸하자 여자는 고개를 끄덕였다.

"그렇지. 뭐, 그럼 20일 정도로 잡지요."

"보름 안에 해둘 순 없나?"

"그건 어렵수."

"3,500뎬을 낸다. 보름 안에 해."

내 말에 여자는 잠시 망설였다. 하지만 옆에 있던 꼽추가 냉큼 대답했다.

"알았습니다, 나리! 합지요! 해요!"

여자는 눈을 흘겼지만 아니라고는 말하지 않았다. 두 형제는 잘 지내고 있는 것 같았다. 앙상한 뺨과 눈매가 많이 부드러워져 있었다. 아마도 늙은이 벤이 안다면 기뻐할지도 모른다.

나도 왠지 조금 기뻤다.

Chapter 34

흐린 젖빛 하늘. 아무래도 비가 올 것만 같았다.

나는 벤에게서 술병 하나를 얻어다 놓고 암벽 위의 도시를 구경했다. 지나치게 친절한 짐의 지지를 얻어 도시의 외벽을 구경할 기회를 얻었던 것이다. 살벌하게 눈을 번뜩이는 병사들 위로 두 다리 뻗고 술 한잔하는 것은 의외로 기분이 좋았다. 뺨을 스치는 바람이 상쾌하다. 습기를 머금은 바람은 고지대에서 볼 만한 장관을 다채롭게 만들어냈다. 검푸른 바위들 사이로 하얗게 흔들리는 구름들이 허공 속에서 흩어졌다 모였다 한다. 인기척이 없다는 것이 더 더욱 좋았다. 안 그래도 들끓는 인간들 사이에서 가면 아닌 가면을 쓰고 놀았던지라 신경 쓰지 않는 이 상황이 그지없이 기분 좋다.

짐은 내 심기를 어지럽히지 않으려는지 외벽을 수비하는 병사들에게 내 곁으로 접근하지 말라고 엄명을 내려놓았다. 실질적으로 이 도시를 지휘하는 것이 짐인만큼 그의 명령은 절대적이었다. 물론 내가 시키면 로브를 걸친 흑마법사라는 것이 더 큰 위협이 되었겠지만.

술은 호박 빛이었다. 흐린 호박 빛의 액체가 찰랑찰랑 입 안으로 넘어가며 열기를 뿜어냈다. 생각 외로 좋은 술이었다. 물론 벤은 싸구려 술을 내게 권하진 않았을 게다.

벤. 벤 가울링.

요즘 나는 벤을 어떻게 대할까 하는 걸로 고민하고 있었다. 솔직히 말해 없으면 아쉽고 곁에 있으면 죽여 버리고 싶다는 게 내 심정이다. 그만 없다면 나는 훨씬 더 자유로울 것이고 또 마음의 부담도 적을 것이 분명했다. 하지만 나만을 바라보는 늙은 사냥개를 죽이는 것은 사람을 죽이는 것보다도 오히려 어렵다. 그래, 차라리 사람을 죽이는 게 쉬울 텐데.

그 다음 문제는 이 로그란드 사태다. 이 로그란드를 모른 척하고 그냥 떠나가 버릴까, 아니면 록그레이드의 가면을 쓴 채 그대로 그의 흉내를 내며 민중의 영웅 흉내를 내볼까? 모험의 왕자다운 활극으로 재미나게 살아볼까? 귀찮긴 하지만 그의 인생 자체는 진짜 흥미진진한 것이었다. 황태자이면서도 1덴의 의뢰로 움직이는 어둠 속의 거물급 용병. 흑마법사이면서 소드 마스터. 양파를 벗기듯 새록새록 드러나는 그의 인생은 진짜 재미나지 않은가.

만약 내가 누구인가를 알고 그를 대했다면 나는 그에게 대단히 매료되었을 것이 분명했다. 치열하게 살면서도 허허로운 그의 행동은 진짜 매력적이었다. 베세레스 아이가 그에게 왜 그렇게 집착했는지 충분히 이해가 갔다. 아마 어떤 자들이라도 그에게 매료되었을 것이 분명하다.

마족도, 드래곤도, 그리고 인간도.

술을 한 모금 더 들이켰다. 화끈하다.

구름은 이리저리 흔들리며 형상을 만들어내고 있었다. 그때마다 검푸른 바위들이 만들어내는 형상들이 나타났다 사라진다. 나라는 인간이 그렇다. 뭔기 알 것만 같은데 또 흩어져 버린다. 나의 모든 것은 모래알처럼 순식간에 손가락 사이로 사라져 버린다.

록그레이드 팰러스. 그래, 그대의 영혼은 강인했다.

그렇다면 나의 영혼은 어떠한가? 이렇게나 너덜너덜하게 이리저리 찢기고 더럽혀진 내 영혼은 얼마만큼 강인한가? 얼마의 가치가 있는 걸까.

가치.

영혼의 가치를 누가 판단할까. 마족이? 아니면 신이?

멀리서 아이 울음소리가 들려온다. 참으로 이상하기도 하다. 다른 소리는 몰라도 어린애 우는 소리는 정말 멀리까지 들린다. 도시 안에 넘쳐 나는 피난민들에게 특별히 연민을 느끼고 있진 않다. 하지만 가끔 내 속에서 소리가 들리곤 했다. 나 자신도 누군지 이해할 순 없지만 가녀린 소녀와 어린애들이 호소하듯 물었다.

왜 우리는 죽어야 하나요. 영주님, 저희들을 살려주세요.

그들이 애원했다.

가슴이 뻐근해졌다. 다시 심장이 고동치며 진땀이 흘렀다. 머리가 다시 지끈거렸다.

"제길."

나는 영주였다. 나는 검사였다. 나는 흑마법사였다. 나는 원당일지는 몰라도 어쨌거나 강한 전사였다. 나는 용병이었다. 나는 돈 한 푼에 울고 웃는 용병이었으며 세상사에 지쳐 버린 늙은이였다.

나는 술병을 운해 속으로 던져 버렸다.

그래, 그거면 족하지 않은가. 내 이름, 내 과거. 아무래도 상관없지 않은가. 잠을 자는 기억을 굳이 되돌릴 필요가 뭐가 있을까? 그래, 솔직해지자. 내가 나 자신의 정체를 알기 위해 전전긍긍하는 것은 진짜 과거가 중요해서가 아니다. 나를 누군가 장기판의 말로 이용하는 것이 싫어서 그러는 것이다. 이런 식으로 기억을 잃는다는 것은 부자연스럽다. 갑작스런 사고로 내가 기억을 잃고 록그레이드의 몸으로 들어왔다는 것 자체는 말이 안 된다. 누군가, 강대한 함을 가진 누군가가 나와 록그레이드에게 개입한 것이다.

강대한 그 누군가. 신, 또는 마신, 혹은 그에 준하는 어떤 존재.

"사실 그게 누구라 해도 복수하긴 어렵겠지. 게다가 무엇에 대한 복수인지도 잘 모르겠고."

나는 내 자존심을 위해 기억을 원하는 거다. 흑마법사란 결국 힘과 자신의 과거를 바꾸는 자들이다. 그러니까 내가 과거를 기억하지 못하는 것은 어느 정도는 당연한 일인 것이다. 그런데도 불구하고 나는.

"제기랄. 적당히 하자, 적당히!"

물을 터는 개처럼 머리를 흔들었다. 곁가지를 치는 마음을 털어내기라도 할 듯 나는 마구 머리를 흔들었다. 그렇다. 마음이 약한 것이 죄다. 아무래도 상관없다고 몇 번이나 외쳐도 내 안에는 나 자신을 궁금히 여기고 나 자신의 존재를 누군가의 음모로 생각하는 음험한 흑마법사가 도사리고 있다. 내 존재를 누군가가 자신의 이익을 위해 이용하고 있다는 것을 상상만 해도 소름이 끼친다. 나는 나 자신이어야 한다. 내가 나의 주인이어야 한다. 그렇지 않고서야 소중한 것을 희생시키고 흑마법사가 된 보람이 없지 않은가. 록그레이드가 자신의 미래를 저당 잡히고 치열하게 산 것처럼 나 역시 나 자신을 위해 치열하게 살아야 한다. 그렇지 않다면 대체 어떤 흑마법사가 목숨만큼 소중한 것을 바쳐 가며 마족과 계약을 한단 말인가.

아, 이용되고 싶지 않다. 남에게 도구로 사용되고 싶지 않다. 더 이상 누군가의 뜻에 따라 사는 꼭두각시 인생만은 되고 싶지 않다. 남에게 이용당하기 위해 가장 소중한 것을 바친 것이 아니다.

"……그러고 보니, 난 대체 마족에게 뭘 바쳤을까?"

록그레이드가 바친 것은 자신의 미래였다. 그래서 그는 공포와 함께 살았다. 한 끝 한 끝 타 들어가는 자신의 목숨 줄을 보며 살았다. 그럼 나는, 여기에 있는 록그레이드가 아닌 나는 뭘 바쳤을까? 그것 또한 두렵기 짝이 없는 일이다. 그래서 정말 기억을 잃었다는 것은 무서운 일이야. 혹시 내가 사랑하는 연인을 바쳤다면, 가족이나 그 외 소중한 사람들을 바쳤다면? 그것도 정말 끔찍한 기분이다.

"생명이라도 바친 걸까? 그래서 내가 이 모양 이 꼴인가?"

나는 혼자 미친놈처럼 낄낄거렸다. 아무래도 결론이 안 난다.

그때 누군가가 이쪽으로 오는 기척이 느껴졌다. 한 명이 아닌 두 명이다.

"스승님, 소개할 사람이 있습니다."

내 제자를 자처하는 짐 로스였다.

그의 뒤로 어깨가 넓은 사내가 한 명 있었다. 그럭저럭 가죽으로 만든 갑주를 간신히 벗어나 체인메일을 걸친 사내였다. 허리에 찬 검은 어울리지 않게 좀 비싸게 보인다.

"로덴 게올레 준남작입니다."

발음이 희한한 남자였다. 생각해 보면 게올레라는 성도 굉장히 이상하다. 하기야 제국은 이런저런 족속들이 한꺼번에 모인 곳이니 좀 이상한 이름도 있을 수 있겠지.

사각 턱을 하고 굵은 눈썹을 가진 남자는 삼십 대 중반 정도로 보였다. 이목구비는 큼직해서 성실한 인상이었다. 그는 나를 진지한 시선으로 올려다보고 있었다. 망루의 꼭대기에 앉아 두 다리를 흔들어대고 있는 내 모습이 영 미덥지 않았는지도 모른다.

게올레 준남작이라…….

나는 남자의 눈을 똑바로 바라보았다. 한때 내가 미치도록 증오하고 질투했던 자들과 비슷한 눈이 그 자리에 있었다. 진지하고 열정에 가득 찬 선량한 눈이다. 원, 제길. 이런 종족은 따로 격리시켜 음험한 족속들과 분리하는 게 서로의 정신 건강상 좋을 텐데.

"이렇게 도와주신다고 하니 감사드립니다."

고개를 푹 숙이는 모습이 일개 용병에 대한 태도라기엔 지나치다.

"위명을 익히 들었습니다. 이런 벽지에 소드 마스터께서 오시다니……."

감격에 찬 눈을 보자니 점점 몸이 가려워졌다. 원래는 일개 경비병이었고 오로지 근성과 운으로 준남작으로 올라간 남자. 온몸에서 성실이라 불리는 오라가 물씬물씬 풍겨와 내 몸을 움푹움푹 찔러댔다.

"사태는 이미 로스 대장에게 들으셨을 겁니다. 지금 멜더른 남작께서 뵙고자 하십니다."

"멜더른 남작?"

내가 시선을 뒤에 있는 짐에게 던지자 그는 난처한 얼굴을 했다.

"멜더른 남작이 게올레 경을 어제 찾아왔습니다. 지금 베사지 산성에 와 있는 모양입니다. 그런데 그가 스승님의 위명을 듣고 만나고 싶다고 청해왔지요."

"그 멜더른도 로그란드를 노리는 자들 중 하나 아니었나?"

내가 물끄러미 짐을 보며 묻자 짐은 고개를 끄덕였다.

"네. 그래도 중재를 해주겠다고 나서고 있습니다. 서든이나 베어든 쪽처럼 당장 병사를 풀지는 않았으니까요."

"사실 멜더른도 전혀 자격이 없다고는 할 수 없습니다. 로그란드 남작가와 혈연 관계가 좀 있으니까요."

난처한 듯이 게올레가 말했다.

그러고 보니 누군가에게서 멜더른의 이름을 들은 듯도 하다.

"멜더른 남작이 델시테 백작을 대신해 소년 공자의 후견인을 자처하고 있는 것은 사실입니다. 사실 델시테 백작은 너무 멀리 계시니까요."

게올레의 말에 짐도 고개를 끄덕였다.

"네. 어쨌거나 평판은 좋은 분입니다. 이대로 분란을 키우지 말자고 사방에 호소하고 있는 분이죠."

"그런가."

그렇게나 분란이 싫으면 자신이 직접 로그란드를 접수하면 되잖아? 이렇게나 복잡하게 농민 봉기까지 일어나게 하지 말고.

나는 그 말이 목 안까지 차 올랐지만 애써 누르고 차갑게 물었다.

"그런데 왜 내가 그자를 만나야 하지?"

그 말에 게올레가 움찔했다. 아무래도 귀족이다 보니 내 말투가 신경에 거슬리는 모양이다. 하지만 짐은 애써 나를 달래려는지 손을 내저었다.

"저기요, 스승님께서 귀족들을 싫어한다는 것은 잘 알고 있지만 일단 일이 복잡해지기 전에 그를 만나면 좋지 않겠습니까? 이번 반란을 적당히 잠재우려면 누군가 귀족의 손이 필요하고 말이죠."

"그게 그 작자라고?"

내 질문에 게올레가 심각하게 고개를 끄덕였다.

"셔든이나 베어든과는 말 자체가 되지 않습니다, 켄 공(公)."

갑작스런 호기심이 고개를 들었다.

"말은 해봤단 말인가?"

"…해보거나 말거나, 그들은 이미 로그란드의 영민 중 사 분지 일이라는 엄청난 인명을 해쳤습니다."

"하지만 그들의 병사들은 포동포동 살이 올랐더군."

내 말에 그의 얼굴이 굳었다.

"셔든이나 베어든이 군사를 일으켜 습격해 올 정도라면 그쪽도 꽤나 내실있는 상황이란 거 아냐?"

나는 방책 위에서 툭 뛰어내렸다.

나란히 서고 보니 게올레라는 남자는 의외로 키가 크지 않았다. 나보다도 조금 작았다. 커 보였던 것은 워낙 어깨가 넓어서 그랬던 모양이다. 손도 몸도 뭉툭하면서도 강인한 것이 꼭 노새를 닮았다.

"자아, 그나저나 어쩔 거나. 짐, 너는 대체 앞으로 어쩔 작정이지?"

"네?"

"여기 농민은 영주를 죽이고 봉기했다. 제국의 귀족 입장에서 보면 이건 반란이지. 따라서 반란군의 수장은 목을 베고 참수하고 그 일가 역시 참살. 그 소속된 촌락 역시 끝장낸다라는 수순으로 흘러가는 거 잖아? 그런데 여기에 돈을 받고 움직이는 용병대가 의용대로 몰려왔다는 거야. 그래서 앞으로 어쩔 건데?"

내 질문에 로스가 굳었다.

"일단 닥쳐드는 서든과 베어든을……."

"그들과 싸워도 결국은 반란군이야."

"하지만 그들이 먼저 공격을……."

"네가 전에 말한 것처럼 그들은 영지 확장을 꾀할 뿐이야. 로그란드는 임자 없는 땅이니까. 그들은 귀족이잖아?"

내가 되묻자 짐도 게올레의 얼굴도 굳었다.

"알고 있겠지? 이 로그란드의 영지민들은 결국은 노예로 격하되고 반은 처형당하는 입장에 처하게 돼. 그런 걸 알고 움직이는 건가?"

"……."

"그래서 멜더른 남작을……."

"멜더른 남작이라고 해도 별다를 바가 없지 않겠어? 그자도 결국은 로그란드의 일가라며? 그런 작자가 자신의 일가를 참살한 영지민들을 가만 놔둘까? 게다가 꼬마의 후견인을 자처한다면 더 더욱이나 후계자를 앞세워 끝장낼 거야. 여긴 산골이니 영지민이 하나라도 귀하겠지만 영주를 죽인 발칙한 놈들을 살려둘 영주는 아무도 없어."

나는 내 말이 틀리나 하고 게올레에게 물었다. 그는 창백한 얼굴로 입만 꽉 다물었다.

"…주모자만 내밀면……."

"어처구니없는 소리. 귀족을 모르는 거야? 제국법을 모르나? 영주를 참살한 자는 일가 전체가 끝장나고 그 소속된 마을까지 끝장이야. 게다가 영지민들은 반란을 일으켰잖아? 참여한 용병들이야 잽싸게 도망가면 그뿐이지만 이 영지에 속한 자들은 끝장이야."

"싸움에 이기면 조금이라도……."

"조금이라도 나은 입장이 될 거라 생각하지 마. 달려든 영주만도 셋이야. 그렇게 되면 절대로 조용히 안 끝나."

나는 멍하니 제국법을 떠올렸다.

도노반의 도움으로 읽었던 그 법전에는 분명히 그리 명시되어 있었다. 감히 소속된 땅의 영주를 해한 자는 그 괴수를 참수하여 목을 깃대에 꽂고, 그 일가를 케노피 형에 처하며 소속된 마을과 도시민 중 여자와 어린애는 노예로 삼고 남자들은 참형에 처한다. 반란이 일어났던 지역은 소금을 뿌리고 불을 질러 모든 불순한 무리들의 본보기로 삼는다.

싸움에 몇 번을 이기든 이 산간 벽지의 농민들이 군대를 이길 수는 없다. 몇 번 사소한 전투에서 이길 수는 있겠지. 하지만 진짜 제국의 정예병들이 나선다면 그대로 끝장이다. 그냥 간단히는 절대 끝나지 않는다. 소란이 너무 커지면 분명 황제는 이 산맥 일대의 욕심 많은 영주들에게 선언할 것이다. 만약 이 일대를 평정하여 이 반란을 잠재운다면 그 공을 높이 쳐서 로그란드를 그 소유로 해주겠노라고. 그렇다면 분명 이 헐벗은 영지민들은 디아드라 산맥 전체 영주들의 공격을 받게 될 것이다. 그리되면 한두 명 죽는 걸로는 끝나지 않는다. 심하면 몰살이다.

내 말에 두 사람의 얼굴은 창백해졌다. 게올레야 어쨌든 짐도 그런 생각을 안 했나 싶어 나는 어처구니가 없었다. 그래도 짐 로스는 용병 대장 아닌가. 이래저래 고약한 꼴도 많이 보았을 텐데.

"결국 영지민들을 고스란히 살려둘 방법은 없는 겁니까?"

심각한 얼굴로 게올레가 고개를 푹 숙이며 말했다.

"글쎄."

내가 시큰둥하게 대꾸하자 짐이 급히 말했다.

"스승님께서 황제께라도 직접 간언하면 일이 가볍게 해결될 수도 있습니다. 대륙에서 몇 안 되는 소드 마스터이신 스승님이 나서면 어지간한 자들도 쉽게……"

"내가 가서 황제의 가신이 된다면 그리될 수도 있겠군."

내 말에 게올레의 얼굴이 묘하게 일그러졌다. 짐도 고개를 슬쩍 숙였다.

사실 소드 마스터를 얻기 위해서라면 이런 산간 벽지의 영지쯤 던져 줄 수도 있을 것이다. 하지만 문제는 내가 록그레이드의 껍질을 둘러 쓰고 있다는 것이지. 물론 록그레이드가 간원하면 황제가 안 들어준다는 보장도 없지만. 아니, 냉혹한 황제라면 법을 어길 수 없다며 록그레이드도 밀쳐 낼지도 모른다. 무엇보다 영주 살해는 귀족 정치의 가장 근간을 해친 꼴이니까.

"하아……"

짐이 길게 한숨을 내쉬었다.

"그럼 결국 모든 자들이 죽어야 하는 겁니까? 그렇게밖에 안 된다는 겁니까?"

게올레가 한탄하듯 중얼거렸다. 그는 멜더른이 와서 어느 정도는 될 거라 믿었는지도 모른다. 아니, 반란을 일으킨 영지민들 전체가 선량한 영주가 온다면 자신들이 살아날지도 모른다고, 사태를 잘 설명해 주면 그들도 납득해 줄 거라 믿고 있었나 보다. 순진하게도.

"하여간 그 영주는 정말 나쁜 사람이었다니까요!"

짐이 억지를 쓰듯 내게 외쳤다. 그래도 영주는 영주였다. 불행하게도.

Chapter 34 175

"어쨌든 그럼 스승님은 멜더른 남작님을 안 만나보실 겁니까?"
"응."
"그럼 어떻게……."
문득 게올레가 짐의 말을 끊고 물었다.
"그럼 패더 씨를 만나보시겠습니까?"
"패더?"
"이곳에서 가장 중심이 되시는 분입니다."
"서점 주인 말인가?"
내 질문에 게올레는 진지하게 고개를 끄덕였다.
"그렇습니다. 저도 그분에게서 글을 배웠습니다."

나는 그의 얼굴을 가만히 바라보았다. 하기야 일개 산골의 경비병이 까막눈을 면했다는 것도 사실 대단한 일인 것이다. 그리고 그런 그를 그 반란군의 수괴인 서점 주인이 키웠다고 한다. 꽤나 흥미진진하지 않은가. 물론 저렇게 반짝거리는 눈은 꽤나 거북스럽지만.

"조금이라도 희망이 있다면 포기해서는 안 되지 않을까요? 이곳 영지민들은 순박하고 무엇보다도 무엇이 잘못인지도 모르는 순진한 어린애와도 같습니다. 영주를 살해했다고는 해도 어디까지나 우발적인 것입니다. 반란을 일으켰다지만, 그건 그저 달려드는 병사들에게 놀라 돌멩이를 던졌을 뿐입니다. 그런데도 모두 죽어야 합니까?"

그는 얼굴이 시뻘게져서 하소연하듯 말했다. 나한테 말하지 말라고. 나는 법전이 아니야.

"그보다는 주인이 없는 영지를 갖겠다고 군사를 일으켜 마을을 공격한 자들이 처벌받아야 하는 것 아닙니까? 켄 공도 보셨을 거 아닙니까? 셔든이나 베어든이 사람들을 얼마나 많이 학살했는지!"

나도 알지. 알기야 알지만 내가 법전을 쓴 것도 아닌걸.

나는 내가 오던 길에 보았던 잿더미만 남은 마을을 떠올렸다. 새까만 잿더미 속에 불쑥 나와 있던 앙상한 손. 어린애와 노인네의 타버린 시체들

그래, 그들도 말했었지.

영주님, 살려주세요라고.

"만약 로그란드 영주가 살아 있었다면 그들은 죽지 않았을 거야, 게올레 경."

나는 조용히 말했다.

그 말에 충격을 받은 얼굴이 된 그를 똑바로 보고 나는 덧붙였다.

"왜 죽일 놈의 영주를 살려두어야 하는지 이제 알겠나? 법이라는 건 우스워서 말이야, 영주가 있는 한 다른 지역의 영주가 군사를 일으켜 침략하면 제국법이 발동해 침략자를 격퇴하게 하지. 하지만 영주가 없는 곳은 귀족이라면 누구나 병사를 일으켜 점령하면 그 소유가 돼. 즉, 땅덩이는 귀족만의 것이야."

게올레의 얼굴은 명백한 충격을 고스란히 드러내고 있었다. 이 고지식한 사내는 분명히 그런 것은 생각지도 않았을 것이다. 자신을 알아주는 자에게 봉직하고, 해가 뜨면 일어나고 해가 지면 자고, 열심히 몸을 단련해 약자를 지키고 고향을 지키고. 그것만이 자신이 할 일이라고 생각하며 살아왔을 것이다.

"……"

갑자기 씁쓰레한 질투가 찾아왔다. 이런저런 더러운 것을 생각지 않을 수 있는 삶도 나름대로는 굉장히 부러운 것이다. 자신의 앞에 펼쳐진 것만 열심히 살아갈 수 있다면 그것도 꽤 좋은 것이다. 물론 본인은

행복하다고 생각하진 않겠지만.

"그럼 대체 평민들은 뭡니까?"

게올레가 처연하게 물었다.

"…그냥 세금만 바치다 죽으면 그뿐인 겁니까?"

그 성실한 눈에 담긴 혼란과 분노에 나는 조금 기뻐졌다. 음험하게도 그가 부조리에 눈을 떠 고뇌하고 괴로워하고 그 성실하고 맑은 눈이 흐려졌으면 좋겠다고 생각했다. 나처럼.

"그런 걸 걱정할 필요가 있을까?"

나는 되도록 부드럽게 말했다.

"자네는 이미 귀족이잖아?"

그의 눈이 커졌다. 나는 그의 눈 속에 퍼져 나가는 감정을 은근히 즐겼다.

죄책감과 불안, 자책이 뒤섞이고 그 속에 살짝 담긴 안도감.

이리저리 복잡한 색채를 내뿜는 그 눈동자를 보며 나는 속으로 웃었다. 기억을 잃고 나 자신을 잃어도 내 마음속의 질시는 사라지지 않는다. 왜 나는 이렇게나 채워지지 못하는 건가. 대체 나에게 무엇이 부족할까.

"……그럼, 저는 어떻게 해야 할까요?"

남자는 진지하게 물었다.

"뭘 하긴? 그대는 이미 귀족이자 산성의 경비 책임자 아닌가? 신경 안 써도 돼. 귀족은 인두세 따위는 안 내잖아?"

내가 한 말에 그는 당혹한 표정을 지었다.

"하, 하지만 저는 귀족이 된 지 얼마 안 돼서……."

"쯧쯧. 귀족의 특권에 대해 아무도 말해 준 이가 없던가? 지금 곧장 그 멜더른 남작에게 가서 귀족이 해야 할 일을 전부 잘 들어두게나."
"저기……."
"그러면 될 거야. 잘 배워두게나."
게올레는 그제야 내가 자신을 비꼬고 있다는 사실을 깨달은 듯했다. 그는 다시 입을 다물고 우울한 표정을 지었다.
"그만 놀리세요, 스승님."
옆에 있던 짐이 투덜거리듯 말했다. 그는 어깨를 으쓱하더니 게올레에게 위로의 말을 던졌다.
"그나저나 남작을 만나기 싫으시다면 패더 씨나 만나러 갑시다. 아마도 그에게서 이야기를 듣는 쪽이 상황을 빨리 파악할 수 있으실 테니까요."
그 말에 나는 순순히 응하기로 했다. 어차피 여기 이 자리에 있는 이상 피할 생각도 없었다. 게다가 지금 나는 검을 맡겨놓은 상태가 아니던가.
방책에서 내려오니 벤이 아래서 기다리고 있었다. 그는 다시 궁정에 있을 때처럼 정중한 분위기로 돌아가 있었다. 무표정한 얼굴에 감도는 유리알 같은 눈동자. 음흉한 늙은이도 싫지만 이렇게나 무감각해 보이는 노인네도 싫다.
"벤 경, 패더 씨를 만나러 갈 겁니다."
짐이 친근한 어투로 설명했다. 벤은 아무런 말도 하지 않았다. 그저 그는 고개를 숙이고 내가 자신의 앞으로 올 때까지 기다렸을 뿐이다. 그 모습에 게올레와 짐이 조금 묘한 얼굴을 했지만 나는 무시했다. 뭔가 껄끄러운 시선이 뒤통수에 와 박힌다. 아니, 등어리에 와 박힌다. 꼭 무정한 주인을 바라보는 늙은 사냥개 같은 시선이다. 그래, 확실히

개는 개로군. 주인 이외의 모두를 물어 죽이려는 개. 주인 이외엔 아무 것도 보이지 않는 개.
"대장간 소년들은 무사히 잘 지내고 있는 모양이다, 늙은이 벤."
내 말이 떨어지자마자 벤은 고개를 들고 내 옆얼굴을 뚫어져라 바라보았다. 뭐, 그래 봐야 두건에 가려 보이지도 않겠지만.
"그 고모가 대장장이더군. 네 말대로 그놈들 대장장이 집안의 후손인가 봐."
그는 빙긋 웃었다. 마치 뼈다귀를 문 개처럼.

성안은 몹시 혼잡했다. 걷는 사람들은 느릿했지만 사람들의 물결에 휩쓸리지 않으려는 듯 어딘가 필사적이다. 눈이 올 듯한 뿌연 하늘 아래 사람들은 회갈색으로 넘실대고 있었다.
걷는 동안 패더라는 남자의 서점은 중앙로에서도 꽤 먼 곳에 위치하고 있다고 짐이 설명했다. 버글거리는 피난민들 사이로 행상들 몇이 드문드문 보이고 그럭저럭 정리된 길목이 드러났다. 사실 길을 정리한다고 해도 어지럽게 얼크러진 쓰레기를 치우는 정도겠지만 그나마도 티는 나지 않을 것이다. 산골짜기 마을에서 피난 온 사람들이 길거리에 여기저기 쓰러져 있었으니까. 비를 피하기 위해 남의 집 처마 밑으로 보인 그들 때문에 그다지 크지도 않은 도시는 누군가가 한 줌 짜다만 걸레처럼 너절했다.
"어쩔 수 없죠."
내 시선을 느꼈는지 짐이 변명하듯 말했다.
"그러니까 어떻게 해서든 셔든과 베어든을 해결 봐야 하는 겁니다. 이들이 자신의 고향으로 돌아갈 수 있도록 말이죠."

아마 돌아갈 수 있다고 해도 고아의 대부분은 그대로 남게 될 거다. 역시 이 도시는 거지들의 천국이 될 가능성이 높았다.
"잡아라!"
"거기 서!"
"이 빌어먹을 새끼!"
아, 도둑들의 천국이 될 가능성도 크다.
우리들 앞을 줄지어 꼬맹이들이 스쳐 지나갔다. 전리품을 자랑하듯 낄낄대는 아이들과 그 뒤를 필사적으로 쫓아가는 시뻘건 얼굴의 사내들. 그 모습을 멍하니, 혹은 못마땅한 듯 바라보는 사람들. 원래 이 도시 토박이들은 이런 상황이 싫겠지.
"저깁니다."
짐이 손짓했다. 나는 작은 건물에 꽤나 위태롭게 들어서 있는 서점 하나를 발견했다.

유테이아—현자들의 천국.

황당하군.
"어, 어서 오세요."
푸른 차양 아래 하얀 얼굴의 소녀가 불쑥 튀어나왔다. 그녀는 하얀 얼굴에 어울리는 주근깨를 잔뜩 박고 있었는데 짐을 보자 얼굴을 붉혔다. 저런저런.
"선생님께서 기다리고 계세요."
소녀의 인사를 받으며 게올레와 안으로 들어서자 매캐한 책 냄새가 풍겨왔다. 구릿한 양피지 냄새와 그에 못지않은 펄프로 만든 책들이 가득 차 있다. 나는 그 양에 조금 놀랐다. 이런 산골 도시에는 어울리지 않은 대단한 양이었다.

"선생님께서는 위쪽 방에 계세요. 지금 곧 두 분이 오셨다고 알릴게요."

소녀는 나를 흘긋 보며 속삭이듯 말했다. 두건을 푹 뒤집어써서 생김새가 궁금했던 모양이다.

"아, 저기……."

그녀는 뭔가 말하려다 말고 입을 다물었다. 내가 모른 척하자 짐이 사람 좋게 웃으며 말했다.

"메어리는 차 한잔 좀 주겠어?"

그 말에 소녀는 머뭇거리다가 고개를 숙였다. 그리고는 곧장 어디론가로 가버린다. 아무래도 차를 끓이러 간 모양이다. 그나저나 확실히 평범하지는 않군. 평민이 차와 책으로 둘러싸여 지낸다 하니.

"위로 올라가시죠."

앞장 서는 게올레를 따라 좁고 낡은 계단을 올라갔다. 걸을 때마다 삐걱거리긴 하지만 의외로 먼지는 별로 없었다. 아까의 그 아가씨가 청소를 잘한 모양이다.

"그러니까, 뭔가 대책을!"

"더 이상은 못 참아요! 당장 내쫓자구요!"

"대체 언제까지 그걸 참으라는 겁니까?"

계단 삐걱거리는 소리 대신 찾아온 소음은 만만치 않았다.

게올레가 벌컥 하고 시커멓게 변색된 나무 문을 그대로 밀고 들어갔다. 그러자 떠들던 사람들이 순식간에 조용해졌다. 나와 짐이 같이 들어서자 안 그래도 좁은 방 안은 터져 나갈 듯 보였다. 정말 작은 방이었다.

그 자리에는 세 사람의 남자가 있었다. 한 남자는 작고 낡은 책상 앞에 앉아 턱을 괴고 있었고 두 명의 남자는 일어선 채였다. 하기야 이 좁은 방에서 앉기도 어려웠을 정도다. 막상 들어서 보니 방 안 구조상 성인 남자 다섯이 들어가면 호흡 곤란을 일으킬 방이었다.

"오랜만입니다."

책상에 앉아 있던 남자가 미소를 지으며 일어섰다. 생각 외로 키는 작지 않았다. 하지만 좁은 어깨며 바짝 마른 목덜미가 불쌍해 보일 지경이었다. 밤색 머리칼에 밤색 눈동자로 걸친 옷도 낡은 셔츠 한 장에 바지가 고작이어서 앙상하게 마른 몸이 고스란히 드러났다.

"소개해 드릴 분이 있어서 왔습니다, 패더 씨."

광대뼈가 드러난 얼굴이 나를 향했다. 하지만 두건을 쓰고 있어서인지 그 표정이 희미하게 흐려졌다. 나는 그의 얼굴을 보는 순간 그가 싫어졌다. 원래부터 별로 좋아할 인종처럼 보이지는 않았지만 그 하늘색을 연상시키는 옅은 파란 눈을 보는 순간 소름이 끼칠 정도로 싫어졌다. 심하게 말하자면 악연이 느껴진달까.

"반갑습니다. 그런데 어느 분?"

"전에 말씀드렸던 저의 스승님입니다. 우연찮게 이곳에 오셨습니다. 이건 엄청난 행운이지요."

짐이 나서서 부산하게 말하자 패더라는 작자 말고도 다른 두 사람이 호기심의 시선으로 날 바라보았다.

"음, 그렇다면...... 설마 하니 저 고명하신 암격왕이라는 말씀?"

안 그래도 뼈대가 드러나는 얼굴로 눈을 부릅뜨자 눈알이 굴러 떨어질 것만 같았다. 나는 혹시 짐이 두 손을 벌려 그 눈알을 받아주려는 것은 아닐까 하고 기대했다.
"반갑습니다. 명성을 익히 들었습니다."
두 손을 들어 환영을 표하는 남자의 얼굴을 나는 그저 물끄러미 보기만 했다. 옆에 있던 두 남자는 싸우던 것을 잊기라도 했는지 흥분해서 소리를 질렀다.
"진짭니까! 세상에, 소드 마스터이신 암격왕께서!"
"놀라운 행운입니다!"
패더라는 남자는 나를 물끄러미 올려다보고 있었다. 나는 그 눈 속에 비친 희미한 희망의 빛깔에 섬뜩해졌다. 저런, 저런, 또 비꼬이고 있군. 난 저런 맑은 눈을 한 남자가 싫다.
두건을 쓴 관계로 은근히 그 시선을 무마하며 자리에 앉자 게올레가 진지한 음성으로 물었다.
"어떤 말들을 나누고 계셨던 겁니까?"
그의 질문에 여지껏 흥분해 있던 두 남자가 좀 부끄러운 듯한 표정을 지었다. 둘 다 나름대로 순박한 얼굴에 당당한 체격을 하고 있었다.
"알다시피 도시의 치안이 엉망입니다, 게올레 경. 우리들은 이제 지쳤어요. 피난민들을 더 이상 받아들일 수 없습니다."
"하지만 요즘 같은 계절에 거부한다면 그건 이미 그들을 죽이는 결과가 됩니다."
"하지만 이미 거리는 너저분한 상태라서 우리는 감당할 수 없어요. 도시 주민은 고작 팔천여 명인데 피난민의 숫자가 이미 만 명을 넘었어요."
"그래요. 용병들이나 의용병들은 어쩔 수 없다고 치지만 이곳에서 버려지는 아이들이나 사람들이 얼마나 많은지……. 아까 보셨죠? 이미 이곳은 본래의 모습을 완전히 잃었어요. 가능하다면 베사지 산성으로 돌리고 싶은데……."

게올레의 얼굴이 굳어졌다. 그는 패더를 흘긋 돌아보았다.

"여러분의 말씀을 이해는 합니다만, 별수없어요. 게다가 곧 피난민들의 유입은 줄어들 겁니다."

패더는 손을 들어 보였다. 히죽 웃는 얼굴에 긴장감이 떨어졌다.

"일단은 어디든 피난민들을 받아줄 곳이 없고, 또 두 영주의 폭주로 다들 학살당하는 상태입니다. 다들 궁지에 몰렸죠. 이렇게 되면 스스로 마을 대표를 보내 영주들에게 귀화하겠다는 마을이 나와도 이상하지 않아요."

"설마!"

"아니, 진짭니다. 서든 남작이 콜 마을이라는 작은 곳을 하나 접수했답니다. 피 한 방울 흘리지 않고 말이죠. 촌장이 그대로 마을을 갖다 바쳤대요."

"마을로서는 어쨌거나 필사적이었을 테죠."

짐은 한숨을 내쉬며 동의했다.

"게다가 서든 남작이 아무래도 로그란드 남작보다야 나았을 테니까요."

패더의 웃음 섞인 말에 모두의 시선이 험악해졌다. 그는 책상 위에서 동그란 안경을 꺼내 들어 썼다. 아, 안경을 쓰니 좀 대하기가 낫군. 저 소 같은 눈동자를 계속 볼 담력은 이미 내겐 없었다.

"뭐, 부정하진 맙시다. 서든 남작은 영지를 물려받은 지 삼 년 만에 영작민의 수를 두 배로 만들고 자기 영지의 부를 축적한 남자입니다. 로그란드 남작과는 비교할 수 없지요. 그의 병사들이 자신의 영주 명이라면 같은 소작민을 학살하는 것도 주저치 않는 이유도 그걸 겁니다. 아니, 셔든 남작은 아마 무혈입성을 노리고 그런 학살극을 펼치는 거겠지요."

"아!"

게올레가 입을 벌렸다. 그런 생각은 해보지 못한 모양이었다.

"듣자 하니 콜 마을의 식량 사정이 좋지 않다는 이야기를 듣고 식량까지 지급했나 보더군요. 셔든 영지로 스스로 들어가겠다고 맹세하자마자 병사들은 뒤로 물러서 치안 유지만 했답니다. 그 이야기를 들은 다른 마을들이 전부 생각을 바꾸고 있어요."

"베어든 쪽도 그런가요?"

심각한 얼굴이 된 게올레의 질문에 패더는 안경테를 건드렸다.

"비슷합니다. 그쪽도 학살극을 벌이긴 하지만 그쪽은 주로 납치 이송을 우선으로 하고 있어요. 무리도 아니지요. 베어든의 영지는 디아도라 산맥에서도 가장 험난한 곳입니다. 그쪽에는 항상 사람이 부족해 화전민인지 산적인지 구분이 안 갈 정도니까요. 특히 여자들과 어린애들은 털 끝 하나 다치지 않고 끌고 간답니다."

"그럼······."

조심스럽게 짐이 말을 늘였다.

"다른 마을들은 이미 동요하고 있다는 거지요?"

"네. 생각과 달리 그들이 그저 학살만 하고 있는 게 아니니까요. 베어든 남작도 자신의 영지민들을 끔찍이 아낀다는 소문이 자자해요. '잔인한 것은 오로지 적에게만'이라는 산악민의 원칙을 철저히 지킨다는 평입니다."

인구가 적은 산악 지방에서는 여자와 어린애가 소중한 재산이 된다.

로그란드는 그럭저럭 도시도 있고 분지 속의 마을도 있어 풍요로운 편이었는지는 몰라도 같은 산맥 속의 영주들은 항상 굶주렸던 모양이다.

"……그럼?"

불안한 듯 한 남자가 입을 열었다.

"패더 씨는 우리가 항복하는 게 좋다고 말하는 건가요?"

그 말이 터져 나오기가 무섭게 다른 남자가 끼어들었다.

"설마! 말도 안 됩니다! 서든도 베어든도 간악한 자들입니다! 우리가 살아날 리가 없다구요!"

그는 얼굴이 시뻘게진 채 항의했다.

부들부들 떨고 있던 남자는 갑자기 내 쪽으로 시선을 돌렸다.

"소드 마스터이신 암격왕께서는 뭔가 좋은 생각이라도 있으신 겁니까? 만약 당신이라면 황제 폐하를 직접 알현할 수도 있을 겁니다!"

"그, 그렇습니다. 만약에 당신이 황제 폐하를 만나기라도 한다면!"

저마다 떠들어대는 소리를 나는 무시했다. 짐과 게올레는 불편한 인상이었고 패더라는 남자는 여전히 호기심이 깃든 얼굴로 날 바라보고 있었다.

"그만 하세요."

떠들어대는 두 남자를 제지하며 패더가 싱긋 웃었다.

"켄님이 굳이 그렇게까지 하실 필요는 없을 겁니다. 켄님은 유랑 중에 여길 우연히 들른 거고, 또 제자인 짐 로스 대장을 보러 온 거지 우리 때문에 황제 폐하의 가신이 된다거나 하진 않을 테니까요."

그는 그렇게 말하고는 여전히 웃는 낯으로 날 보았다. 정말 거북해진다.

"어쨌거나 도와주신다고 하는 것만으로도 크게 걱정을 덜었어요. 덕분에 당장 공격하리라던 서든 남작군이 발길을 멈췄습니다."

"정말입니까?"

한 남자가 눈을 휘둥그레 뜨고 되물었다.

"그렇습니다. 사실 소드 마스터이신 대럴 켄님께서 이곳에 계시다는 것이 알려진 것은 어제였습니다만, 그동안 켄님께서 검은 로브를 쓰고 계신 탓인지 흑마법사가 이쪽 사람들을 도우러 와 있다는 소문이 벌써 퍼졌습니다. 그 덕에 서든 남작 측은 좀 동요한 것 같습니다."

"흑마법사?"

나는 나를 뚫어져라 바라보는 남자들의 뜨거운 시선을 받은 채 여전히 침묵했다. 아마도 이곳까지 올 때 데리고 왔던 사람들에게서 퍼져나간 소문인 모양이다.

나는 작은 방에 난 작은 창으로 밖을 내다보았다. 저 맑은 눈을 한 남자는 이 작은 창으로 거리를 내다보고 있었을 터였다. 거리는 참으로 지저분했다. 그런 거리를 보며 이 맑은 눈을 한 남자는 어떤 표정을 지었을까?

"켄님."

갑작스런 부름에 고개를 돌리자 진지한 얼굴의 게올레가 날 부르고 있었다.

"켄님께서는 앞으로 어떻게 할 생각이십니까? 진정 이곳에 남아 저희들을 도와주실 생각입니까?"

나는 고개를 저었다.

"곧 떠날 거야."

"네?"

당혹한 얼굴의 짐을 모른 척하고 나는 다시 시선을 창밖으로 던졌다.

"오래 있을 필요도 없으니까. 다들 알아서 자신의 일을 하겠지. 나는 보름만 머물 예정이야."

"보름?"

"이곳에 검을 맡겼거든."

나는 벤을 돌아보며 말을 덧붙였다. 남들이 얼마나 실망을 하든 말든 그건 내 알 바가 아니었다. 내 코가 석 자다. 나는 내 일만으로 벅차 죽을 지경이다. 내가 누구인지 알지도 못한 채 힘을 마구 남발할 수는 없다. 더욱이 마법은 함부로 쓸 수 없었다. 소드 마스터로서의 힘도 마찬가지다. 내가 소드 마스터라는 것은 분명해도 오러를 다루는 방법 자체가 나는 다른 소드 마스터와 달랐다. 처음에는 그냥 그렇거니 했는데 해적들과 무수히 싸워온 타이레논이나 용병왕이라 불리는 레시언 위본과도 전혀 닮지 않았다. 그렇다. 나는 그들과 싸우는 방식이, 오러를 다루는 방식 자체가 달랐다.

방 안 분위기는 냉랭했다. 내가 그처럼 잘라 버릴 줄은 아무도 생각지 못한 모양이다. 나는 그들이 그러거나 말거나 신경 쓰지 않고 일어나 밖으로 걸어나왔다. 너무 좁은 방 안에 있던 탓인지 좁은 계단을 단숨에 내려오자 속이 다 후련했다.

"켄님!"

뒤에서 당황한 듯 부르는 짐의 목소리도 모른 척했다. 그래 봐야 뻔한 이야기 몇 번이나 반복하겠지. 벤은 여전히 내 뒤를 아무런 내색도 없이 그림자처럼 따라붙었다. 능글거리는 것도 싫지만 어쩐지 이렇게 그림자처럼 입 다물고 있는 것도 꽤 거슬리기 시작한다.

서점을 나서기 직전 차 쟁반을 들고 올라가는 소녀와 만났다. 메어리라는 그 소녀는 나가는 내 앞을 슬그머니 가로막으며 물었다.

"저기, 마, 말씀 좀……."

물끄러미 바라보자 그녀는 부끄러운 듯 얼굴을 붉히며 물었다.

"저… 유명한 암격왕이시지요?"

"……."

그녀는 갑자기 쟁반을 내려놓고 작고 낡은 주머니를 꺼내 들었다. 그리고는 두 손으로 공손히 내게 내밀었다.

"호, 혹시 아무도 의뢰하지 않았다면 제가 의뢰하겠습니다, 암격왕님."

나는 너무 놀라서 숨을 멈췄다.

"이 도시를 지켜주세요. 이곳 사람들을 살려주세요."

그것은 암격왕으로서 내가 받은 첫 의뢰였다. 그것도 무지하게 거창한.

"드디어 걸렸습니다."

뒤에서 벤이 음험하게 중얼거렸다. 빌어먹을 늙은이.

Chapter 35

"그래, 그대가 평민인 주제에 암격왕이라 불리는 남자인가?"

나는 팔짱을 낀 채 그대로 그냥 서 있었다. 하지만 주변에서는 그냥 서 있게 만들지 않는다. 아까부터 알짱대며 몇몇 사람들이 다가와 말을 걸었다. 하지만 보통은 벤이라는 경비견에게 걸려 순순히 물러난다. 하지만 가끔은 그게 통하지 않는 자들도 있었다.

"대답이 없군. 얼굴도 모르는데 진정 그대가 암격왕인지 확인할 수 있나?"

미심쩍다는 표정을 짓고 있는 것은 콧수염을 길게 늘어뜨린 중늙은이였다. 어울리지 않는 흰색 레이스 타이를 걸치고 있는 모습이 묘하게도 왕년에 내가 보았던 재단사를 연상케 했다.

나는 게올레의 요청을 받아들여 도시의 관청에서 열린 파티에 참석하고 있었다. 사실 파티라고 해봐야 음식과 모처럼 차려입은 남녀들이 이리저리 움직이는 것 이상은 아니었다. 원래는 만찬회를 벌이려 했지만 귀족인 멜더른 남작의 우아한 식사 매너를 따라갈 자가 없다는 이유로 무도회가 열렸다. 정확하게는 환영회였지만 어쨌거나 주변에는 춤을 추는 부유한 평민의 자녀들로 가득했다. 아마도 이 도시의 유력 인사들일 것이다.

"건방지게 날 무시하는 건가!"

그렇다. 바로 내 앞에서 소리 지르는 이 콧수염의 남자가 멜더른 남작이었다.

"그만 하시지요."

당황한 게올레가 어디선가에서 튀어왔다. 그는 모처럼 새 옷을 입었는지 말끔한 모습이었다. 귀족답게 남빛의 가운을 걸치고 은색의 작은 브로치를 달고 있다. 하지만 각진 얼굴과 억세 보이는 인상은 어디로 사라진 게 아니라 더 두드러졌다. 꼭 남의 옷을 빌려 입은 사람처럼 보였다.

"원래 켄님은 워낙에 말수가 없는……."

"자네! 자네는 바보인가! 상대는 평민, 아니, 그 출생도 모르는 비천한 자야! 자네는 당당한 제국의 귀족이라고! 그런데 오히려 존대를 하다니!"

남작이 기가 막히다는 듯 호통을 쳤다. 게올레가 숨을 죽이는 순간 옆에서 느긋한 어투로 짐이 나타났다. 아까부터 내 주변을 빙빙 돌고 있던 그였다.

"이거 왜 이러십니까, 남작. 스승님께서는 지금 당장 황제 폐하께 달려가시면 그 자리에서 후작이나 공작 위를 받아내실 수 있는 분이라 그거요. 그런 분에게 존대 좀 쓴다고 해서 뭐가 잘못이란 말요?"

짐의 말에 남작의 얼굴이 시뻘게졌다. 이 남자의 평판이 좋다고 게올레는 말했지만 나로선 그게 이해 불가능이다. 아무리 봐도 시골 벽지의 잘난 척하는 귀족 부스러기가 아닌가.

"어, 어쨌든 그래도 평민은……."

그 말이 끝나기가 무섭게 등 뒤에서 맹렬한 살기가 퍼져 나갔다. 살기의 근원은 다름 아닌 벤. 그는 소드 마스터는 아니지만 대단한 실력자였다. 그가 풍기는 살기는 남작은 물론이고 짐까지도 새파랗게 질리게 만들 정도였다.

"벤 경."

억지로 게올레가 만류했지만 벤은 눈썹 하나 까딱하지 않고 계속해서 남작을 노려보았다. 결국 남작은 새파랗게 질린 채 피해 버렸다. 그가 달아나자 게올레는 깊게 한숨을 내쉬고 내 눈치를 보더니 다른 몇몇 사람들에게 불려 사람들 속으로 사라졌다. 짐은 영 표정이 풀리지 않는 벤을 슬그머니 살피더니 조용히 물러났다. 결국 홀 한구석에 남은 것은 시커먼 로브를 둘러쓴 나와 나무토막처럼 뻣뻣이 서 있는 벤뿐이었다.

나는 흘긋 벤을 돌아보았다. 벤은 여전히 꿀 먹은 벙어리마냥 입을 다물고 있었다. 어제 내가 들은 것은 설마 하니 환청이었나.

음악 소리는 흐릿했다. 어디서 불러온 악단인지는 몰라도 희미하게 흐려지는 그 음악 소리로 미루어 짐작하건대 썩 괜찮은 악단은 아닐 것이다. 휘파람 소리와 흡사한 소리를 내는 악기—밀루와라고 들었다—만이 선명하게 울려 퍼진다.

"죄송합니다."

낮은 목소리로 벤이 중얼거리듯 말했다.

내가 아무 말도 하지 않자 그는 조용히 말을 이었다.

"이곳에 오시게 해서 죄송합니다. 억지를 부려 죄송합니다. 전 주인님께서 기억을…… 되살리실 거라 생각했습니다."

나는 갑자기 머리를 얻어맞은 것 같은 충격에 숨을 멈췄다.

"주인님께선 어린아이들에게 관대하셨고, 게다가 학대받는 백성들을 두고 보지 않는 성품이셨습니다. 그래서 저는 이런 곳에 오시게 되면 옛날 기억이 되살아날지도 모른다고 판단했습니다."

나는 벤이 뒤에서 고개를 숙이는 것을 느꼈지만 돌아보지는 않았다. 그렇다. 벤은 내가 기억을 잃은 것으로 알고 있었다. 그리고 나름대로 그는 기억을 되살리기 위해 이런저런 궁리를 해온 것이리라.

1텐의 의뢰. 1텐의 용병.

그것은 록이 나름대로 제국의 황태자로서 자신의 백성을 살피기 위한 궁리책 중에 하나였을지도 모른다. 강자에게 강하고 약자에게는 약한 그의 성격을 보아 충분히 있을 수는 있을 것이다. 그리고 이런 소란이 일어나는 곳은 항상 어린애와 여자들이 학대를 받는다. 그는 그들을 구하기 위해 움직였겠지. 벤도 그것을 알고 나를 일부러 이끌었던 게다. 쓸데없이 로빈에게 참견한 것도, 대장간 소년들을 거두라 운운한 것도, 이런 곳에 끌고 들어와 짐 로스와 만나게 한 것도 결국은 기억을 되살리기 위한 포석이었을 뿐이다. 록그레이드의 기억을 되살리게 하기 위한 포석.

입 안이 썼다. 갑자기 끔찍하게 피로해졌다. 대체 뭘 어떻게 하는 게 옳은 것인지 알 수 없어졌다. 모두가 내가 록그레이드이길 원하는데 나는 록그레이드가 아니다. 나는, 나는 정체 불명의 '무언가' 일 뿐이다. 내가 뭔가를 해도 그 행위는 록그레이드의 행위이지 내 행위가 아니다. 나는 대체 뭔가. 이렇게 된다면 록그레이드가 사라진 게 아니라 내가 사라진 것 아닌가? 왜 내가 이 자리에 록그레이드의 껍질 따위를 쓰고 앉아 이런 모멸감을 맛봐야 하는 것인가. 왜!

"기분이 나쁘십니까?"

누군가가 나에게 술잔을 내밀었다.

파랗게 일렁이는 술이 향기를 뿜었다. 꽤나 독한 것 같지만 색채만은 마치 가을의 하늘색처럼 선명했다.

"몸이라도 좋지 않으신 건가요?"

서점 주인이었다. 나는 잠시 그의 이름을 기억해 내지 못하다가 그가 자신의 이름을 먼저 말하자 그제야 기억해 냈다.

"패더입니다. 패더 윙."

묘한 이름이었다. 성은 더 희한하다. 나는 패더라는 게 성인 줄 알았다.

"독특한 성이지요? 이곳 산맥의 주민들은 다들 성이 독특하답니다. 조금 다른 혈족들도 있고요. 전설에 따르면 저는 수인족의 후손이라 합니다."

"수인족?"

"네. 아실지 모르겠지만 수인족은 깊은 산속에서만 살고 있다고 하지요. 드래곤의 축복을 받는 드문 종족이라 불립니다만 사람들과는 교류하지 않아 아는 사람은 드물지요."

수인족이라니… 처음 들어본다. 하지만 눈앞의 남자는 충분히 묘한 분위기를 가지고 있었다. 사람의 눈이라기엔 지나치게 맑은 눈과 단아한 움직임이 평민, 귀족을 떠나 그 자신 스스로 기품을 느끼게 했다.

"제 제자가 억지를 부렸지요?"

그 메어리 소녀를 말하는 모양이다. 나는 아무런 말도 하지 않았다. 벤도 아무런 움직임을 보이지 않았다. 패더는 잠시 벤에게 고개를 숙여 인사한 다음 내 옆에 와 앉았다. 그가 내민 술잔은 내 손에 남겨졌다. 찰랑이는 파란색이 무척 보기 좋았다.

"암격왕께서 1텐의 용병이라 불리긴 하지만 이번 일은 좀 심했다고 생각합니다. 메어리는 켄님의 소문을 듣고 오랫동안 동경하고 있었습니다. 이런 곳에 켄님이 나타났다는 것 자체가 켄님이 사람들을 위해 모습을 드러냈다고 믿고 있는 사람들도 많습니다."

내가 아니다. 그건 록그레이드였다. 지독하게 오만해서 죽어버린 남자.

패더는 얕은 한숨을 내쉬더니 내게 물었다.

"메어리 때문에 이런 자리에 와 계시는 거지요? 귀족들을 혐오하신다고 들었습니다만."

그는 홀 안에 있는 사람들을 돌아보았다. 남작과 남작을 둘러싸고 있는 자들은 확실히 귀족이었다. 그리고 그들은 이 자리에 있는 자들 전체를 은근히 무시하고 있었다. 무리도 아니다. 평민과 파티를 즐기는 귀족이라는 건 극히 드물다. 게올레는 이쪽에도 저쪽에도 속하지 못한 채 엉거주춤 한 소녀와 함께 서 있었다. 까만 얼굴에 둥근 턱을 가진 귀여운 소녀였지만 굉장히 불안해 보이는 표정을 하고 있다.

"아, 저 아가씨는 게올레 경의 동생인 코리나 양이에요. 이런 곳에는 부인과 함께 동석하는 게 기본이니까 저 아가씨가 같이 온 겁니다."

내 시선을 느꼈는지 패더가 설명해 준다. 별로 고맙지도 않아서 나는 그저 가만히 있었다.

갑자기 대화가 끊겼다. 무지하게 어색해졌다. 휘휘 돌며 춤추는 사람들 속에 나 혼자만이 동떨어져 있는 것만 같았다. 그렇다. 내 옆에 붙어 있는 벤은 나를 위한 자가 아니다. 착각하고 있었지만 나의 사냥개가 아니었다. 그는 록그레이드의 사냥개다.

이 자리에 있는 모든 것은 다 내 것이 아니었다. 심지어 걸치고 있는 옷도 내 것이 아니다. 이름도 내 것이 아니다. 지금 이 자리에서 내 것이라고는 단 한 가지도 없었다.

"혹시 귀족이십니까? 아니, 귀족이셨습니까?"

패더가 난데없이 물었다. 그는 파란 눈으로 날 똑바로 바라보고 있었다. 진지한 시선이어선지 묘하게도 불쾌하진 않았다.

"이런 연회에 익숙해 보이십니다. 귀족을 혐오한다고는 하시지만 그래도……."

"난 내가 누군지 모른다."

불쑥 그 말이 튀어나왔다. 그렇게 말하는 순간 나는 후회했지만 그렇다고 한 말을 주워 담을 수도 없는 일이다.

"내가 누군지 나는 알지 못한다."

내뱉듯 다시 그렇게 말하자 패더는 침묵했다. 그는 한동안 나를 뚫어지게 바라보더니 한숨을 섞어 말했다.

"철학적이시네요. 자신이 누군지 자신있게 말할 수 있는 자가 단 한 명이라도 있을까요?"

그의 말에 나는 숨을 멈췄다.

그는 나를 보지 않고 술잔 속을 들여다보고 있었다. 바짝 마른 그의 광대뼈가 도드라져 음영을 만들어냈다.

"내가 어떤 자인지 나 자신은 모릅니다. 그리고 타인도 모릅니다. 타인이 보는 나와 내가 보는 나는 다르고 그 둘은 영원히 겹쳐지지 않습니다."

그의 눈이 순간적으로 몽롱해졌다.

"저는 꿈을 꿉니다. 하늘을 나는 새가 되어 이 답답한 도시를 헤치고 날아오르는 꿈을. 그때 저는 제가 새라고 생각합니다. 하지만 꿈을 꾸고 난 뒤 나는 내가 새가 아니라는 것을 알지요. 하지만 어쩌면 저라고 하는 인간은 새가 꾸는 꿈일지도 모릅니다. 아니, 또 어쩌면 새가 꾸는 꿈을 보는 또 다른 인간일지도 모릅니다. 아니, 또 그러한 꿈을 꾸는 드래곤일 수도 있습니다. 혹은 오크일 수도, 혹은 또 다른 무엇일지도."

"그리고 어느 순간 새벽이 찾아와 산산조각을 내겠지."

나는 나도 모르게 차갑게 내뱉었다.

패더는 앙상한 어깨를 움찔했다.

"그렇군요. 그럴 겁니다. 새벽이 찾아와 산산조각 낼 겁니다. 꿈은 꿈이니까요."

그는 날 똑바로 보며 빙긋 웃었다. 실제로 악의라곤 조금도 느껴지지 않는 선량한 웃음이었다.

"하지만 내내 꿈속에서만 살고 있다면 그것이 진실일 수도 있습니다. 매 순간에 느끼는 감각은 거짓이 아닙니다. 눈앞에서 벌어지고 있는 일을 인정한다면 또 어떻습니까? 또 꿈을 꾸면 될 거 아닙니까? 꿈을 꾸고 또 꾸면 안 된다는 법이라도 있습니까?"

"꿈이라는 것은 환상이다. 환상 속에서 헤맨다는 것은 남이 쳐놓은 그물에 걸려 버둥거리는 것과 다르지 않아. 너는 누군가가 만들어놓은 무대 위에 서서 춤을 추는 꼭두각시가 되고 싶은가? 그게 올바른 것이라고 생각하는가?"

그렇다. 내가 가장 두려워하는 것이다. 누군가의 꼭두각시가 되어 아무것도 모르고 춤을 추는 어릿광대가 되는 것. 그것이 내가 가장 두려워하는 일이다.

"꿈이라고 너는 에둘러 말하지만 그것은 결국 누군가의 조종을 받고 움직이는 꼬락서니다. 그렇지 않은가?"

왜 나는 이자에게 화가 나는지 알아냈다.

"꿈은 꿈이라고 인정하면 되는 겁니다. 내가 꿈을 꾼다고 해서 꿈의 내용까지 없어지는 것은 아니잖습니까?"

그는 화를 내는 나를 똑바로 바라보며 말했다. 화를 내는 것을 이해할 수 없다는 표정이었다.

꿈이라고? 내 자신을 의심하고 또 의심하면서 진흙탕에서 뒹굴고 있는 나에게 잘도 그런 귀여운 단어를 붙이는군 그래. 나처럼 기억을 잃고 헤매어봤던가? 너라고 하는 놈이 다른 인간의 인생에 휘말려 들어가 내 자신의 이름도, 정체도 모두 잃고 헤매어본 적이 있단 말인가? 이 시커먼 고통을 네가 안단 말인가!

나는 더 이상 참을 수 없었다. 울컥 솟아오르는 시커먼 뭔가가 당장이라도 폭발할 것만 같았다. 속 안에서 이글거리는 감정은 흉포한 기질을 고스란히 드러내며 이를 갈았다. 이 잘난 척 떠드는 녀석의 모가지를 꺾어버리고 갈가리 찢어 죽이고 싶다. 이 나불대는 주둥이를 처박아 다시는 떠들 수 없게 만들고만 싶었.

일렁이는 내 기운을 느꼈는지 패더가 뒤로 한 걸음 물러섰다. 퍼렇게 질린 얼굴이 충격을 받은 듯했다. 내 뒤에 서 있던 벤도 한 걸음 물러섰다. 아니, 그뿐만이 아니었다. 그 자리에 있던 모두가 마치 내 주변에 있으면 큰일이라도 벌어지는 것처럼 두려움에 질려 물러섰다.

"스승님."

당혹한 짐이 나에게 걸어오려다가 멈칫했다.

나는 파랗게 질린 패더를 내버려 두고 걸었다. 물결이 갈라지듯 내 주변으로 길이 생기며 사람들이 흩어졌다. 으르렁거리는 짐승이 점점 커짐에 따라서 나는 견딜 수 없어졌다. 가슴에 마치 커다란 구멍이 뚫린 것만 같았다. 그 구멍 속으로 차가운 바람이 밀려들어 와 끊임없이 살의의 칼날을 벼렸다.

진절머리가 난다. 정말 진절머리가 나. 아니, 이대로라면 미쳐 버릴 것만 같았다. 사방이 온통 록그레이드의 그림자로 가득하다. 이 모든 것이 진정 꿈이었다면, 내가 진짜 존재하고는 있는 것일까? 혹시 나는 록그레이드가 꾸는 꿈은 아닐까? 분노를 떠나 이젠 두려워지기까지 했다. 발 밑에 무엇을 디디고 서야 하는지조차 알 수가 없다.

밖으로 나오자마자 나는 몸을 띄우고 하늘로 솟구쳤다. 날고 날고 또 날아 어디론가 사라져 버리고만 싶었다. 아무도 없는 곳, 나를 모르는 곳, 아니, 록그레이드를 모르는 곳으로 가고 싶었다. 그리고 그 순간, 나는 텔레포트했다.

―넌 누구냐?

온몸을 모두 다 덮어버리는 거대한 그림자. 그리고 그 그림자보다도 더 거대한 존재감.

사방을 울리는 목소리가 머리 속에서 울려 퍼졌다. 아니, 그것은 옳은 표현이 아닐지도 모른다. 내 머리 속에서만 퍼지는 목소리였으니.

나는 갑자기 내 앞을 가로막는 회백색의 벽을 보며 심호흡했다. 대체 어디로 떨어진 것인지는 잘 모르겠지만 머리 속을 가득 채우는 이

웅장한 목소리는 안에서 들끓던 기운들을 삽시간에 잠재워 버렸다.
—누구냐고 묻지 않느냐?
다시 질문.

나는 어깨를 으쓱했다. 다른 건 몰라도 그 질문에는 나도 도저히 답할 수 없다. 모르니까. 왠지 비틀린 기분이 되어 사방을 둘러보았다.

나는 거대한 광장에 서 있었다. 회백색과 황백색으로 얼룩진 거대한 석회석의 향연이 펼쳐진 동굴이었다. 천장이 엄청나게 높았다. 아니, 솔직히 말해 천장이 아예 보이지도 않는다. 동굴치고는 온화한 온기가 감돌고 있어 산중의 날씨를 무색하게 했다. 그나저나 여기가 어딘지 도저히 모르겠다.

나는 나를 부른 사람을 찾아보았지만 아무리 둘러봐도 보이지 않았다. 그래서 그저 그 자리에 털썩 드러누웠다. 만사가 다 귀찮다. 그러나 드러누운 순간, 바로 위에서 나를 뚫어져라 바라보는 거대한 보석을 발견했다.

놀랐다.

아니, 단순히 놀란 정도가 아니라 경악했다. 너무 놀라 말도 안 나와 그저 이를 악물었을 뿐이다.

거대한 보석은 금빛의 테를 두른 검푸른 것이었다. 길쭉한 형태이긴 했지만 크기는 내 머리통만하고 그 검푸른 눈은 길고 부드러워 보이는 긴 털로 둘러싸여 있었다. 그리고 그 보석을 품고 있는 거대한 덩어리는 온화한 황금색으로 은은히 빛을 뿜고 있었다.

덩어리. 작은 언덕만한 덩어리.

덩어리라고밖에는 표현할 수 없을 정도로 거대했다. 나는 그렇게 거대한 물건을 본 적이 없었다. 이루 말할 수 없을 정도의 부드러운 감각이 뺨을 스쳤다. 나는 한참 뒤에야 그것이 유형화된 마나의 하나라는 것을 깨달았다.

"…드래곤입니까?"

간신히 입을 열어 묻자 거대한 보석이 잠시 빛을 발했다.

―내 질문에는 답하지 않는군.

"유감이지만 그 질문에는 답할 수 없습니다. 저는 제가 누구인지 모르기 때문입니다."

대답하자마자 그 거대한 존재는 깊은 한숨과도 같은 소리를 냈다. 그리고는 천천히 거대한 덩어리를 흔들었다. 작은 동산이 움직이는 것 같았다.

―자넨 마법사 아닌가? 그렇다면 자네와 계약한 마족이 자네를 증명할 걸세.

그 말에 나는 입을 벌렸다.

뭐라고?

―자신을 모른다고 투정할 자격은 없을 텐데? 마족과 계약한 것은 자네 본인. 그렇다면 그것에 책임을 지는 것은 당연한 게야.

황금빛 드래곤은 그렇게 말하고는 무심한 눈으로 날 바라보더니 다시 물었다.

―다시 묻지. 자네는 누군가?

"…모릅니다. 저와 계약한 마족이 누군지조차 모릅니다."

내 말에 드래곤은 고개를 다시 흔들었다.

―어이가 없군. 그렇다면 그를 부르면 될 거 아닌가?

"그의 이름을 모르니 부를 수가 없습니다. 그리고 그는 내 앞에 나타나질 않으니까요."

나는 베세레스 아이를 떠올리면서 대답했다. 혹시 내가 모르는 것을 이 드래곤이 알고 있을지도 모른다. 어쨌거나 드래곤은 지혜의 상징이니까.

─그건 또 이상하군. 계약자에게 모습을 드러내려 하지 않는 마족도 있다니? 마족은 계약자의 곁에서 떨어질 줄을 모르는데.

나는 누운 채로 그의 말을 들었다. 맞다. 확실히 이상한 것 투성이였다. 왜 나와 계약한 마족은 모습을 드러내질 않는 걸까. 마족은 계약자에게 끊임없이 자신의 존재를 어필한다. 본래 마족이 이 세계에 나타나기 위해선 계약자가 필요하기 때문에 그들을 계약으로 자신의 힘을 빌려주는 것이다. 따라서 내게 힘을 빌려주면서도 이 세계에 모습을 드러내지 않는다는 것은 말이 안 된다.

─흠, 그렇다면 자신이 누군지 모르겠다고 고민하는 것도 이상한 일은 아니군.

거대한 드래곤은 고개를 휙 내젓더니 갑자기 사라졌다.

놀라서 벌떡 일어나자, 내 앞에 서 있는 금발의 남자가 보였다. 나처럼 검은 로브가 아닌 흰 로브를 걸친 그 모습에 나도 모르게 입을 벌렸다.

길고 긴 금발과 하얀 로브, 그리고 기품있는 아름다운 얼굴. 인간이 아니라는 것을 알면서도 혹할 정도로 아름다운 미남자였다. 아니, 정확히 말해 엄청나게 아름다운 미청년의 모습을 한 황금 드래곤이었다.

"재미있는 친구로군."

드래곤은 아직도 누워 있는 내 옆에 서서 나를 내려다보았다. 그 금빛을 띤 검푸른 눈동자는 변하지 않았다. 정말 일식을 일으키는 태양처럼 아름다운 눈동자였다.

"…그다지 재미는 없습니다."

나는 천천히 일어나 앉아 대꾸했다. 그는 잠시 내게 손짓했다.

"안쪽으로 들어오게. 이렇게 인간을 만난 것도 정말 오랜만의 일이군. 내 레어에 덥석 텔레포트해 온 자도 정말 처음이고."

텔레포트란 고위 마법이다. 마족과 계약한 흑마법사가 아니고는 쓸 수 없는 마법이어서 아마도 이 드래곤은 내가 누구인지 대강은 알고 있었을 것이다. 만약 흑마법사를 함부로 공격한다면 마족의 공격을 피할 수 없을 테니 그도 날 어떻게 하려는 생각은 하지 않겠지.

안쪽으로 걸어 들어가자 가구들이 놓여 있는 작은 방이 나왔다. 원래 그가 쓰는 방일 리는 없으니 시중을 드는 엘프라던가 하는 존재들의 거처일 것이다. 나는 슬그머니 혹여 엘프가 있을까 기대했지만 엘프는 없었다. 그나저나, 여긴 어딜까? 디아드라 산맥 안일까?

"자넨 정말 오랜만에 보는 생명체야. 엘프도 요즘은 거의 없으니까. 소문에 따르면 다른 대륙으로 전부 이동했다고 하더군."

그는 그렇게 말하고는 의자에 앉았다. 대리석으로 만든 의자와 테이블이었다.

"여긴 어딥니까?"

"어딘지도 모르고 텔레포트를 한 건가? 어리석군."

드래곤은 인간처럼 혀를 차더니 의자에 앉는 나를 보며 팔짱을 끼고 다시 물었다.

"그래, 질문을 바꾸지. 자넨 어디에서 온 건가?"

"디아드라 산맥 내 동쪽 산중 도시인 페길 시입니다."

"모르겠군. 지금의 국명은 무엇인가?"

"펜게이드 제국입니다."

"잘 모르겠는걸. 내가 마지막으로 인간을 만난 것은 그런 나라가 생기기도 전이었으니."

드래곤은 그렇게 말하고는 내게 물었다.

"그럼 자네 이름은 뭔가?"

"…모릅니다."

"몰라? 허참. 인간으로서의 이름도 없는 건가?"

"네."

나는 비참한 기분으로 웃었다.

"그렇다면 내가 하나 지어줄까?"

그의 말에 나는 움찔했다. 묘하게도 가슴속 어딘가에서 스멀스멀 따스한 온기가 스며 나온다. 드래곤의 변덕에 불과할 이 말이 왜 이렇게 마음을 뒤흔드는 걸까.

"그래 주시면 좋겠죠."

내가 조용히 답하자 드래곤은 하얀 손가락으로 턱을 톡톡 치더니 대답했다.

"그렇다면 록 베더. 그걸로 하자."

록 베더.

나는 부들부들 떨기 시작했다. 오한이 나는 것도 아닌데 이유없이 온몸이 덜덜 떨렸다. 왜지? 두려움도, 추위 때문도 아니었다. 그저 너무나 갑작스러웠다. 물속에 검은 물감이 번져 나가듯 삽시간에 그 이름은 내 머리 속을 가득 채웠다. 믿을 수 없을 정도로 친근한 이름이었다. 나는 그 이름의 의미를 알고 있었다. 그 이름을 분명히 어디선가에서 들었던 것 같다.

록 베더. 파수꾼.

"왜 그러는가?"

내가 이마를 움켜쥐자 드래곤이 물었다.

"그 이름은……."

내가 덜덜 떨리는 턱을 억지로 움켜쥐고 그를 보자 드래곤은 태연하게 말했다.

"마법사에게 붙여주는 이름이야. 마게어지. 드래곤들은 모두들 흑마법사를 록 베더라 불러."

"…그렇다면 이름이 아니지 않습니까?"

내가 억지로 웃으며 묻자 드래곤은 무표정한 얼굴로 되물었다.

"뭐가 어때서? 내가 아는 흑마법사는 너밖에 없는걸."

록 베더. 록 베더. 록 베더.

내가 멍하니 있는 사이에 드래곤은 벽장에서 뚜껑이 달린 작은 차 통을 꺼냈다. 그리고는 그것을 내 앞에 내놓았다.

"마셔."

뚜껑을 열자 차 통 안에는 황금색의 액체가 넘실거리고 있었다. 그 옥한 향기가 콧속으로 밀려들어 왔다. 정신이 번쩍 날 정도로 독한 술이었다. 나는 떨리는 손으로 그것을 잡아 입 안으로 삼켰다. 강렬한 열기에 뱃속 전체가 타오르는 것만 같았다.

"한동안 심심했었는데 뜻밖이야. 나는 사흘 전에 막 잠에서 깨었다. 그때 왔다면 나는 너를 알지 못했겠지. 이것도 나름대로 인연인가."

황금 드래곤은 빙긋 웃었다. 비인간적인 미모에 어울리지 않는 수더분한 미소였다.

"대체 어디로 가려고 텔레포트를 했던 건가, 록 베더?"

록 베더.

록그레이드의 이름이 아니라는 것만으로도 이처럼 매혹적인 울림을 가질 수 있다니. 온몸이 환희로 들떴다. 사지가 녹아나는 것 같았다. 나는 그 황홀한 감각을 맛보기 위해 잠시 술잔을 쥔 채 눈을 감았다. 눈시울이 뜨거워질 정도다. 원, 세상에 청승맞은 사춘기 소년 같은 몰골이군. 사랑하는 소녀의 음성을 듣기 위해 노심초사하는 가련한 십대 소년 같은 꼬락서니.

"사실은 아무 데나 가자라고 생각했습니다. 저를 알지 못하는 그 어떤 곳에 가자고 말입니다."

혼자 피식 웃었다. 드래곤의 레어라… 정말 놀라운 우연이다.

"그랬군. 그럼 우연도 아니었네."

그는 그렇게 말하더니 내 손에서 술잔을 빼앗아갔다. 자세히 보니 내가 차 통이라 생각했던 것은 차 통이 아니라 술잔이었다. 뚜껑이 달린 술잔이었던 것이다.

"텔레포트 좌표를 생각지 않았으니 가장 강력한 마나가 있는 곳으로 이끌려 온 거야. 그래도 운이 좋긴 했군. 재수가 없었으면 마나가 고이는 장소인 깊은 계곡이나 호수 물속에 처박혔을 텐데."

나는 그 말에 동의했다. 맞다. 만약 이 눈앞의 드래곤이 없었다면 나는 산속 어딘가로 곤두박질쳤을 것이다. 좌표 설정 없이 텔레포트한다는 것은 말 그대로 자살 행위니까.

자살이라.

나는 잠시 그 단어를 생각해 보았다. 나는 죽고 싶은 것일까, 아니면 살고 싶은 것일까.

어울리지 않게 울컥해서 날뛰었지만 머리가 식고 보니 화를 낼 일은 아니었다. 그저 나는 정곡을 찔려 당황했을 뿐이었다. 그 패더라는 남자의 말은 나름대로 정의(定意)를 담고 있었다. 그리고 나는 감정적으로 연약해 있는 상태였다. 어리석게도 이리저리 흥분해 날뛰는 어린애처럼 군 것이다.

"쉬고 싶은 게로군."

드래곤이 느긋한 음성으로 말했다. 그는 내가 뭐라 하기도 전에 의자에서 일어나더니 아무렇게나 손짓했다.

"나는 밖에 있을 테니 자네 맘대로 하게, 록 베더. 가려면 가고 있으려면 있게."

그 말에 나는 그것이 사실이라는 것을 깨달았다. 나는 지쳐 있었고 혼자 있을 시간이 필요했다. 여지껏 몰려든 모든 사실이 너무나 정신없었다. 록그레이드, 소드 마스터, 흑마법사, 그리고 암격왕. 모든 것들이 한꺼번에 밀려들어 와 나를 두들겼다. 나는 어설픈 가면을 쓴 채 그저 록그레이드의 흉내를 내며 버둥거렸을 뿐이었다. 강렬한 그 이름의 흐름에 휘말려 나는 완전히 너덜너덜해진 상태였다.

나는 멍하니 그를 올려다보았다. 드래곤은 술잔을 다시 내게 건네주며 말했다.

"한 잔 더 해도 좋아. 오랜만의 손님이니."

드래곤이 사라진 뒤 나는 멍하니 테이블 위에 놓인 황금 술잔을 바라보고만 있었다. 술의 향기가 코를 찌르고 눈알을 찔렀다. 독한 술이다. 놀랍게도 몇 번이나 마셨는데도 양은 줄지 않는다. 평범한 술잔이 아닌 것이다.

나는 아직 결론을 내지 못했다.

록그레이드가 아닌 나는 록그레이드로서의 삶을 받아들이기 어렵다. 하지만 이 상태에서 내가 사라진다고 해서 달라지는 건 또 아무것도 없다. 나는 여전히 아무도 아닌 정체 불명의 흑마법사이니까.

록 베더.

그 단어가 가슴을 따스하게 데웠다. 먼먼 옛날에 나는 또 다른 드래곤을 알고 있었는지도 모른다. 그래서 그에게서 록 베더라는 이름을 얻었는지도 모른다. 드래곤이 단 한 명 알고 있는 마법사를 위해 붙이는 이름이라는 그것을.

의미는 알고 있다. 마게어로 파수꾼이라는 뜻이다. 즉, 마족의 계약자라는 의미이기도 하다. 나는 술잔을 천천히 기울였다. 입 안을 데우는 열기가 마음에 들었다.

나는 록그레이드로서 살아야 할까? 아니면 그를 완전히 버리고 아무도 없는 곳으로 뛰어들어야 할까.

이 몸의 육체가 록그레이드인 이상 나의 운신 폭은 좁을 수밖에 없다. 나는 록그레이드라 불릴 것이며 때로는 그의 명성의 칼날에 상처를 입을 것이다. 그렇지만 내 자신의 능력이 그에 비해 뒤떨어지는 것은 결코 아니었다.

그렇군. 나는 그보다 못하지 않아. 나 역시 소드 마스터에 흑마법사. 게다가 어쩌면 그보다 한 단계 위의 실력을 가진 자이기도 하지. 나는 록그레이드가 못한 소드 마스터의 대결에서 이겼다. 또한 그의 계약자인 베세레스 아이보다도 더 강하다. 그러니까 나는 분명 록그레이드보다도 우위에 있다. 궁금하군, 내 계약자가 누구인지.

술잔을 홀짝이다가 나는 피식피식 웃었다. 아무래도 상관없다면 나는 내키는 대로 움직일 수밖에 없다. 록그레이드의 껍질을 둘러쓰고 있는 이상 그 이름을 피할 방법은 없다. 그러니까, 내가 원하는 대로 일을 이끌어갈 수밖에. 남의 비난 따위는 별로 두렵지도 않다.

나는 눈을 감고 심호흡했다.

록 베더. 이름은 남에게 불리기 위해 있는 것이다. 이름은 남에게 불리기 때문에 의미가 있었다. 그리고 이름이란 자기 자신을 위해 있다. 이름은 나와 타인을 구분해 주는 그 무엇이다. 록 베더. 그래, 나는 나 자신을 위한 이름을 겨우 하나 얻었다. 나는 록 베더이지 록그레이드가 아니다.

"흐."

정말 달콤한 쾌감이다. 나는 록 베더이지 록그레이드가 아니다. 나는 록 베더이며 흑마법사이며 소드 마스터인 존재다.

절로 웃음이 나와 혼자서 킬킬거렸다. 이렇게 간단할 수가 있을까? 결국 나는 만났고 록그레이드가 만나지 않은 사람이라면 누구든 내 이름을 지어줄 수 있었다. 아니, 심지어 나 자신이 스스로 이름을 지어줄 수 있었다. 그럼에도 불구하고 나는 왜 정체에 대해서 이처럼 헤맬 수밖에 없었는가.

"나약함이다."

나는 찰랑거리는 술을 바라보며 인정했다.

"나는 약해 빠졌다. 그래서 공포로 헤맸다."

테이블 옆으로 작은 침대가 하나 있었다. 나는 그 위로 올라갔다. 드래곤은 내게 쉬어도 좋다고 말해 주었다. 그럼 쉬도록 하자. 두 다리를 뻗고 눈을 감았다.

그리고 나는 록 베더로서 잠이 들었다.

Chapter 36

눈을 뜨니, 사방은 고요했다.

어디서든 인기척은 들리지 않는다. 정적(靜寂).

깊게 한숨을 내쉬었다. 이렇게나 조용한 순간이 이렇게나 달콤할 줄이야.

나는 사지를 뻗으며 천천히 기지개를 켰다. 우아한 어둠이 내 주변을 감싸 안고 있었다. 무의식 중에 나는 항상 눈을 뜨면 뭔가가 달라져 있을 거라 불안해하고 있었는지도 모른다. 하지만 지금은 충분히 내 통제 하에 있었다. 이곳은 분명 그 황금빛 드래곤의 레어였고 나는 그의 호의를 받아들여 한숨 잠을 잔 것이다.

목이 조금 뻣뻣해 나는 두 손을 모아 명상에 잠기기로 결심했다. 명상. 황궁에서는 생각지도 못한 것이었다. 깊게 심호흡하고 아랫배에 힘을 주고 다시 내뱉는다. 눈을 감고 잡념을 떨치자 사방에 가득 메워 있는 짙은 마나의 향기가 느껴졌다.

마나의 향.

그것은 마시면 취하는 향기였다. 활짝 핀 꽃송이들이 한꺼번에 너울대며 춤을 추는 그런 향기가 마나의 향기였다. 이렇게나 짙은 향기가 사방에 배어 있는 것은 아마도 드래곤의 거처이기 때문일 것이다. 드래곤은 마나의 지배자, 마나에게 숭배받는 존재였다.

눈을 뜨자 불도 켜 있지 않은데도 밝았다. 작은 방 안의 사물들을 천천히 훑어보면서 나는 드래곤의 기척을 느끼기 위해 애썼지만, 드래곤이 덩치만 큰 도마뱀이 아니듯 그 자신이 스스로를 드러내려고 하지 않는 이상 내게 느껴질 리는 없었다.

다시 테이블 위로 손을 뻗자 황금빛의 술잔이 잡혔다. 나는 한 모금을 더 마셨다. 묘하게도 취하긴커녕 정신이 맑아지는 것 같았다.

빨리 결론을 내리면 좋겠지. 하지만 그와 반대로 내가 반드시 결론을 내려 그들에게 돌아가는 것이 옳은 것도 아니다. 그렇다면 난 무엇에 망설이고 있는 걸까.

록 베더.

나는 주문처럼 내 이름이라 붙여진 그 단어를 입 안에 대고 굴렸다. 헤매지 말자. 아니, 헤맨다고 해서 주저하진 말자. 헤매면 헤맨 대로 의미가 있는 것이다. 그 재수없는 파란 눈의 패더란 남자의 말은 일리가 있다. 꿈을 꾼다고 해서 꿈을 꾼 사실까지 변한 것은 아니다. 꿈을 깨고 난 뒤에도 내가 꿈을 꾸었다는 사실은 남는다. 주변에 스쳐 가는 것에 고슴도치마냥 웅크리고 있을 필요는 조금도 없었다. 나는 정체를 모르는 가련한 작자이지만 그렇다고 미치광이도, 겁쟁이도 아니니까.

"후우."

한숨을 내쉬었다. 어둠 속에서 황금빛 액체가 출렁이며 빛을 뿌렸다. 대체 어디서 스며든 빛이 이 술잔을 비추고 있는 것일까.

"베세레스 아이."

그 이름을 불렀지만 그녀는 나타나지 않았다. 나도 기대하지는 않았다. 이곳은 드래곤의 레어였다 그리고 착각한 게 아니라면 이 드래곤의 힘은 매우 강대했다.

"레어의 주인이신 분. 마나의 지배자."

작게 중얼거리듯 불렀지만 대답은 빨랐다.

"무슨 일인가?"

어디에서 말하는지 잘 알 수 없는 소리가 웅웅 울려왔다.

"미천한 인간이 싫지 않으시다면 잠시 말이라도 나누지 않겠습니까?"

"나쁘진 않군."

툭 하고 갑자기 방 안이 밝아졌다.

나는 잠시 눈을 감았다. 갑작스레 밝아진 방에 익숙해지기 위해 시간을 벌었다. 겨우 눈을 뜨자 눈앞에는 마치 처음부터 있었다는 듯이 황금빛 머리칼을 드리운 드래곤이 앉아 있었다. 그는 술잔을 들고 그 황금빛 액체를 들여다보고 있었다.

"호의에 감사했습니다. 그런데 저는 아직도 존귀하신 분의 이름을 알지 못합니다만?"

"제법 예의를 갖추어 말하는군. 이제 머리가 좀 식었나 보지?"

뜻밖에도 드래곤은 지극히 인간적으로 물었다. 나는 그의 말이 호의라는 것을 깨닫고 갑자기 가슴속이 간질간질해졌다. 이런 식으로 호의를 받아보긴 또 처음이었다. 이건 진짜 순수한 호의였다.

드래곤에겐 황태자라는 지위도, 소드 마스터라는 능력도, 흑마법사라는 것도 별게 아니었다. 그에겐 모든 인간이 그저 인간일 뿐 그 이상도 그 이하도 아니었다. 나는 이 드래곤이 놀랄 만큼 나에게 호의를 베풀어준 것을 새삼 깨닫고 고개를 숙였다.

"감사드립니다."

드래곤은 그런 나를 보고 피식 웃었다.

"내 이름은 에메타이드 에페. 황금의 일족이다."

"에메타이드 에페님."

"황금의 일족은 얼마 남지 않았다. 어린아이 하나가 고작이지. 내가 이번에 잠을 깬 것은 새로운 아이를 만들기 위해서다."

드래곤은 혼자서 아이를 만든다. 하나가 소멸하면 또 하나가 생겨나게 되어 있었다. 나는 그 말에 당혹했다. 드래곤이 자신의 아이 이야기를 한다는 것은 매우 놀라운 일이었다.

"드래곤은 일생에 단 두 번 아이를 만든다."

"네에."

나는 갑작스런 말에 침을 꿀꺽 삼켰다.

"이번이 첫 아이지. 그래서 나는 약 1년의 세월 동안 힘을 잃는다."

그 말에 나는 눈을 크게 떴다. 드래곤이 아이를 만들기 위해 힘을 잃는다는 것은 처음 듣는 이야기였다. 왜 그는 나라는 인간을 처음 봤는데도 이처럼 신용해 주는 거지? 나는 조금 미심쩍은 기분으로 눈앞에 앉은 위대한 존재를 바라보았다.

"드래곤들이 흑마법사를 록 베더라 부르는 이유를 아는가?"

갑자기 에메타이드가 웃었다. 생각 외로 지극히 인간적인 웃음이었다. 지금 보는 몸은 단순한 드래곤의 의지로 만들어진 몸일 텐데도 정말 인간으로 보았다. 그 지나친 아름다움만 빼면.

"아, 아니요."

"그 언젠가 드래곤들이 아이를 만들고 있을 때 마왕 한 명이 도움을 주었다. 그 이래 마왕은 드래곤들과 가까워지게 되었지. 그리고 마왕은 드래곤에게 자신의 계약자를 내주었다."

나는 마왕이라는 말에 눈을 부릅떴다. 마왕과 드래곤이 그렇게 친분이 깊다고는 생각지 못했다.

"그 계약자였던 흑마법사가 드래곤의 아이를 꽤 오랫동안이나 지켜주었지. 그 이래 우리들은 흑마법사를 록 베더라 부른다. 파수꾼. 아이들의 파수꾼."

나는 아무 말도 할 수 없었다. 뭐라 말할 수 없는 감정이 갑자기 목을 꽉 메어왔다.

"까마득한 옛날이었겠군요."

"그렇다. 내가 아직 어릴 때의 이야기이니 인간인 그대에겐 당연히 그러하지. 하지만 드래곤에게나 마왕에게는 그 시간을 따지는 것이 무의미한 일이지. 더 더욱이 마왕들은 시공을 초월하니까."

"드래곤들은 이 세계를 곧 떠날지도 모르겠군요."

나는 멍하니 중얼거렸다. 왠지 그럴 것만 같았다. 전에 황궁에 있을 때도 이 대륙에 드래곤이 있을 거란 상상은 하지 못했었다. 물론 베세레스 아이가 있다고 말해 주었지만.

"그렇다. 드래곤들은 이 세계에 의미를 느끼지 못하니까. 사실 우리들의 세계에 비해 여기는 너무나 연약해."

그는 잠시 허공을 바라보았다. 그 깊은 시선에 나는 세월을 느꼈다. 세월이란 젊은이가 받아들일 수 없는 것이다. 그것은 이루 말할 수 없는 험난한 여정을 연상시켰다.

"너도 록 베더. 어떤가? 너도 나의 아이를 지켜줄 텐가?"

나는 갑자기 그의 말에 입을 다물 수밖에 없었다.

드래곤의 아이. 그것은 이루 말할 수도 없는 무게를 가진 것이었다. 나는 그가 왜 나를 신용하는지 도무지 이해할 수가 없었다. 나는 기억도 못하는 채 이리저리 헤매는 그저 멍청이일 뿐이다. 비록 강한 힘이 있다 하나 그것을 확신을 가지고 쓰지도 못하는 얼간이다.

"그건 제가 흑마법사이기 때문인 겁니까?"

내가 그렇게 말하자 에메타이드는 그 일식과도 같은 눈으로 가볍게 웃었다.

"내가 이름 붙인 자이기 때문이지."

그 깊은 어감에 나는 잠시 사로잡혔다.

언령. 나는 잠시 잊고 있었다. 드래곤은 마나의 지배자, 그들은 그들이 붙인 말로써 마법을 만드는 자들이다. 그가 나에게 록 베더라 이름 붙였다면 나는 록 베더― 파수꾼이 되는 것이다. 나는 그가 원하는 대로 드래곤에게 위해를 끼칠 짓거리 따윈 할 수 없게 될 것이다.

평소라면 굉장히 화가 났을 일인데도 나는 왠지 유쾌해졌다. 기뻤다.

"그런 겁니까?"

내가 웃자 그 역시 웃었다.

"그렇다, 록 베더. 그대는 나의 파수꾼인 게다.."

무조건적인 호의가 아니라는 것이 오히려 안심이 되는 걸 보면 나는 역시 바탕부터 비뚤어진 인간일지도 모른다. 나는 머리를 잠시 긁적이고 그를 향해 웃었다.

"그렇다면 저에게 무엇을 주실 작정입니까, 마나의 지배자여?"

그는 잠시 동안 생각에 잠겼다.

"글쎄. 그대가 원하는 게 뭔지 모르겠군. 그대 역시 자신이 원하는 게 뭔지 몰라서 헤매는 것 아니었던가?"

니는 또다시 정곡을 찔렀다. 하기야 드래곤을 상대로 말싸움을 한다는 것 자체가 어설픈 바보 짓이었다.

"얼마나 오랫동안이 될까요?"

내가 묻자 그는 잠시 허공을 바라보며 눈을 감았다.

"곧이다. 앞으로 인간의 시간으로 3개월 이내에 나는 내 육체를 조사하여 새로운 육신을 조합할 것이다. 그리고 1년여. 새로운 아이가 태어날 때까지는 나는 운신할 수 없다. 그동안 어린것들의 가이드 라인이 있긴 하겠지만 그대가 있는 것만은 못하겠지."

"그렇다면 나는 3개월 이내에 이곳에 돌아와야 하는군요."

"그렇다. 텔레포트 좌표를 기억해 두는 게 좋아. 고위 흑마법사인 그대라면 한 번 와본 것만으로도 마법의 힘이 기억하겠지만."

나는 잠시 동안 내가 고위 흑마법사라는 사실을 되새겼다. 하기야 계약자가 누군지도 모르니 무서워 마법도 쓰지 못했다. 그런 얼간이가 바로 나다.

"그대도 할 일이 있겠지?"

에메타이드는 나를 꿰뚫을 듯이 바라보며 물었다.

나는 잠시 동안 그의 시선을 받다가 슬그머니 고개를 돌렸다. 할 일이 있긴 하지만 그게 진짜 내가 해야 할 일인지 알 수가 없다는 게 정답이다. 의뢰를 받은 것은 록그레이드다. 내가 아니었다. 그리고 모두들 바라는 것은 록그레이드이지 내가 아니다. 그들에게 돌아간다 한들 그게 나에게 무슨 의미가 있는 걸까?

"인간은 사소한 것에 얽매이지."

드래곤이 웃었다. 이번에는 지극히 비인간적인 웃음이었다. 그 괴리감에 조금은 섬뜩해진다.

"자네를 얽매는 것은 무엇인가?"

"……나 자신입니다."

나는 깊은 숨을 토해냈다.

이미 내가 두려움으로 냉정을 찾지 못하고 있다는 것은 알고 있었다. 문제는 그것을 어떻게 극복하는가 였다.

"그건 벌써 물 건너간 이야기 아닌가?"

드래곤은 피식 웃었다. 조소였다.

"흑마법사는 이미 마족과 계약하는 걸로 자기 자신을 잃었네. 그런데 뭘 얽매이고 있다는 건가?"

나는 흠칫했다. 갑자기 정신이 아득해졌다.

"인간들은 자신들이 무엇을 하는지도 모르면서 일을 저지르던데 자네도 마찬가지인가? 흑마법사들이란 이미 절대적인 절망 속에서 자기 자신을 버려 힘을 얻는 자들이네. 마족과 계약하면 영혼을 잃는다는 속설이 거짓이라 생각하나?"

나는 갑자기 온몸의 피가 싸늘하게 식는 것을 느꼈다.

"이미 마족과 계약해 자기 자신의 이름을 잊어버리는 것부터 흑마법사는 자기 자신을 잃는 게야. 자네에겐 이미 자기 자신이라는 것은 없어."

드래곤은 혀를 찼다.

"이미 없는 것을 가지고 그것에 연연하다니. 진정 그대는 인간이로

"그렇다면 저에게 무엇을 주실 작정입니까, 마나의 지배자여?"

그는 잠시 동안 생각에 잠겼다.

"글쎄. 그대가 원하는 게 뭔지 모르겠군. 그대 역시 자신이 원하는 게 뭔지 몰라서 헤매는 것 아니었던가?"

나는 또다시 정곡을 찔렸다. 하기야 드래곤을 상대로 말싸움을 한다는 것 자체가 어설픈 바보 짓이었다.

"얼마나 오랫동안이 될까요?"

내가 묻자 그는 잠시 허공을 바라보며 눈을 감았다.

"곧이다. 앞으로 인간의 시간으로 3개월 이내에 나는 내 육체를 조사하여 새로운 육신을 조합할 것이다. 그리고 1년여. 새로운 아이가 태어날 때까지는 나는 운신할 수 없다. 그동안 어린것들의 가이드 라인이 있긴 하겠지만 그대가 있는 것만은 못하겠지."

"그렇다면 나는 3개월 이내에 이곳에 돌아와야 하는군요."

"그렇다. 텔레포트 좌표를 기억해 두는 게 좋아. 고위 흑마법사인 그대라면 한 번 와본 것만으로도 마법의 힘이 기억하겠지만."

나는 잠시 동안 내가 고위 흑마법사라는 사실을 되새겼다. 하기야 계약자가 누군지도 모르니 무서워 마법도 쓰지 못했다. 그런 얼간이가 바로 나다.

"그대도 할 일이 있겠지?"

에메타이드는 나를 꿰뚫을 듯이 바라보며 물었다.

나는 잠시 동안 그의 시선을 받다가 슬그머니 고개를 돌렸다. 할 일이 있긴 하지만 그게 진짜 내가 해야 할 일인지 알 수가 없다는 게 정답이다. 의뢰를 받은 것은 록그레이드다. 내가 아니었다. 그리고 모두들 바라는 것은 록그레이드이지 내가 아니다. 그들에게 돌아간다 한들 그게 나에게 무슨 의미가 있는 걸까?

"인간은 사소한 것에 얽매이지."

드래곤이 웃었다. 이번에는 지극히 비인간적인 웃음이었다. 그 괴리감에 조금은 섬뜩해진다.

"자네를 얽매는 것은 무엇인가?"

"……나 자신입니다."

나는 깊은 숨을 토해냈다.

이미 내가 두려움으로 냉정을 찾지 못하고 있다는 것은 알고 있었다. 문제는 그것을 어떻게 극복하는가 였다.

"그건 벌써 물 건너간 이야기 아닌가?"

드래곤은 피식 웃었다. 조소였다.

"흑마법사는 이미 마족과 계약하는 걸로 자기 자신을 잃었네. 그런데 뭘 얽매이고 있다는 건가?"

나는 흠칫했다. 갑자기 정신이 아득해졌다.

"인간들은 자신들이 무엇을 하는지도 모르면서 일을 저지르던데 자네도 마찬가지인가? 흑마법사들이란 이미 절대적인 절망 속에서 자기 자신을 버려 힘을 얻는 자들이네. 마족과 계약하면 영혼을 잃는다는 속설이 거짓이라 생각하나?"

나는 갑자기 온몸의 피가 싸늘하게 식는 것을 느꼈다.

"이미 마족과 계약해 자기 자신의 이름을 잊어버리는 것부터 흑마법사는 자기 자신을 잃는 게야. 자네에겐 이미 자기 자신이라는 것은 없어."

드래곤은 혀를 찼다.

"이미 없는 것을 가지고 그것에 연연하다니. 진정 그대는 인간이로

구만."
 나는 비명을 지르고 싶었다.

 거리는 불야성을 이루고 있었다. 무리도 아니다. 이미 유입된 피난민의 수가 너무 많았다. 하지만 슬슬 그 피난민 수도 줄고 있다고 한다. 얼핏 다행한 일인 듯하지만 그것도 좋은 일만은 아니었다. 그만큼 영주들의 군대에 저항할 인력이 줄어들고 있다는 증거였으니까.
 나는 노점이 줄지어 늘어선 볼품없는 거리 한구석에 서 있었다. 대체 내가 드래곤의 레어에서 얼마나 있었는지 알 수 없었지만 그동안에 있었던 일들로 이미 나는 빈사 직전이었다.
 동전 한 닢을 주고 타래를 지어 구운 오랑빵 하나를 샀다. 배가 고팠다. 아니, 사실은 잘 모르겠다. 어쨌거나 뭔가 먹으면 살아 있다는 기분이 될 것 같아 입에 억지로 쑤셔 넣었다. 길 한구석에서 창부들이 손짓하는 것을 구경하며 나는 멍하니 딱딱한 빵을 씹었다. 머리 속은 멍했지만 나름대로 개운하기도 했다.
 이미 '내 자신'이라는 것은 없다. 흑마법사로 계약하는 순간 마족이 나 자신을 지워 버렸다고 드래곤은 그렇게 말해 주었다. 하지만 나는 인간이라 그것을 알면서도 그럴 리 없다고, 나는 변하지 않았다고 혼자 주장하고 있다는 것이다. 없는 것에 연연해 봐야 일은 풀리지 않는다고 드래곤은 조소했다.
 나는 눈을 감았다가 다시 떴다. 빡빡한 빵 탓에 목이 멘다. 그래서 노점상에서 이상한 맛이 나는 주스 한 컵을 샀다. 지나치게 뻘건 데다가 지나치게 단 주스였다. 대체 무슨 주스인지 물어볼 생각조차 나지 않았다.

"3개월 후 돌아오게."

드래곤은 그렇게 나에게 당부했다. 물론 명령에 가까운 당부였지만 나는 그것을 기꺼이 받아들였다. 록 베더인 이상 드래곤의 당부를 거절할 수는 없는 것이다. 어라? 나는 또 얽매이는 것인가. 물론 이번엔 기꺼이 얽매이는 것이지만.

창부 중에는 어린애들이 많았다. 더러운 머리카락을 어설프게 틀어올리고는 여물지도 않은 젖가슴을 드러낸 애들이 앙상한 종아리를 보여주며 행인들을 유혹했다. 대부분은 이곳에 몰려든 용병들이었고 몇몇은 원래 이곳에 사는 자들이었다.

"야, 이년아! 너, 죽고 싶냐?"
"죽고 싶다! 죽고 싶어! 어쩔래?"
"우리 누나에게 손대지 마요!"

처절한 울음소리가 여기저기서 흘러 들어왔지만 나는 무시했다. 덩치 큰 용병이 앙상하게 마른 여자, 아니, 소녀를 발길질하며 두들기고 있었다. 뭔지는 잘 모르지만 어설픈 창녀 짓 하다가 성질 더러운 놈을 만난 모양이다. 옆에서 울부짖고 있는 것은 10여 세쯤 된 꼬마였는데 아주 피투성이였다.

아무도 주목하지는 않지만 나름대로 그들도 심각했다. 죽느냐 사느냐 하는 문제일 테니까. 나는 오랑빵을 다 먹어치웠기 때문에 별수없이 손을 털며 반쯤 마신 주스를 내버리려 했다. 그러나 마침 옆에서 침을 흘리고 있는 꼬마와 눈이 마주쳤다.

"……"

나는 그 꼬마에게 주스 잔을 건네주었다. 어차피 버릴 것이면 주는 게 낫겠지. 아까부터 내가 먹는 것을 넋을 잃고 쳐다보던 앙상한 꼬마였다. 여잔지 남잔지는 모르겠지만 어쨌거나 주스 잔을 건네주자 걸신 들린 듯 들이켰다. 그 모습에 나는 오랑빵을 하나 더 사서 꼬맹이 코끝으로 내밀었다. 꼬맹이는 잠시 머뭇거리며 나를 경계의 눈빛으로 바라보았다. 꼭 덫을 눈앞에 둔 토끼 같은 꼬락서니였다. 하지만 만약 이 꼬마가 빵을 채가지고 구석탱이에 가서 먹으려 한다면 다른 힘있는 애들에게 맞아 죽을 게 뻔했다. 나는 잠시 도박을 했다.

이 꼬마가 만약 내 눈앞에서 빵을 먹는다면 나는 이 꼬마를 돌봐줄 것이다. 하지만 다른 애들처럼 낚아채 달아나 버린다면 이 자리에서 손을 털리라.

변덕이었다.

어쩔까나? 여기 인생의 갈림길이 하나 놓여 있다.

나는 심술궂은 노파처럼 게게 웃었다. 이 꼬마는 이 순간이 자신의 운명이 달라지는 순간이라는 것을 알기나 할까? 지금 이 순간 나는 신처럼 위대한 존재일 수도 있었다.

꼬마는 빵을 낚아챘다. 하지만 뒤로 한 걸음 물러섰을 뿐 달아나지는 않았다. 달아나기는커녕 마치 내 일행이라도 된 듯 한 손으로는 주스를 마시고 한 손으로는 빵을 허겁지겁 뜯어먹으며 내 눈치를 보고 있었다.

"고마워요."

꼬마가 말했다. 놀랍게도 이 꼬마는 인사를 했다.

"이름은?"

내가 묻자 꼬마는 잠시 갈등하는 얼굴로 날 보더니 대답했다.

"메이."

"계집애냐?"

좀 허탈해져 되묻자 아이는 경계를 늦추지 않은 상태로 고개를 급히 끄덕였다. 난 조금 머리를 긁적거렸다. 여자애라면 좀 귀찮게 된 것 같다.

"뭐, 뭐든지 일을 할게요! 저 이래 뵈도 힘세요!"

꼬마는 반쯤 먹은 빵을 꼭 쥐고 나에게 강조했다. 아무리 봐도 앙상한 팔다리가 고스란히 드러난 거지꼴. 그 몸에 힘이 있어봐야 얼마나 있겠는가.

나는 아무래도 상관없다고 생각했다. 이 애는 결국 나에게 이겼다. 뭐, 어차피 벤에게 맡겨 버릴 테니 신경 쓰지 말자.

"따라와."

"네, 뭐든지 시켜주세요!"

꼬마는 큰 소리로 외쳤다. 몇몇 아이들이 이쪽을 바라보며 눈을 빛냈다. 내가 이 꼬마를 팔아먹을지 강간할지 궁금한 모양이다. 하지만 몇몇은 이 꼬마의 난데없는 행운에 질투의 눈빛을 번뜩였다. 그래, 이것도 행운이라면 행운이다. 굶주린 자에게 한 토막의 빵은 그지없는 행운이지.

골목을 몇 개나 도는 동안에도 꼬마는 한마디도 하지 않았다. 그저 충실하게 내 뒤를 따라오기만 할 뿐이다. 어쩌면 벤과 똑같은 놈이 또 생겨날지도 모르겠다. 나는 잠시 눈이라도 내릴 듯한 하늘을 올려다보다가 시끌벅적한 사람들 사이로 그저 걸었다.

여관에 도착해 내가 묵던 방으로 올라가 보니 말 그대로 얼굴이 잔뜩 굳어 통나무처럼 된 벤이 고개를 숙이며 날 맞이했다. 그는 내가 어디에 갔었는지 묻지 않았다. 단지 파리할 정도로 굳은 얼굴이 그 심사를 드러낼 뿐이었다.

"이 애를 씻겨."

내가 턱짓하자 벤은 눈을 조금 크게 뜨더니 물었다.

"잠자리 상대로 쓰실 겁니까?"

"그 정도로 굶주리진 않았어."

내 대답에 그의 얼굴이 조금 풀렸다. 그는 더러운 꼬마를 아래위로 심각하게 바라보더니 점원을 불러 목욕물을 준비하라 일렀다. 점원은 기겁을 하면서도 목욕물을 받으러 사라졌다.

"전 무엇을 하면 되나요?"

또랑또랑한 음성으로 꼬마가 물었다.

"그 노인네가 시키는 대로 해."

꼬마는 그 또랑또랑한 눈을 벤에게로 돌렸다. 벤은 잠시 나를 멍하니 바라보더니 부드러운 눈빛으로 미소 지었다. 굉장히 느끼한 웃음이었지만 어쨌거나 지독하게 피로한 나로서는 조금 기분이 좋아졌다.

"잔다."

그렇게 말하고 로브를 집어 던지자 벤은 재빨리 그것을 공손히 받아들며 내 장화를 벗겼다. 머리가 지끈거리기에 그냥 누워버렸더니 벤이 조심스럽게 말했다.

"실은 아래층에서 사람들이 기다리고 있습니다만, 역시 거절할까요?"

"뭘?"

"주인님을 꼭 뵙겠다고 버티고 있어서요."

"뭐 하는 작자들인데?"

무덤덤하게 묻자 그로서는 조금 의외였나 보다.

"…용병들입니다. 검사라 자칭하는 자들도 있고요."

"두꺼비로 만들기 전에 꺼져 버리라고 해."

내 대답에 그가 웃었다.

"그렇게 하겠습니다, 주인님."

그가 허리를 깊숙이 숙여 하인답게 인사하자 옆에 서 있던 꼬마도 그대로 따라 했다. 그런 꼬마를 보며 벤이 명령했다.

"네가 할 일은 지금 당장 씻는 거다. 따라와라."

"네, 할아버지."

"……벤 경이라 불러라."

"네, 벤 경."

꼬마는 아무런 의문도 표시하지 않았다. 아무래도 상관없는 거다. 조금이라도 배가 부르기 위해선 벤이 귀족이든 아니면 미치광이든 상관이 없는 것이다. 뭐, 그런가.

나는 옷을 훌훌 벗어 던지고 침대에 누운 채 천장의 얼룩을 보며 눈을 감았다.

그래, 어차피 나라는 건 없었다. 그러니까 록그레이드의 껍질을 쓰고 있는 것도 나다. 물론 알맹이는 록그레이드가 아니니 별수없지만 내가 록그레이드의 껍질을 쓰고 있는 이상 록그레이드도 나인 것이다.

"……어차피 난 없어진 존재니까."

허탈했지만 눈물은 나오지 않았다. 오히려 지나치게 개운했다. 너무 개운해 가슴 한구석이 뻥 뚫려 버렸다. 나는 결국 살아 있어도 살아 있는 인간이 아닌 거다. 아니, 인간이 아니라 흑마법사라는 이름의 종족이었다.

그러니까, 사람들이 흑마법사를 보고 소스라치게 공포에 질려도 그건 당연한 일이었다. 그 당연한 일을 나는 무지하다 여기며 비웃었다. 사실 무지한 쪽은 나였는데.

"취침 전 브랜디를 올릴까요?"

벤이 문간에 서서 물었다. 나는 그의 얼굴을 물끄러미 바라보다 고개를 끄덕였다.

"그래. 줘. 센 걸로."

벤이 미소를 머금으며 쟁반에 술을 한 병 가지고 왔다. 그는 기분 나쁠 정도로 나긋나긋하게 잔에 술을 따르며 물었다.

"혹시 기억이 나신 겁니까?"

"아니."

나는 술잔을 단번에 들이켰다. 화끈하다.

"확신을 했을 뿐이야."

"네?"

"나는 네가 아는 록그레이드가 아냐. 그것만은 확실히 확인했다."

내 말에 그는 조금 당황했다. 그리고는 곧 고개를 숙였다.

"죄송합니다, 제가 주제넘은 짓을."

"주제넘은 짓을 한두 번 한 게 아니지. 어쨌거나 상관없어. 내가 한숨 자고 나면 짐 로스 놈을 불러."

"그럼 진짜로 청부를 받아들일 생각이십니까?"

"그래. 하지만 난 그 계집애에게서 받은 14덴으로는 부족해. 예전의 나는 어땠는지 몰라도 난 1덴 따위로 움직이는 감상주의자는 결코 아냐. 내가 움직이려면 최소한 성 한 채 값은 필요하다고."

벤이 그 말에 활짝 웃었다.

"그렇지요."

"그러니까, 다른 생각을 좀 해봐야겠단 말이야. 넌 로그란드 남작가에 대한 것들을 알아내. 사소한 것이라도 잘 긁어와. 어떻게 죽었는지, 죽인 당사자는 어떻게 되었는지부터 시작해서 재정 상태도 전부 다."

"알겠습니다."

"내가 한숨 자고 일어날 때까지 알아내도록 해."

내 말에 벤이 난색을 표했다.

"주인님……."

"어차피 너 혼자가 아니겠지? 네 주변에 부하 놈들이 있는 거 아냐?"

"천만에 말씀을!"

너구리는 너구리답게 펄쩍 뛰었지만 나는 무시했다. 그동안 벤이 해온 일들이 너무나 많다. 만약 혼자였다면 그동안 록그레이드의 뒷수발을 어떻게 했겠는가. 최소한 그의 심복이라 할 만한 자들이 십수 명은 되고도 남을 것이다.

메어리란 소녀가 암격왕에게 청부했다. 그리고 나는 그 소녀의 청부를 받아들일 생각이었다. 그녀가 준 돈주머니 속에는 14덴이 들어 있었으니 1덴은 아니다. 게다가 막상 움직인다면 돈은 계속해서 들어올 것이다. 나는 정공법으로 나아가 나약한 자들을 이끌고 죽음으로 몰아갈 생각은 전혀 없었다. 그렇다면 흑마법사다운 방식으로, 희생양을 하나 정해 끝장내 주자. 그 소녀의 의뢰는 페길 시를 지켜달라는 것이었다. 그 이상도 그 이하도 아니었다. 그럼 의외로 간단할지도 모른다.

뚫린 가슴으로 바람이 들어왔다. 온 뼈마디가 다 시렸다.

나는 확실히 늙은이다.

Chapter 37

"사랑해요, 록. 나를 신부로 맞이해 줘요."

두 손을 벌리며 작은 소녀가 말했다. 그 작은 소녀는 금발 머리에 연초록의 눈을 하고 있었다. 물오른 가지처럼 길게 뻗은 가는 팔을 벌려 그녀는 나를 끌어안았다. 아직 작고 연약해 그녀는 내 가슴에도 겨우 와 닿을 정도였지만 어느새 여인의 모습을 하고 있었다. 길게 나부끼는 윤기 흐르는 그 머리칼은 흐르는 시냇물처럼 반짝였다. 두 손을 벌려 그녀를 끌어안았다. 콧속으로 파고드는 달콤한 향기. 과일 향과도 같은 싱그러운 냄새.

"사랑해요."

"아직 어려, 작은 아가씨."

나는 웃으면서 속삭였다. 사실은 가슴이 저릴 만큼 사랑스럽다고 생각하면서 나는 그녀를 살짝 놓아주고 입술에 키스하는 대신 이마에 낙인을 찍는다. 씁쓸함과 억눌린 욕망이 가슴속에 앙금을 남기며 가라앉았다.

"어리지 않아요! 나는 벌써 열네 살이에요!"

바락 외치는 소녀는 성질이 급해 보였다. 자존심으로 타오를 듯한 그 눈동자에 가슴을 두근거리면서 나는 욕망을 억눌렀다.

"쯧쯧. 아직 열네 살이겠지. 난 풋내나는 어린아이는 상대하지 않아요, 작은 리에."

그녀의 얼굴이 새빨갛게 물들었다. 나는 기쁨과 슬픔이 뒤섞인 기분으로 그녀의 장밋빛 뺨을 쓸었다.

"좀 더 어울리는 상대를 찾는 게 어때? 네 나이 또래에 어울리는 친구로 말이야."

"웃기지 말아요! 나는 당신을 원한다구요!"

억지로 멱살을 잡혀 결국은 입술을 맞대고 말았다. 어린 소녀의 몸부림을 기꺼이 받으면서 나는 한구석으로는 솟구치는 분노를 참고 있었다.

시간. 아아, 나는 시간이 없다. 나에겐 사랑스런 소녀를 받아들일 시간이 존재하지 않는다.

어째서 이렇게 될 수밖에 없었을까. 왜 나는 이 어린 소녀를 밀칠 수밖에 없는 것일까.

"못 써. 어른 흉내를 내지 마."

나는 일부러 조소했다. 그리고는 작은 소녀의 몸을 밀쳐 내고 약간은 어처구니없다는 듯 아래위를 훑어보았다. 그 눈길에 수치스러운 표정이 되는 그녀를 향해 그는 혀를 찼다.

"너는 동생처럼 귀여울 뿐이라고."

그녀는 창백해진 채 고개를 떨구었다. 활짝 핀 장미꽃이 스러지는 듯 애처로웠다. 나는 주먹을 쥐고 몸을 돌렸다. 안 된다. 안 된다. 가장 소중한 리에에게 손을 내밀어선 절대로 안 된다. 나는 달리듯 빨리 걸어 제빨리 말에 올라탔다. 리에가 우는 것을 알고 있었지만 절대로 돌아보지 않았다. 안 돼. 나는 안 된다고.

그녀는 어릴 때부터 나만을 바라보고 있었던 아이였다. 제 오빠와 어울려 놀면서도 항상 눈은 나를 따르고 있었다. 내가 황태자여서일까? 아니다. 황태자가 뭔지도 모를 그때부터 작은 리에는 항상 나를 바라보고 있었다. 내가 그 사랑스러운 미소에 가슴을 조이기 전부터.

갑자기 울고 싶어졌다. 가슴이 조여 숨을 쉬기가 어려웠다. 억지로 숨을 들이켜 하늘을 올려다본다. 파란 하늘. 깨어질 듯 파랗고 차가운 하늘.

나는 안 돼. 다른 여자라면 몰라도 그 애는 안 돼. 좋아하니까 더 안 돼. 리에만은, 소울리에 데블린만은 안 돼.

눈물이 창백한 뺨 위로 흘러내렸다.

시끌시끌한 잡음이 귓가를 건드렸다.

나는 천천히 눈을 떴다. 뺨이 축축했다. 나는 그것을 손바닥으로 닦아내면서 한숨을 내쉬었다. 아직까지도 가슴이 뻐근했다. 하지만 한편으로는 웃었다.

"귀여운 자식."

킬킬 웃음이 나왔다.

몇 살이었을까. 열여덟 살? 열아홉 살? 스무 살? 아마 그쯤 되었을 게다. 그 얼음덩이 같던 록그레이드 팰러스가 작은 계집애를 생각하며 울었다. 이거 참. 생각 외로 인간적인 일면이 있군.

나는 베개 맡에 놓여 있는 단검을 들어 그 날에 얼굴을 비춰보았다. 이 얼굴은 26살의 얼굴. 아마도 방금 본 꿈은 록그레이드가 아직은 소년티가 그대로 남아 있을 시절에 겪은 일일 것이다. 진짜 좋아하는 여자에겐 절대 손 못 대는 놈이었던 모양이다. 만약 나라면 제일 먼저 취해 바로 옆에 두고 있었을 텐데. 어차피 죽어 사라질 몸이지만 그래도 사랑하는 여자와 조금이라도 같이 있으면 좋지 않을까. 그랬다면 소울리에, 그녀도 지금처럼 냉정한 얼굴을 한 여자가 되지는 않았을 텐데.

"후."

내 주제에 무슨 남의 연애에 충고씩이나.

나는 킬킬 웃으며 놓여진 세숫물에 손을 담갔다. 싸늘한 물 탓에 잠이 확 깼다. 그나저나 몸과 영혼의 관계는 어디서부터 어디까지일까. 나는 록그레이드의 꿈을 꾸었다. 하지만 나는 록그레이드가 아니다. 꿈은 영혼이 꾸는 게 아니라 몸이 꾸는 걸까? 아이러니하게도 내가 록그레이드가 아니란 것을 알자마자 그의 꿈을 꾸다니 정말 묘한 일이다.

관두자. 머리가 다시 복잡해지기에 생각하는 것을 관두기로 했다. 길게 생각해 봐야 결론나는 것도 없다. 어차피 난 버린 몸. 드래곤의 말대로 이미 인간이 아니다. 단념할 것은 단념하는 쪽이 훨씬 이익일지도 모른다. 즐길 수 있는 거라면 충분히 즐기라고 드래곤이 말했다.

지금 당면한 문제는 이 피난민으로 넘쳐 나는 폐길 시를 지키는 일이다. 그게 내가 받은 의뢰. 14덴의 의뢰. 다음부터는 의뢰 따윈 받지 말아야지. 그리고 벤도 떼어놓도록 하자. 미련은 이제 접고 홀홀 떠나가 버리자고.

"주인님."

노크 소리가 났다. 들어오라고 하자 음식 쟁반을 든 벤과 물병을 든 꼬마가 들어섰다.

"잘 주무셨습니까?"

벤은 고개를 숙이며 절도있게 인사했다. 꼬마 역시 꽤나 절도있는 모습으로 따라 인사한다. 연습깨나 한 모양이다.

나는 수건으로 얼굴을 닦으면서 그가 테이블에 음식을 내려놓는 것을 보았다. 물병을 들고 서 있던 꼬마는 긴장한 얼굴로 고개를 숙이고 있었다. 열두엇이나 되었을까.

"일은?"

"로그란드 남작은."

그는 내게 의자를 빼주며 말을 길게 늘였다. 어서 앉아 먹으라는 뜻인 듯해서 나는 순순히 의자에 앉아 뜨거운 차가 담긴 컵을 집어 들었다.

"57세로, 슬하에 4남 4녀를 두었습니다. 비공식적인 사생아까지 포함하면 모두 12남 9녀를 두었지요."

"돼지냐."

내가 혀를 찼더니 옆에 있던 꼬마가 픽 웃었다. 벤의 눈썹이 탁 치켜 올라간다.

"그리고 그날 당시에 일어난 폭동으로 그 자녀들이 모두 죽었습니다. 물론 사생아들은 빼고요. 남은 핏줄은 델시테 백작이 후견인으로 있는 작은 공자뿐입니다. 그 공자는 물론 친자식이 아니라 오촌 조카가 됩니다."

"그리고? 그날 있었던 일을 좀 자세히 말해 봐."

내 말에 벤은 옆에 있는 꼬마를 흘긋 보았다. 꼬마는 멀뚱거리며 충실히 물병을 쥔 채 서 있었다.

"그날은 매우 추운 날이었습니다. 소작료를 올려 받기 위해 로그란드 남작은 집사와 호위병 셋을 거느린 채 말을 타고 테이레 마을로 들어갔습니다. 테이레 마을은 남작의 저택에서 조금 떨어진 곳에 위치한 마을로 그럭저럭 부유한 곳입니다."

벤의 이야기에 따르면 이야기는 이렇게 진행되었다.

남작은 마을 촌장에게 소작료를 올리라고 명령했고 촌장은 난색을 표명했다. 아닌 게 아니라 어이가 없다. 겨울에 소작료를 올리는 영주가 대체 어디 있겠는가. 뭐, 어쨌든 남작은 그렇게 말했고 실랑이가 좀 계속되었다. 그사이에 촌장의 아내와 딸, 조카딸이 심각한 분위기를 깨어보기 위해 음식을 들고 들어섰다.

남작은 그중 조카딸에게 마음이 있어 손을 내밀었지만 조카딸은 이미 결혼식을 올린 뒤였다. 즉, 신혼의 신부였던 셈이다. 하나 남작은 그 결혼이 무효라고 선언했다. 초야권을 행사하지 않았기 때문이라고 주장한 것이다.

그 자리에 있던 모두가 경악했다. 촌장을 비롯한 마을 사람들이 모두 빌고 간청했으나 남작은 거부하고는 그 조카딸을 끌고 자신의 저택으로 가겠다고 선언했다. 하지만 그때는 이미 해가 졌을 때였으므로 남작은 촌장의 집에서 하룻밤 머물겠다 말했다. 울고불고 하던 사람들은 모두들 나름대로 체념하고 단념하여 별수없이 이 새 신부는 남작의 밤시중을 들게 되었는데 더 기가 막힌 것은 일단 겨우 승낙하자 남작은 촌장의 어린 딸마저 내놓으라고 했다는 것이다. 촌장의 딸은 열두 살이었다.

"그래서?"

나는 밥맛이 다 떨어지기에 차로 입 안을 헹궜다. 옆에 서 있는 꼬마는 잔뜩 긴장한 눈치였다. 말이 심상치 않아서 그런 모양이다.
 "그 말에는 더 이상 참을 수 없었던 모양입니다. 촌장의 아들이 달려들어 남작의 멱살을 잡았습니다. 한 대 쳤는지도 모르쇼."
 "그리고?"
 "그러자 남작의 호위병 중 하나가 그 청년을 죽였습니다. 남작은 울부짖는 가족들 앞에서 본보기를 보인답시고 촌장의 부인은 끌고 와 두들기기 시작했습니다. 그 참사에 보고 있던 마을 사람들이 부들부들 떨었고 촌장의 어린 딸이 돌멩이를 던져 남작의 코를 다치게 했습니다."
 "흠."
 "남작은 격노해서 그 어린애를 잡아 베어 죽였습니다. 조카딸은 그 참상에 그 자리에서 혼절했고 보고 있던 사람들도 더 이상 참지 않았습니다. 돌멩이를 던지고 몽둥이를 들어 수십 명이 달려들어 그대로 남작 일행을 죽여 버렸지요. 그 뒤에 살기에 찬 촌장이 남작의 목을 들고 로그란드 저택으로 돌진했습니다. 처음엔 테이레 마을 사람들뿐이었지만 그들이 저택으로 몰려올 즈음에는 근처에 있던 영민들도 모두 가담했습니다. 뿐만 아니라 하인들도."
 인심을 너무 잃은 탓인지 막는 사람은 아무도 없었다. 기사라고 할 만한 남자들은 그 폭동의 기세에 겁을 먹고 달아나 버렸고 하인들도 들끓는 원한으로 몸을 떨며 그전까지만 해도 주인님이라고 모셨던 자들의 목을 베고 시체를 찢었다. 저택은 약탈당하고 남작의 식솔들은 어린애 하나 남김없이 모조리 학살당했다.
 "그래서?"

"그 사건이 주변에 알려지기까지는 오래 걸리지 않았습니다. 영민들은 거의 폭동 상태였기 때문에 불을 지르고 약탈을 감행했으니까요. 그 소문이 일파만파 퍼져 나가자, 옆 영지에 있던 셔든 남작과 베어든 자작이 조심스레 타진했습니다. 후계자가 있다면 영지를 범할 수 없을 테니까요. 그때쯤 멜더른 남작이 자신이 로그란드의 핏줄이 섞인 몸이라며 앞으로 나섰습니다. 그리고는 잿더미가 된 로그란드 저택에 와서 로그란드 남작의 사생아 중 하나인 여자애를 자신의 첩으로 삼았습니다."

"……"

나는 기가 막혀서 허허 웃었다.

"그걸로 자신이 로그란드의 후계자임을 자처하려고 했지만 뒤이어 베사지 산성에 있던 델시테 백작의 가신인 게올레 준남작이 달려왔습니다. 그는 델시테 백작의 피후견인인 어린 공자가 로그란드의 오촌 조카라고 밝히고 그가 후계자라고 천명했습니다. 그러자 멜더른 남작은 이곳에 없는 델시테 백작을 대신해 자신이 그 어린 공자의 후견인이 되겠다고 맹세하고 물러섰습니다."

"흐응."

나는 맛없는 빵을 들어 침을 삼키고 있는 꼬마에게 내주었다. 꼬마는 받아야 할지 말아야 할지 망설이다가 벤의 눈치를 보았다. 벤이 미간을 찌푸리자 꼬마는 고개를 푹 숙이며 빵을 외면했다. 어쩐지 벤이 아니라 꼭 도노반 같군.

"델시테 백작은 인정한다는 말을 해오지 않았습니다. 그로선 아마도 멜더른이 별로 미덥지 않았던 모양입니다. 그래서 그는 말을 삼가고 일단 폭도를 가라앉히는 것을 먼저 하라고 명령했지요."

"그러나 멜더른은 힘이 없었겠지."

내가 중얼거리자 벤은 고개를 끄덕였다.

"그렇습니다. 멜더른은 군사력이 별로 없었습니다. 그는 흥분한 영민들을 마을 만한 힘이 없었죠. 그래서 촌장들을 불러내가 날래기 시작했습니다. 그리고 그때쯤 영지의 주인이 정해지지 않았다는 것을 깨닫고 셔든과 베어든이 침략을 시작했습니다."

"거기다가 영민들을 지키겠다고 용병들이 달려들어 오고 의용병이 나타나고?"

"네. 소문은 눈덩이처럼 커져서 셔든과 베어든의 군세가 토벌대라고 생각한 거지요. 사실 토벌대라고 하기엔 조금 어폐가 있습니다만, 셔든이나 베어든으로서도 로그란드를 죽인 자들을 몰살시키지 않고서는 명분을 얻을 수 없기 때문에 결국은 토벌대나 다름없지요."

"그래, 그럼 로그란드를 죽인 자들은, 즉 테이레 마을 사람들이라 그거지?"

"그렇지요. 하지만 일이 커진 뒤 촌장은 자살해 버렸고 그 조카딸은 미쳐 죽었습니다. 남은 사람이 없지요."

"그 조카는 결혼했다 했는데 그 남편은?"

"그 남편은 그 자리에 없었답니다. 용병으로 일하러 나가고 없었지요. 만약 그가 그 자리에 있었다면 일은 조금 나아졌을지도 모릅니다만."

"그 테이레 마을 사람들은?"

"달아났습니다. 일이 커져서 토벌대가 나타나자 몇몇만 남고 뿔뿔이 달아났지요. 이 페길 시에도 있을 겁니다만 영주관에 있던 토지대장이 불타 버려 확인은 불가능합니다."

"영주관에는 각 영지민들에 대한 것이 쓰여져 있겠지?"

"네. 인구 조사는 잘되어 있으니 자세히 쓰여 있습니다. 인두세를 받기 때문에 정확하지요. 하지만 그것도 다 불탔으므로 로그란드 영지민들은 결국 자유민이나 다름없게 되었죠."

"그래서 서든이나 베어든이 학살해도 죄가 안 되겠지."

내 말에 그는 고개를 끄덕였다.

"델시테 백작은 뭘 하고 있지?"

"이곳까지 직접 올 수 없을 겁니다. 그는 중앙 귀족이니까요. 이런 난리에 직접 발을 담글 필요가 없지요. 그는 일단 베사지의 게올레에게 모든 것을 맡겨놓은 셈입니다. 게다가 그 공자도 어리니까요. 결국 후견인의 뜻대로 할 수밖에 없습니다."

"흐음."

가장 당면한 문제는 서든과 베어든의 침략을 막는 것이다. 그래야 사람들이 안 죽고 이 페길 시가 무사하다.

"그런데 멜더른 남작이 평이 좋다는 것은 무슨 말이지? 내가 보기엔 파렴치한인데."

"영민들에게 친절하다는 평판이거든요. 게다가 그는 서든과 베어든에게 군사를 물리라고 몇 번씩이나 직접 말을 했던 인물입니다. 그래서 그것만으로도 이곳에서는 평이 좋은 편이죠."

"한 건 아무것도 없는데 왜 평이 좋은지 모르겠군."

"귀족이 하나라도 이쪽에 있다는 것만으로도 영민들은 안심하는 것이겠죠."

벤이 신랄하게 말했다.

"그나저나 저 꼬마는?"

아직도 물병을 든 꼬마가 흠칫했다. 벤은 마치 설명하듯 길게 읊었다.

"이 아이의 이름은 메이신. 나이는 열세 살. 유고 마을의 고아로서 부모님은 일찌감치 여의고 고모 댁에서 지내던 중에 피난 왔답니다."

"고모 일가는?"

"중간에 헤어져서 모른답니다."

버려졌나 보군. 나는 더 이상 신경 쓰지 않았다.

"로스는 뭘 하고 있지?"

"주인님의 신경을 거스른 게 아닌가 해서 잔뜩 긴장하고 있습니다. 사실은 아까부터 기다리고 있습니다만."

"다른 놈들은?"

"전에 같이 동행했던 몇몇이 와 있습니다. 아마 주인님의 명성을 뒤늦게 알고 쫓아온 듯합니다."

"전에 동행했던 놈들?"

누군가 하고 눈을 크게 떴더니 벤이 설명해 주었다.

"로빈과 게일즈 등입니다."

"아아."

아래층으로 내려가자 시끌대던 식당 안이 조용해졌다. 모인 수는 적어도 삼사십 명은 될 듯했는데 얼마나 조용한지 그대로 내빼고 싶을 정도였다. 나는 깊이 쓴 두건을 확인하고 날 보자마자 벌떡 일어나 있는 짐 로스에게로 다가갔다. 그의 주변으로 두 명의 덩치가 있고, 다른 테이블에는 모두들 용병으로 보이는 놈들로 꽉 차 있었다. 그중 로빈과 게일즈 등은 나를 보고 반가워하는 표정을 지었다. 아, 무서워하는 표정이려나.

"스승님."

짐이 고개를 푹 숙였지만 나는 무시하고 자리에 앉았다.

"말씀드릴 것이 있습니다."

진지한 음성이었다. 그는 작은 목소리로 나를 달래듯 속삭였다.

"전에 제가 무슨 잘못을 저질렀다면……."

"시끄러."

귀찮아서 그렇게 말했더니 그는 입을 꽉 다물었다. 주눅이 든 얼굴이다. 그 얼굴을 모른 척하고 물었다.

"셔든과 베어든은 어디까지 왔나?"

"투보 마을까지 점령했습니다."

기쁜 듯이 대답하는 녀석을 무시하고 나는 옆에 있는 벤에게 물었다.

"투보 마을이 어디야?"

"여기서 반나절쯤 걸리는 곳에 위치한 산골 마을입니다. 셔든에게 항복했다고 하더군요."

벤이 아무렇지도 않게 답하자 짐의 얼굴이 일그러졌다.

"베어든은?"

"역시 여기서 반나절쯤 걸리는 곳에 위치한 일로아 마을을 무혈 점령했습니다. 인구 5백 명 정도 되는 마을인데 깨끗이 장악했다고 하더군요."

"그럼 거의 다 왔군."

내 말에 짐은 신음했다.

"둘이서 여길 협공할 가능성은 있을까?"

내 질문에 짐은 고개를 저었다.

"없을걸요. 협공하면 이곳의 영주가 될 수 없을 테니까요."

"아니지. 반역도를 해치웠다는 명분을 얻고 페길 시를 양분할 수도 있어."

벤이 대신 대답했다.

"그……."

"아니면 서든과 베어든이 서로 협력해 페길 시를 한쪽이 맡고 한쪽은 페길 시의 남쪽에 위치한 오든 시를 공격할 수도 있지."

"아!"

짐의 얼굴이 창백해졌다.

"오든 시는 어디지?"

"로그란드 영지의 제일 남쪽에 위치한 도시입니다. 페길 시에서는 사흘 거리입니다. 물론 산중을 지나야 하니 시간이 걸리겠지만. 그쪽에는 멜더른 남작의 군사가 있을 겁니다."

"원래 멜더른 남작의 영지는 어딘데?"

그 말에는 짐이 얼른 대답했다.

"로그란드 남쪽에 위치한 다섯 개 마을이 그의 소유입니다. 로그란드에 비하면 무척 작습니다."

왜 군사력이 모자란지 알 만하군.

가만히 턱을 만지고 있는데 유달리 끈끈한 시선이 느껴졌다. 로빈과 그 일당이다. 그들은 전과는 다른 시선으로 날 바라보고 있었다. 예전에 보이던 공포감은 사라진 모양이다. 나를 보는 눈들이 기대에 차 아주 반짝반짝했다. 역겹게도.

그들을 역겹게 느끼면서도 한편으로는 묘하게 애잔했다. 기쁘다기보단 슬프다. 젠장이다. 이 기묘한 기분을 뭐라 하면 좋을까.
"죄송했습니다."
로빈이 한 걸음 나서서 다짜고짜 나에게 고개를 숙였다.
"뭐가?"
시큰둥하게 묻자 그는 당황한 얼굴로 어쩔 줄 몰라 했다.
"저, 저희는 누구신지 알아보질 못해서……."
어차피 흑마법사는 경원시되는 존재다, 소드 마스터와는 달리. 나는 아무런 할 말도 없었다. 솔직히 이들이 왜 찾아왔는지도 모르겠다.
"이들과 함께 오셨다면서요?"
짐이 끼어들었다. 그는 로빈과는 좀 안면이 있는지 그의 어깨를 친 한 척 끌어안으며 말했다.
"옆에서 스승님을 모시고 싶다고 자원해 왔습니다. 안 그래도 벤 경 혼자서는 힘드실지도 모르니까요."
그 말에 벤이 불쾌한 듯 대꾸했다.
"나 혼자서 힘들 거라니? 무슨 의미지?"
"아, 아무것도 아닙니다!"
짐이 황급히 손을 내저었다. 명백히 벤을 무서워하는 그 모습에 주변에 있던 로빈 등이 눈을 크게 뜬다. 아닌 게 아니라 그들은 벤이 부드러운 늙은이 흉내 낼 때를 기억하고 있었으리라. 이렇게 살벌한 표정을 짓는 살인마 늙은이는 처음 보았을걸.
내가 피식 웃자 벤의 얼굴이 조금 부드러워졌다.
"벤은 보통 사람이 아니지."
나는 느릿하게 말했다.
"무, 물론 범상한 분은 아니시지요!"

짐이 얼른 맞장구를 친다. 그 말에 나는 손을 뻗으며 짐의 앞에 놓인 맥주 잔을 집어 들었다. 그것을 본 짐의 부하 중 하나가 잽싸게 점원에게 맥주를 두 잔 더 추가시켰다.

"드, 드시지요!"

부들부들 떨며 내게 맥주를 권하는 짐의 부하는 아직 어렸다. 지극히 평범하고, 지극히 촌스러운 얼굴을 하고, 지극히 빛나는 눈동자로 날 올려다본다. 아, 쏠려.

"벤이 얼마나 대단한지 자네들은 잘 모르겠지만."

나는 벤을 흘긋 돌아보았다. 완벽한 시종의 자세다. 물론 그 옆에 서 있는 꼬마 메이 역시 벤을 따라 완벽한 시종의 자세였다. 때 빼고 광낸 꼬마 계집애는 너무 말라서 소녀기보단 여전히 소년처럼 보였지만.

"그와 오랫동안 있었던 나는 잘 알고 있지. 그에겐 수백 명의 정보원이 있다."

뒤에 서 있던 벤은 감격한 표정이었지만 결코 그 이상도 그 이하도 아니었다. 아마도 내가 무슨 의도로 그런 말을 하는 건지 알 수 없었을 것이다. 하지만 그는 그답게 충실한 표정을 그대로 유지하고 있었다. 당장 내가 칼을 물고 죽어라 해도 별로 표정 변화는 없으리라. 저 무감각한 눈.

"정보원이요?"

감탄한 듯 놀란 듯 짐이 맞장구를 쳤다. 그는 뭔가 납득한 듯 고개를 끄덕였다.

"그렇겠지요, 암격왕을 모시는 그림자의 기사라 불리시는 분이니."

조금 쏠리는 표현이었다. 그는 그림자의 기사가 아니라 늙은, 혹은 늙어가는 충견의 기사다.

"어쨌거나."

나는 끼어드는 짐의 말허리를 자르며 중얼거리듯 말했다.

"이미 벤의 정보원은 이번 로그란드 남작의 살해에 숨겨진 음모가 있다는 것을 파악해 냈다."

"헤?"

짐의 입이 벌어졌다.

"음모?"

"음모!"

짐뿐만이 아니었다. 이 자리, 이 주점 안에 있던 거의 모든 자들의 입에서 동시에 큰 소리가 터져 나왔다. 역시 내 일거수일투족에 잔뜩 주의를 기울이고 있었던 듯.

"으, 음모요?"

"아. 그래, 음모다."

"그, 그럴 수가! 무슨 음모란 말입니까?"

짐이 고개를 흔들며 굳은 얼굴로 물었다.

나는 느긋하게 맥주 잔을 기울이며 그의 질문을 무시했다. 주변에 앉아 있던 자들의 대부분이 용병이었기 때문인지 그들의 눈이 커지고 콧구멍이 커지며 거친 숨소리가 작은 주점 안을 가득 메웠다.

"무, 무슨 이야기지?"

"암격왕께서 이번 사태에는 음모가 있다시잖아!"

"무슨 음모야?"

"정보원이 이상한 점을 밝혀냈다고 하시잖아!"

"에?"

사방에서 한두 마디씩 하느라 시끄러워지기 시작했다. 짐은 잔뜩 굳은 얼굴로 내 앞으로 바싹 의자를 당겨 앉았고, 주변은 시끄러워지다가 다시금 조용해졌다. 벤은 여전히 무심한 얼굴이었다.

"자세한 말씀을 좀 해보시지요. 무슨 음모가 어떻게 있었단 말입니까?"

나는 맥주 잔을 내려놓았다. 그리고는 흠 하고 길게 한숨을 내쉬었다. 옆에 있던 녀석이 재빨리 그 빈 잔을 치우고 새 잔을 내려놓는다.

"자, 맨 처음으로 돌아가 생각을 한번 해봐."

"맨 처음?"

"이 일은 로그란드 남작이 소작농에게 살해당하며 벌어졌다, 그거지."

"네, 그야 그렇지요."

"로그란드 남작은 물론 개자식이었어. 돼지새끼처럼 애새끼 불리는 것밖에는 못하는 얼간이였지."

내 말에 주변이 조금 시끄러워졌다. 모두 동의하는 모양이다.

"하지만 대체적으로 그 얼간이의 악행에 직접적으로 항의할 정도로 무모한 사람은 없었지. 소작농들은 고통을 당하면서도 참았다 그거야."

"그렇지요."

점점 사람들이 내 곁으로 몰려들었다. 내 주변은 시커먼 사내들이 내뿜는 악취로 냄새가 고약해졌다.

"그런데 어째서 이렇게나 갑자기 로그란드 남작 일가가 한꺼번에 학살되었을까?"

"그야 쌓여온 원한이 폭발된 거 아닙니까?"

옆에 있던 로빈이 불쑥 물었다.

"그럴 수도 있겠지."

나는 고개를 끄덕이며 다시 맥주 잔을 잡았다. 옆에 있던 녀석이 재빨리 내 앞으로 소시지 한 접시를 밀어주었다. 나는 그 소시지 하나를 집었다. 냄새는 좀 나지만 그래도 이곳에서 소시지란 귀한 것이라 사양하진 않았다.

"하지만 말야, 냄새가 나지 않나?"

"네?"

나는 음험하게 웃으며 사람들을 둘러보았다. 시커멓고 어딘가 모르게 순박한 표정을 짓고 있는 남자들. 용병인 주제에 의용병으로 나선 순진하고 착한 자들.

"남작가의 식솔들이 어쩌면 하나같이 모조리 참살당할 수 있었을까? 보통은 지키는 자들이 있으니 한둘쯤은 무사할 수가 있었을 텐데. 대개 귀족가의 자제들에겐 호위가 붙는 것은 당연한 일 아닌가?"

그 말에 모두 일제히 고개를 끄덕인다.

"직계가 모조리 그 자리에서 참살당했다는 건 너무나 수상쩍잖아?"

나는 소시지를 먹어치운 뒤 손가락을 혀로 훑으며 천연덕스레 말했다.

"그건……."

짐이 심각하게 입을 벌렸다.

"게다가, 생각을 해보지. 로그란드 돼지가 죽자마자 달려든 귀족이 모두 몇 명이지?"

"……두 명. 아니, 세 명?"

"아니지. 네 명이야."

나는 친절하게 설명해 주었다.

"멜더른 남작, 셔든 남작, 베어든 자작, 그리고 최후로 델시테 백작."

그 말에 짐도 고개를 끄덕였다.

"네. 그렇군요, 확실히."

"중앙 귀족인 델시테 백작이야 일단 떼어놓고 보더라 할지라도 이곳 로그란드 영지의 상황을 잘 알고 있는 영주들만 셋. 게다가 군사력이 만만찮은 자들이 둘. 거기에 병사들은 없지만 제법 신용은 있는 영주가 하나."

내 말에 짐이 고개를 끄덕였다. 그는 심각한 얼굴로 턱을 만지고 있었다. 잔뜩 찡그린 미간에 왠지 노기가 서렸다.

"그럼 스승님의 말씀은 이들 세 영주들이 뭔가 음모를 꾸며 이 사태를 야기시켰다 그겁니까?"

"그렇다고 생각한다. 어느 놈인지 아니면 모두가 협력한 것인지는 몰라도 어딘가 괴상한 점이 있지 않나?"

"괴상한 점……."

"너무나 빨리 세 영주가 달려들어 왔지. 안 그래? 너무나 빨리 그들은 진압하겠다고 몰려들어 왔단 말이야."

사실 빨리 왔는지 아닌지 나는 잘 모른다. 아마 다른 용병들도 잘 모를 거다. 아는 사람이 몇이나 될까? 생각해 보건대 로그란드 영지민들 중 이번 사태를 자세히 파악하고 있는 사람은 얼마 되지 않을 것이 뻔했다. 왜냐면 장본인들은 죽었거나 달아났고 알 만한 귀족들은 근처에 없거나 이해 당사자였다.

이런 산골 마을에서 소문이란 인편이 아니고선 도달할 수 없다. 따라서 정확한 시기를 아는 사람은 아무도 없을 터였다. 실제로 이곳에

온 용병들 대부분이 말하는 게 조금씩 다른 듯했으니 말이다.

로빈은 의용병이 모인 이유가 진압군을 저지하기 위해서라 했지만 사실 진압군이 아니라 영토를 확장하려는 영주들의 군사였다. 이 정도 봉기에 중앙군이 개입한다는 것은 말도 안 되니까.

"그건 확실히 그렇군요."

짐을 비롯한 모든 자들이 고개를 끄덕이며 심각한 표정을 지었다. 몇몇 용병은 벌써 화를 내며 그 세 영주를 끝장내자고 떠들어대기 시작했다.

"그럼 이 모든 게 영주들이 로그란드 영지를 먹어치우기 위한 음모?"

"그럴 수가!"

"그럼 죽은 자들은 대체 뭐냐구!"

"이게 뭐야!"

길길이 뛰기 시작하는 자들을 보며 짐이 일갈했다.

"조용히들 해!"

나는 그 즈음 소시지 두 개째를 먹고 있었다. 왠지 짭짤한 것이 꽤 맛있게 느껴진다.

"그럼, 스승님의 의견은……."

진지하게 짐이 묻자 나는 입가에 묻은 기름기를 닦으며 시간을 끌었다. 옆에 있던 녀석은 맥주 잔을 다시 내게 밀어준다. 그 잔을 받아 입 안을 헹구면서 나는 슬쩍 사방을 돌아보았다.

"세 영주 중 누군가가 이 음모를 꾸몄는가를 밝히지 않으면 안 된다고 생각한다."

"누군지는 모르시고요?"

짐이 황급히 묻길래 나는 혀를 찼다.

"나는 여기 도착한 지 얼마 되지도 않았다. 다른 영주들을 보지도 못했어. 그런데 어느 영주가 그 지랄을 떤 건지 내가 어떻게 안다고 생각하냐?"

그 말에 짐이 한 대 맞은 듯 급히 고개를 끄덕였다.

"아. 네, 그거야 그렇지요."

그러더니 갑자기 짐은 진지한 얼굴로 날 올려다보았다.

"저, 스승님."

갑자기 느끼한 눈빛을 보내는 그의 얼굴이 꽤나 거북해서 나는 입가를 닦는 척하면서 소매로 시선을 막았다.

"진짜로 이번 의뢰를 받아주실 겁니까?"

짐의 얼굴이 희망으로 번들번들 빛이 난다.

"메어리의 돈주머니엔 고작 14텐이 들어 있었다고 들었습니다. 그걸로 이 폐길 시를 지켜주실 겁니까?"

안 들어주면 칼 물고 죽겠다는 표정이면서 묻긴. 하지만 내 주변에 잔뜩 몰려선 냄새나는 용병들은 잔뜩 긴장하고 있었다. 그들은 숨을 죽이며 내 입에서 어떤 말이 나올지 기대하는 눈치였다. 정말 소문대로 1텐이나 2텐의 동전으로도 의뢰를 받아들이는지 말이다.

"의뢰는 받아들였다, 수지 타산은 맞지 않지만."

나는 가볍게 대답했다.

그리고 그 순간, 주변은 환성과 환호로 가득 찼다.

"암격왕 만세!"

"천민들의 왕!"

"그림자 속의 왕!"

"암격왕 만세!"

그 순진한 환호를 쓰고 있자니 정말 이 세상에서 가장 몹쓸 사람이 된 기분이었다. 나는 황제나 영주들이 어떻게 이 간지러운 만세 소리를 듣고 살아갈까 궁금해졌다. 기분은 점점 스산해진다.

그때 문득 나는 시선을 느끼고 고개를 들었다.

문가에 선 한 사람이 진짜 묘한 시선으로 날 바라보고 있었다. 잔뜩 흥분해서 침을 튀기며 떠들어대는 덩치 큰 용병들과는 전혀 어울리지 않는 남자. 너무 순수해서 역겨운 눈동자의 소유자, 친애하는 패더 씨였다.

Chapter 38

"…이것이 당신의 방법입니까, 암격왕?"

그는 조용히 물었다. 뚫어져라 바라보는 그 파란 눈동자, 그 시선이 굉장히 거북하다. 뭐랄까, 열두 살 순진한 소년에게 몹쓸 짓이라도 하는 것 같다.

"정녕 이런 방법을 택하실 줄은 몰랐습니다."

방문이 닫히고 단둘이 되자 그는 그렇게 나에게 쏘아붙였다. 불의에 항거하는 젊은이다운 태도로 나를 공격하는 그에게 조금 부아가 치밀었다.

"이런 방법이라?"

"희생양을 만드실 겁니까? 저 순진한 자들을 모아 희생양을 만들어 낼 심산 아닙니까?"

발끈하는 그를 나는 새삼스럽게 아래위로 훑어보았다. 대체 무엇 때문에 화를 내는 거지?"

"만들면 안 돼?"

나는 되물었다.

그의 얼굴이 굳는 것을 보고 혀를 찼다. 작고 낡은 방에서는 먼지 냄새가 났다. 나는 그에게 앉으라고 손짓했다. 패더는 엉거주춤 의자에 앉았지만 굳은 얼굴은 풀리지 않았다.

"그건 옳은 방법이 아닙니다!"

그는 아주 진지하게 말했다. 그 진지함 때문에 슬슬 넌더리가 났다.

"그럼 뭐가 옳은 방법인가? 오러 블레이드를 펼쳐 수백 수천의 병사들을 쳐 죽인 다음에 '나라고 하는 소드 마스터가 있으니 감히 폐길 시를 넘보지 말라'라고 외치는 것?"

"그……."

"이쪽이 희생이 적잖아? 좀 너저분한 녀석 한둘쯤 족쳐 죽이고 수천 수만 명의 생명을 구하는 거야. 그게 뭐가 어때서?"

나는 이 지극히 이성적인 결론에 항의하는 그를 이해할 수 없다는 듯 되물었다. 그는 다소 몰린 듯한 얼굴이었지만 곧 다시 항의했다.

"그래도 옳지 않습니다, 죄가 없는 자를 희생양으로 만들어 죄를 무마한다는 것은!"

"누가 죄가 없는데?"

나는 다시 되물었다. 허참, 순진하기도 하지.

"귀족 영주 중에 설마 하니 진짜 천사처럼 순진무구한 인물이 있다고 믿는 것은 아니겠지, 친애하는 패더 씨?"

"마을을 몇 개나 몰살시키고 수백 명을 학살한 자들이 셔든과 베어든 아니던가? 그런데 죄가 없다고?"

나는 속삭임을 들었다. 재와 백골만이 남은 그들이 울부짖으며 호소했다.

영주님, 살려주세요… 라고.

"……."

그는 입술을 깨물었다. 가을 하늘처럼 청명한 그 눈동자에 구름이 끼었다.

"게다가 내가 받은 의뢰는……."

나는 싸늘한 조소를 지었다.

"폐길 시를 지켜주세요, 사람들을 지켜주세요 하는 것이었어. 알아듣겠나?"

그는 얼어붙은 표정으로 날 바라보았다. 나는 이제 슬슬 폐길 시의 리더라는 이 사내가 대체 뭘 원하는지 알 수 없어졌다. 그는 이 혼란을 틈 타 나름대로의 권력을 손에 쥔 사내였다. 혼란에 빠진 무지한 백성들과 무식한 용병들을 좌지우지하는 남자였다. 그런데 그런 사내가 지금 나에게 뭐라고 말하는 건가.

멀리서 또 어린애 우는 소리가 들려왔다. 찢어질 듯 가늘게 계속되는 어린애의 울음소리는 소름이 끼쳤다. 그렇다. 이 도시는 온통 어린애 울음소리로 가득 차 있다.

"좋아. 그럼 자네의 방식을 한번 듣자구."

나는 어깨를 으쓱하며 손짓했다. 푹 눌러쓴 두건 탓인지 내 그림자가 흐느적거렸다. 꼭 사신의 낫처럼 생긴 손가락 끝이 길게 휘어져 환한 햇빛 속을 갈랐다.

"저는, 저는 그러니까……."

그는 한숨을 깊게 내쉬었다. 그러더니 손으로 얼굴을 가렸다. 그 가련한 청년의 모습에 나는 혀를 찼다.

"자넨 이 도시의 숨겨진 리더야."

"전 리더가 아닙니다."

"그럼 왜 사람들이 자네에게 와서 의논을 하지?"

"저, 전……."

그는 고개를 숙인 채 아무런 말도 하지 않았다. 바짝 마른 어깨가 왠지 굉장히 어설프다는 기분이 들었다.

"이 도시에서 어느 정도의 지식을 갖춘 사람이 자네밖에 없기 때문인가?"

"그렇다고 생각합니다. 맨 처음 시작은 아주 단순했습니다."

패더가 이 도시의 리더가 된 사연은 생각대로 단순했다.

페길 시에 갑자기 피난민들이 몰려들어 왔다. 난폭한 용병들도 함께 들어와 의용병을 조직하자고 떠들어댔다. 시민들은 치안 부재에 불안해했다. 물론 시장이란 자가 있긴 했지만 유명무실한 상태로 그전까지는 로그란드 집사의 사용인들이 페길 시를 좌지우지했었다. 한데 그 사용인들이 싸그리 죽임을 당하거나 달아나 버려 도시는 행정 부재의 상황에 빠졌다.

까막눈이 대부분인 시민들과 이익에 혈안이 된 상인들은 서로 다투고, 낯선 이방인들이 거리를 메웠다. 어디다 쓰레기를 버려야 할지 몰라 쓰레기는 산처럼 거리에 쌓이고, 물가는 하늘 높은 줄 모르고 치솟았으며, 가게에서는 고용인이 주인을 죽이고 달아나는 사태가 연발했다. 경비병들은 용병들과 뒤섞여 어쩔 줄을 몰라 했으며 갑자기 끊어진 급료에 당황했다. 어디서 급료를 받아야 할지 몰라 관리를 쳐 죽이거나 지나가는 사람들에게 돈을 갈취했다. 한낮에도 거리에서 젊은 처녀가 강간을 당하거나 약한 자는 살해당하는 일이 점점 늘어났다.

"그래서?"

"이대로는 안 되겠다 싶어서 제 책방 근처에 있는 상인들을 끌어 모아 놓고 있는 경비병들에게 급료를 지급하겠다고 말했습니다."

"흠."

"그 다음에는 상인 연합을 조직해 쓰레기를 치우고, 길가에서 굶어 죽어가는 사람들을 모아 빈집을 구해 머물게 했습니다."

그는 한숨을 다시 내쉬었다.

"그저 평범한 일이었습니다. 쓰레기가 싫었고, 굶어 죽어가는 사람들이 싫었을 뿐이었죠."

그러자 그 다음에는 용병들이 쳐들어와 돈을 요구했다. 그는 상인 대표와 함께 시청에 들어가 관리들을 만나 정식으로 항의했다. 항의를 받아줄 사람이 없자, 그 다음에는 하급 서기관들을 불러 서류를 꾸몄다. 그래서 페길 시의 이름으로 용병을 고용하게 했다.

"급료는?"

"어차피 의용병으로 온 자들이었으니까 급료 자체는 중요한 게 아니었어요. 먹고 마실 곳만 있으면 괜찮다고 했으니까."

그래서 용병들을 한데 모았다. 계약서를 쓰고 용병대와 의용병을 따로 나누어 군대를 조직했다. 조직은 옛 병법서를 참조했다. 규칙을 새로 세웠다. 들어오는 자들 중 경험있는 용병들과 경험없는 애송이 의용병들을 따로따로 모아 훈련을 하게 했고, 피난민들도 되도록 한곳에 모아 직업을 갖게 해주었다.

나는 패더를 물끄러미 보았다.

본인은 별게 아니라 했지만 이 정도면 시장감이 되고도 남는다. 귀족이나 관리가 없는 그 혼란한 상황 속에서 그 정도로 도시를 정비했다면 보통 수완은 아닌 것이다.

그리고 보니 이 도시에 처음 들어올 때 문 앞에 서서 용병과 의용병들을 나누던 그 방법은 이 친애하는 패더 씨가 만들어낸 것이로군.

"전 전쟁은 모릅니다."

그가 다시 한 번 한숨을 내쉬었다.

"그래서 암격왕께서 이곳에 오셨다는 말을 듣고 이 상황을 타개할 방법을 찾아내실 거라 믿었습니다. 소드 마스터이시니까 틀림없이……."

"전쟁? 싸움이겠지."

나는 쭈그리고 앉아 있는 패더의 뒤통수를 내려다보며 혀를 찼다.

"이건 학살전이야, 친애하는 패더 씨."

그가 고개를 번쩍 들었다. 커다란 파란 눈이 흔들리고 있었다.

"영주들은 여기 사람들을 학살하고 두 손을 털면 그만이고, 중앙 귀족들도, 황제도 아무런 신경을 안 써."

"그건, 그건 알고 있습니다만……."

"아니, 진실로 알고 있지는 않은 것 같은데. 다시 말해 이 도시는 귀족들에 의해 필연적으로 완전히 몰살당할 곳이라 그거야. 여긴 불온한 자들의 온상이거든."

창백한 얼굴에 두 눈만 도드라진 묘한 얼굴. 어떻게 보면 사마귀를 연상케 할 정도로 말랐다. 나는 왠지 이자를 마구 괴롭혀 주고 싶은 마음과 이 앙상하게 마른 청년을 위로하고 싶은 마음 사이에서 헤맸다.

"몰살당하지 않으려면 어떤 방법이 좋을까?"

나는 조용히 물었다.

"…모르겠습니다."

"이기면 안 돼. 이기면 이길수록 진짜 불온한 세력의 일당이요, 산적 소굴이요, 반역자들의 소굴이 돼."

"그렇다고 항복합니까?"

"항복해도 몰살이야. 페길 시에 모인 피난민들 자체가 벌써 불온한 세력이거든. 절대로 귀족 영주들은 살려두지 않아. 영주를 살해한 끔찍한 놈들의 소굴을 어찌 남겨두겠어? 본보기로도 절대 살려두지 않아."

"그럼……."

그는 바짝 마른 입술을 깨물며 애처로운 얼굴로 물었다.

"그래서 그런 방식을 택하신단 겁니까?"

나는 그 가련한 얼굴을 향해 악마처럼 웃었다.

"그야 당연하지. 귀족 영주들이 감히 영주를 살해한 평민들을 용서할 수 없다면."

그의 커다란 눈동자에 내 얼굴이 고스란히 비쳤다. 시커먼 두건 사이로 보이는 것은 입가뿐이었다. 음험하고 끔찍한 악마가 그의 눈 속에 있었다. 그 악마는 이를 드러내며 웃고 있다.

"귀족을 살해한 귀족 살인마를 건네주면 되는 거야."

"저건가?"

나는 팔짱을 끼고 방책 위에 서 있었다. 내 뒤에 서 있던 벤은 낮게 설명했다.

"그렇습니다. 저쪽이 서든의 군대입니다."

"그럭저럭 2천은 되어 보이는걸."

"네, 2천 3백여 명 정도입니다."

셔든의 군사들은 나지막한 구릉 사이에 주둔하고 있었다. 페길 시에서 그다지 멀리 떨어지지 않은 곳이라 방책 위에서도 잘 보였다. 기사들과 병사들이 골고루 그럭저럭 배치가 잘되어 있었다. 병사들이 들고 있는 창날은 반짝반짝 빛이 났고, 멀리서 슬쩍 보아도 병사들의 영양 상태는 좋아 보였다. 소작농들이 항상 굶어 비쩍 말라 있다는 선입감을 생각한다면 분명 셔든은 쓸 만한 영주인 것이다. 물론 나에게는 그가 쓸 만한 영주든 뭐든 상관이 없었다.

그런 그들이 섣불리 공격하지 않는 단 하나의 이유는 페길 시에 나라고 하는 소드 마스터가 있기 때문이다. 소드 마스터는 혼자서도 천여 명 정도는 몰살시킬 수 있는 능력의 소유자이므로 셔든이 공격당해 피해를 입으면 베어든이 어부지리를 얻을 테니까 셔든도 먼저 공격할 생각은 못하고 있는 게 분명했다.

그 때문에 셔든도 베어든도 겨우 반나절도 채 안 될 거리에 주둔하여 상황을 살피고 있었다. 페길 시로선 내가 사라져 버리면 말 그대로 몰살당할 처지였다.

"어떻게 하실 생각입니까?"

신중한 얼굴로 짐이 물었다. 그의 옆에 서 있는 패더의 얼굴도 창백했다.

"지리를 잘 아는 녀석 두엇만 붙여줘. 아, 말을 잘 타는 녀석이어야 해."

내 말에 짐은 뒤를 돌아보았다. 줄지어 뭔가 일이라도 시켜줄까 싶어 목을 길게 늘이고 있던 놈들이 일제히 손을 들었다.

"맥키, 랠프!"

덩치 두 명이 앞으로 나섰다. 잔뜩 흥분한 얼굴이었다. 내가 시키는 일이라면 뭐든지 하겠다는 그 열렬한 시선을 받고 나는 조금 간지러웠다.

"둘 다 이곳 출신이고 말을 잘 탑니다. 맘껏 부려주십시오."

짐이 그렇게 말하자 두 사람은 내게 고개를 푹 숙였다. 불끈 치솟는 그 근육질 주먹이 민망하다.

랠프는 원래 내가 여기 올 때 안내하던 녀석이라 알고 있지만, 맥키라는 자는 처음 보는 얼굴이었다. 하지만 랠프와 어딘가 인상이 비슷했다. 우직해 보이는 얼굴에 두툼한 입술이 무척 과묵해 보이는 인상이다. 사실 용병들 중에 말을 잘 타는 사람은 썩 많지 않다. 말이 워낙 고가이기도 하거니와 말을 타고 이동하는 자들보다는 마차를 몰거나 도보로 이동하는 경우가 더 많기 때문이다.

어쨌거나 나는 불타는 눈빛으로 날 바라보는 자들을 애써 무시하며 차분하게 말했다.

"그럼, 말에 올라타 내 뒤를 따라와."

"어딜 가시는데요?"

짐이 심각하게 물었다. 나는 어깨를 으쓱했다.

"여지껏 자넨 뭘 봤나? 당연히 서든에게 가는 거지."

말을 잃은 그를 내버려 두고 나는 말에 올랐다. 내 뒤를 따라 벤과 랠프, 맥키가 말에 올라탔다. 성문을 열라고 손짓하자, 잠시 머뭇거리던 경비병은 짐의 고갯짓에 따라 말없이 육중한 문을 열었다.

여기저기 놓여진 천연의 함정을 지나 달리는 동안 나는 서든의 진영이 어떻게 변하는지 천천히 살폈다. 내가 단 셋만 데리고 달려오는 것을 어떻게 생각했는지 진영 자체는 변하지 않았다. 단지 가장 앞에 있던 전초병이 잔뜩 긴장한 얼굴로 날 바라보며 길을 열었을 뿐이다.

아무래도 내가 나오면 저항하지 말라고 명령이라도 내려놓았는지 마치 누군가가 손으로 그들을 밀어젖히기라도 하는 양 촘촘히 서 있던 병사들은 철저히 반으로 갈렸다. 현명하다. 만약 막았다면 나는 오늘 소드 마스터라는 게 어떤 건지 보여줄 참이었다. 창으로 만든 숲을 반으로 가르며 나와 벤 등은 묵묵히 달리기만 했다.

마침내 목적지에 도착했다. 말라붙은 검푸른 이끼가 잔뜩 낀 바위 위에 오만하게 앉아 있는 한 사내가 보였다. 바로 옆에 중무장한 기사들 넷이 잔뜩 도사린 채 그를 호위하고 있었다. 하지만 정작 그 본인은 포도주 잔으로 보이는 잔을 들고 뭔가를 우물거리며 먹고 있었다. 허리춤에 매인 검에도 긴장감이 없었다. 꽤나 대담한 성격인지도 모른다. 그는 아직 삼십 대 중반밖에는 안 되어 보였다. 단단해 보이는 체격에 매섭게 치켜 올라간 눈꼬리가 보통 성질머리는 넘는 듯하다. 하지만 의외로 검술 쪽은 별로 시원치 않은지 그저 그런 기세였다.

그는 주눅이 들지 않은 얼굴로 나를 똑바로 바라보았다. 식사 도중인 듯 바지와 튜닉 자락에 빵 부스러기가 흩어져 있었다. 묘하게도 그런 부분이 꽤 마음에 들었다. 오늘은 날씨가 좋아서인지 남자의 옷차림은 꽤나 흐트러져 있었다.

"그대가 진정 소드 마스터인가?"

셔든 남작이 물었다. 그는 빵 부스러기가 묻은 옷자락을 털며 일어나 섰다. 키도 별로 크지 않았다.

"오늘은 날씨가 좋군."

나는 웃으며 말했다.

"얼굴을 좀 봤으면 좋겠는데."

서든이 느긋하게 중얼거리듯 말했다.

"당신이 진짜 소드 마스터로 이름 높은 암격왕인지 알 수 없잖아?"

"두건을 벗는다고 알 수 있겠나?"

내가 느긋하게 내꾸하자 그 역시 순순히 고개를 끄덕였다.

"그건 사실이야. 하지만 나는 면상을 보여주지 않는 작자랑은 말도 하기 싫어."

그는 토라진 듯한 음성을 내뱉더니 갑자기 뒤를 돌아보았다.

"그렇지 않나, 베어든?"

"동감이오."

나는 놀랐다. 솔직히 대단히 놀랐다. 이 자리에 반목하고 있어야 할 베어든 자작이 있다는 것도 놀라웠지만 더 놀라운 것은 그가 너무 젊었기 때문이었다.

나타난 베어든은 이십 대 후반으로 보이는 금발 머리 청년이었다. 세클리어를 보다 보니 눈이 좀 높아져서 그런지 놀라진 않았다. 하지만 공정히 말해 상당한 미청년이었다. 호리호리한 체격에 길게 기른 금발이 찬란하다.

그 역시 뭔가를 먹던 중이었는지 손으로 빵 부스러기를 털고 있었다. 이른 점심이라도 먹고 있었던 모양이다. 하지만 태도는 최소한 서든보다 훨씬 더 우아했다. 손가락이 길어서 그럴까? 나는 쓰잘데기없는 생각을 하며 두 청년 영주가 어떻게 이 자리에 같이 와 있을까 궁금히 여기기 시작했다.

"어쨌거나 대럴 켄 공(公)."

베어든은 빛나는 금발에 어울리지 않는 잔인한 빛을 띤 푸른 눈동자를 번뜩이며 입을 열었다.

"여기까지 행차한 이유은 무엇이오? 설마 하니 진정 그대가 1뎬의 용병으로 고용된 것은 아닐 테고?"

"물론 아니지."

나는 느긋하게 대꾸했다.

"아니면 됐소. 우리들과 싸우기 위해 온 거라면 나는 소드 마스터의 명성을 좀 알고 싶소만."

그가 손짓하자 갑자기 내 앞쪽으로 시커먼 자들이 구름 떼처럼 일어나며 환호성이 터져 나왔다. 꼭 파도 소리처럼 환호성이 쏟아져 내렸다. 수백, 아니, 수천 수만의 병사들이 베어든의 등 뒤로 배치되어 있었다.

근사했다. 창병이 일어나는 광경이 마치 숲이 솟아나는 것만 같았다. 앞줄은 창병, 뒷줄은 기마, 그리고 뒤는 각양각색의 무기를 든 병사들이었다. 어느 쪽이나 페길 시의 비루먹은 망아지 같은 시민들과는 다른 혈색을 하고 있었다.

"세상에!"

"이럴 수가! 베어든과 셔든이 손을 잡았어!"

"신이여!"

등 뒤에서 맥키와 랠프가 헐떡이며 소리쳤다.

베어든과 셔든은 의기양양한 얼굴로 느긋하게 나를 올려다보았다.

"그만 내려오는 게 어떻소, 1뎬의 용병. 그대는 분명 싸우러 온 것은 아니라 말했을 텐데."

나는 어깨를 으쓱했다. 1뎬이라니. 정말 싫군. 그런 싸구려로 불리다니 말이야.

"나는 절대 1뎬의 용병이 아니오. 의뢰금이 1뎬이라니 그건 너무하는군."

혀를 차자 서든이 웃으며 말했다.

"나는 그대에게 4만 덴을 약속하겠소. 그대가 이 자리를 고이 떠나 주기만 해도 말이오."

그 말에 뒤이어 베어든이 살짝 이를 드러내며 말했다.

"물론 안 떠나도 괜찮소. 그대도 평민이라고 저 반역도의 편을 들고 싶어한다면 그래도 괜찮지. 내 병사들은 굉장히 난폭하다오."

그 말에 나는 소리 높여 웃었다. 여기서 조금쯤은 위대한 척을 해봐야 하지 않겠나. 그래도 록그레이드가 몇 년간 쌓아온 명성을 여기서 망칠 수는 없으니까.

"그 말도 흥미진진하군. 하지만 남작, 미안하게도 나는 이미 고용되었소."

"1덴이 아니라며?"

조금 일그러진 얼굴로 서든이 물었다. 베어든은 오히려 나와 싸울 수 있어 기뻐하는 눈치였다. 피가 끓는가 보지? 그렇다면 그 피를 좀 식혀주어도 괜찮겠지. 나는 원래부터가 피 끓는 놈들을 세상에서 가장 싫어한단 말이야.

"물론 아니지. 난 그런 싸구려가 아니야. 14덴이라구."

나는 음험하게 웃으며 이를 드러냈다.

"난 1덴이 아니라 14덴에 고용되었단 말씀이지."

처음으로 나는 내 몸속에서 웅크리고 있는 짐승에게 손짓했다. 내 몸 안에서 당장이라도 뛰어나가고 싶어 부들부들 떨고 있는 그 짐승에게 미소를 보냈다.

그래, 와라. 나의 음험한 짐승. 짐승의 포효가 내 몸 안에서 터져 나왔다. 부글부글 끓으면서도 내 허락이 없어 나온 적이 없던 그 음험하고 사악한 괴물. 단 한 번도 그대로 드러낸 적이 없었던 그것이 한꺼번에 쏟아져 나왔다. 말 그대로 폭발하듯 쏟아져 나왔다.

"신이여!"

가장 가까이에 있던 벤이 비명을 지르며 뒤로 물러섰다.

그가 탄 말이 공포로 날뛰고 맥키와 랠프의 말들은 그 자리에서 두 발로 일어서 울부짖었다. 그 때문에 두 사람은 말에서 떨어져 나뒹굴었고 그 다음에는 난장판이었다. 내 주변에 있는 말이란 말은 전부 다 공포에 질려 사방으로 미친 듯이 달아났다. 그 와중에 짓밟힌 병사들은 비명을 올리며 피를 뿌렸지만 정작 아무도 나서서 말을 잡으려는 시도는 하지 못했다. 내 몸 안에서 일어난 검푸른 오러에 질식된 자들은 그저 부들부들 떨고 있을 뿐이었다. 두 영주도 예외는 아니었다. 그들은 나에게서 시선을 떼지도 못한 채 꼼짝도 하지 못했다. 말 그대로 모두가 얼어붙었다.

이글거리는 오러가 손 안 가득 잡혔다. 아니, 내 온몸으로 차 오르는 충만한 그 느낌에 나는 절로 웃음이 나올 것만 같았다. 등 뒤에 서 있을 록그레이드에게 나는 사악하게 속삭였다. 보라, 록그레이드여. 네가 이만큼 강했더냐? 보라, 네가 나처럼 무자비했더냐!

손을 뻗었다. 검도 필요없었다. 검푸른 오러덩어리가 으르렁대며 손아귀 가득 잡혀왔다. 나는 그것을 그대로 셔든과 베어든의 뒤로 서 있는 병사들을 향해 집어 던졌다.

블랭크, 아니, 이것은 단순한 블랭크가 아니다. 강렬한 오러의 폭풍. 오러의 울부짖음.

폭발음은 지축을 뒤흔들었다. 비명과 피바람이 일어났다. 병사들은 처음 무슨 일이 일어나고 있는지 알지 못하는 듯 그저 말뚝처럼 서서 죽어갔다. 살아남은 자들은 갈가리 찢긴 동료의 살점이 자신들의 얼굴을 뒤덮을 즈음에야 지금 무슨 일이 벌어지고 있는지 깨달은 듯 뒤늦은 비명을 질러댔다.

"아아아악!"

"와악!"

아비규환이었다. 피에 젖은 자들과 울부짖는 자들.

공기를 찢는 파공성과 더불어 날카로운 휘파람 소리가 났다. 내 손 안에서 터져 나가는 오러의 폭풍은 내 몸 안에 있던 짐승의 이빨이었다. 그 이빨은 잔뜩 웃음 지으며 요악한 웃음을 지었다.

그래, 아직 모자라. 모자라고말고. 아직 아무도 나에게 무릎을 꿇거나 굴복하지 않았어. 보여주지, 베어든. 그대가 원하는 것처럼 내가 진짜 소드 마스터라는 것을 보여주겠어.

나는 천천히 허리춤에 찬 검을 뽑아 들고 그대로 휘저었다. 검푸른 짐승의 이빨이 평범한 검날 위로 불꽃이 일렁이듯 드리웠다. 마치 검푸른 불꽃이 검 전체를 휘감는 것처럼 보였다. 이것이 바로 오러 블레이드. 내 몸 안에서 계속해서 터지고 있는 것이 바로 오러 플레임. 나는 웃었다. 그리고 그 순간 이글대는 야수가 공기를 뒤흔드는 굉음을 내며 그대로 병사들의 머리 위로 강림했다.

"끄아아아악!"

"아아아악!"

비명 소리는 오러 블레이드가 내지르는 포효에 가려 잘 들리지도 않았다. 내 몸의 세 배는 될 듯한 거대한 오러 블레이드는 병사들의 몸통을 피 한 방울 흘리지 않고 그대로 잘라냈다. 피 한 방울 흘리지 않은 채, 병사들은 자신이 어떻게 죽어가는지도 모르고 죽어갔다. 내장이 흘러내리고 뇌수가 터졌지만 본인들은 그것도 모른 채 두 눈을 부릅떴을 뿐이었다. 오히려 비명을 지른 것은 주변에 있던 자들이었다. 그들은 공포로 비명을 질러대며 사방으로 비산했다. 수천 명이 몰려 있던 탓인지 엉키고 짓밟아 서로 상처를 입혔다.

나는 웃었다. 내 안의 짐승도 웃고 또 웃으며 으르렁거렸다. 오랜만에 느끼는 해방감에 쾌감을 느끼고 있었다.

"θι λκμψx φυ γταω."

어둠의 짐승, 내 안에서 포효하니. 케세피아네카스.

손끝이 나도 모르는 움직임으로 흘렀다. 내 자신 역시 명확히 그것이 무엇인지 알고 입을 놀린 것은 아니었다. 하지만 그렇게 말한 순간, 나는 내 등 뒤에서 무언가가 나타나는 것을 알았다. 그것은 거대한 아가리를 벌린 괴수였다. 아니, 괴수 이상의 마물이었다. 구멍이다. 갑작스런 돌풍이 아비규환의 구릉 지대에 불어 닥쳤다.

하늘에 뻥 뚫린 구멍은 마치 잔뜩 굶주린 듯 모든 물건을 빨아들이기 시작했다. 병사들은 이제 정비가 잘된 정예병이 아니었다. 기사는 이미 기사가 아니었다. 그들은 갑작스레 허공에 뚫린 그 구멍을 보고 세상이 멸망한다고 믿었는지 그 자리에서 쓰러졌다. 세상의 종말이 온 거라고 비명을 질러대며 피를 토하는 자들도, 거품을 물고 쓰러지는 자들도 많았다.

"정신 차려!"

"괴물이다!"

베어든도 셔든도 넋을 잃고 있었다. 그들은 처음 케세피아네카스가 나타나는 순간 바위를 움켜 안았다. 소름 끼치는 바람의 비명 소리와 함께 주변의 모든 것이 빨려 들어가기 시작했기 때문이다. 제일 먼저 시체 조각과 병장기들이, 그리고 결국은 힘을 잃은 부상자들이 허공으로 춤추듯 빙글빙글 돌며 무력하게 비명 소리를 남기며 빨려 들어갔다.

"아아아악!"

"살려줘!"

비명이 바람 소리와 뒤엉켰다. 나는 더 이상 벤과 다른 자들에 대해 생각하지 않았다. 오히려 나는 내 자신이 이런 거대한 힘을 가지고도 어째서 한 번도 쓰지 않았는지 의아하게 여기고 있었다. 황금의 드래곤이 말했지 않은가. 너는 이미 인간이 아닌데 혼자 인간인 척하고 있다고. 헤매는 것은 인간의 특권이다.

아가리를 벌린 괴수는 포효하며 그 거대한 아가리로 병사들의 몸을 흡수하고 있었다. 평범한 인간의 육신은 갈가리 찢겨져 그대로 그 아가리 속으로 빨려 들어간다. 뭐든지 빨아들이는 거대한 구멍은 내 등 뒤에 서서 말 위에 여상스럽게 앉아 있는 나만 제외하고 모조리 다 흡수하며 그 막강함을 자랑했다.

주변은 이미 지옥이었다. 소드 마스터 단 하나의 힘이 아니다. 물론 나는 그 힘만을 사용할 수도 있었다. 하지만 나는 또한 흑마법사이기도 했다. 이런 식으로 대량 살상을 하는 흑마법사로서의 힘을 써본 것에 나 자신 또한 너무 당황하고 있었다. 아니, 당황이 아니다. 나는 이런 힘을 언젠가 써본 적이 있었다. 오히려 너무 익숙해서 당혹스러웠다.

'나는 괴물인가.'

검을 도로 집어넣고 오러를 일으킨 상태로 나는 입을 벌리고 있는 두 영주를 물끄러미 바라보았다. 이미 그들이 자랑하던 병사들 중 반

이상이 죽었고 부상당한 이 와중에 그들이 대체 어떻게 나올까.

그들의 얼굴에 떠오른 명백한 공포와 증오가 왠지 흡족했다. 그렇다. 괴물이란 그런 증오를 먹고 사는 법이다. 그리고 흑마법사는 그런 증오와 공포에 오히려 더 익숙한 것이다.

"주인님!"

찢어질 듯한 비명 소리에 나는 고개를 슬쩍 돌렸다.

새파랗게 질린 벤이 바닥에 엎드린 채 개처럼 기어오고 있었다. 무리도 아니다. 내 뒤에 열린 거대한 바람구멍은 말 그대로 공간에 구멍을 하나 뚫은 마법이었다. 휘몰아치는 광풍으로, 그 끔찍한 흡입력으로 모든 것을 다 빨아들이고 있는 형편이었다.

개. 나는 입가를 비틀었다. 그렇다. 벤은 개다. 그것도 주인만을 바라보는 늙어 빠진 사냥개. 하지만 어쩌지? 벤이여, 나는 네 주인이 아니다. 나는 네 주인을 죽이고 그 자리를 대신 차지한 약탈자다.

나는 그가 부르는 소리를 무시했다. 반쯤 그가 죽어줬으면 하는 생각도 분명 있었다.

"어쩔 건가, 두 명의 영주?"

나는 오히려 셔든과 베어든을 향해 말을 걸었다. 그들은 이렇게나 끔찍한 상황 하에 내 목소리가 들려온다는 게 이상했는지 잔뜩 일그러진 표정으로 날 바라보았다.

이미 그들의 얼굴에서 여유란 찾아볼 수가 없었다. 광풍에 휘말리지 않기 위해 바위를 결사적으로 끌어안고 있는 두 사람은 거만한 영주다운 모습이 결코 아니었다. 바람에 헝클어지고 파편에 찢긴 얼굴들. 그들 주변에 있던 기사들 역시 멀쩡한 자들이라곤 하나도 없었다. 둘 다 지옥이 어떤 것인지 몸서리치게 경험했다는 그런 얼굴이다.

"원하는 게 뭐야!"

갑자기 베어든이 이를 갈며 외쳤다. 금발 머리 미청년에게는 어울리지 않는 독살스런 표정이다. 나는 왠지 먼 곳을 바라보는 기분이 되어 미소 지었다.

"난 너희들을 잡아가야겠어."

"뭐라구!"

셔든이 고래고래 고함을 질렀다. 케세피아네카스가 일으킨 폭풍 때문에 그의 목소리는 찢어질 듯 새된 소리로 들렸다.

"너희들을 잡아가서 심판을 받게 해야겠다고 했다."

"심판?"

이해할 수 없다는 듯 둘의 얼굴이 일그러졌다. 나는 주변을 휘익 돌아보았다.

유감스럽게도 벤은 끈질기게 버티고 있었다. 그것은 맥키와 랠프도 마찬가지였다. 그들은 바위에 몸을 붙이고 악착같이 매달려 있었다.

손을 흔들자 케세피아네카스는 조용히 사라졌다. 마치 원래 있지도 않았던 것처럼 초연하게 사라졌다. 그 끔찍한 아가리가 있었던 공간은 원래대로 돌아왔다. 푸른 초봄의 하늘로.

"으으으윽."

"아악!"

"어머니!"

케세피아네카스가 사라지자 풀썩풀썩 맥없이 바닥에 곤두박질치는 자가 속출했다. 비명 소리가 여기저기서 터져 나왔다. 아무리 고통스러워도 텅 빈 허공으로 빨려드는 것보다야 낫겠지. 공포로 미쳐 버린 자도 있는지 머리를 감싸 안고 웃는 자도 있었고 거품을 물고 사지를 뒤트는 자도 있었다. 두 영주마저도 검푸른 바위를 움켜쥔 채로 부들부들 떨고 있었다. 그 모습이 꽤나 마음에 들어서 나는 점잖게 말에서 내려 그들 두 사람 앞으로 걸어가 뒷덜미를 양손으로 하나씩 움켜잡았다.

"놔!"

"놔라! 이 괴물!"

부들부들 떨면서 베어든이 외쳤다. 성깔 나쁜 젊은이에게 혀를 한 번 찬 후 나는 두 사람에게 낮게 물었다.

"둘 중 누가 로그란드를 살해했지?"

"뭐?"

그들은 무슨 소린지 알아들을 수 없다는 얼굴이었다. 뭐, 사실 당연하겠지. 그들은 무슨 소리인지 알아들을 수 없을 게다.

"누가 로그란드 남작을 살해했느냐고 묻고 있지 않나?"

나는 다시 한 번 부드럽게 물었다.

"말도 안 되는 소리 집어쳐! 너는 대체!"

"괴물! 마귀야!"

둘이서 하도 난리를 치기에 나는 두 사람을 질질 끌고 와 겨우 일어서고 있는 벤 앞에 내던졌다. 벤은 귀가 찢어졌는지 아니면 고막을 다쳤는지 귀에서 피가 줄줄 흐르고 있는 상태였다. 그뿐만이 아니라 여기저기 찢어진 몰골이 정상은 결코 아니었다.

"묶어라."

내 명령에 그는 피가 줄줄 흐르는 자신의 상처를 내버려 두고 무릎으로 기어와 바닥에 쓰러진 두 영주를 묶었다. 그의 말은 어디로 달아났는지 보이지도 않았다. 아니, 말은 아무래도 저 공간의 구멍에 삼켜진 것 같았다. 맥키와 랠프는 여전히 부들부들 떨고 있느라 움직이지도 못했다. 아니, 그들은 나와 얼굴을 마주칠 엄두도 내지 못하는 것 같았다.

"저런, 저런."

말에 올라타며 나는 혀를 찼다. 왠지 감정이란 물건을 어딘가 멀리 떼어놓고 온 것 같은 감각이 나를 짓눌렀다.

"말을 잘 탄다고 하더니 그것도 아닌 모양이군."

말을 온전히 타고 있는 것은 오로지 나 혼자뿐이었다.

Chapter 39

한 번 휘두르면 땅을 가르고 하늘을 가른다. 상대할 수 있는 자는 같은 소드 마스터뿐, 오러 블레이드의 힘은 인간을 초월한다.

알고는 있었지만 이 정도일 줄은 몰랐다. 나는 말 그대로 만신창이가 된 벤 등을 데리고 두 영주를 사로잡은 채 페길 시로 귀환했다.

"맙소사."

주변의 모두는 겁에 질려 있었다. 방책 위에 있었던 자들은 그 광경을 보았을지도 모른다. 하지면 대부분은 자세히 보지는 못했을 것이다. 어쨌거나 내가 그들을 잡아오자 성문을 지키던 자들을 비롯한 모든 자들이 만세를 내질렀다. 다소 신경질적인, 공포에 전 만세이긴 했지만.

"만세!"

"세상에! 과연 소드 마스터!"

"암격왕 만세!"

흥분한 자들이 두 손을 모아 외쳤다. 방책을 둘러싸고 있던 민병대는 물론이고 용병들도 말 그대로 열광했다. 그들로서도 소드 마스터 하나가 얼마나 대단한 위력인지 짐작을 못했을 것이다. 나 역시 몰랐으니까.

"놀랍습니다! 번쩍번쩍 하는 순간 병사들은 다 쓰러지고 광풍이 부는가 싶더니 영주들을 잡아오시다니!"

물색 모르는 로빈이 내 앞으로 달려들며 소리쳤다. 그는 완전히 사색이 된 랩프와 맥키 쪽은 잘 보지도 않은 채 황홀한 표정으로 내게 매달렸다.

"저도 보았으면 좋았을걸."

나는 조금 웃었다. 그래, 봤으면 좋았겠지.

"대단하세요!"

"과연!"

게일즈, 게러딘을 비롯한 나와 조금이나마 안면있던 자들이 한 걸음씩 앞으로 나와 한마디씩 건넸다. 다른 자들은 나를 잘 모르니 말을 걸 엄두도 못 내는 듯했다. 나는 쓴웃음을 삼키면서 다른 자들의 시선을 모른 척했다.

"받아."

짐덩이처럼 말에 주렁주렁 매달려 있던 베어든과 셔든을 짐에게 넘기자, 짐은 거의 사색이 다 된 얼굴로 그들을 받아들였다. 베어든은 욕설을 퍼붓는 대신 품위를 지키기 위해서인지 이를 부드득 갈고 있었고, 셔든은 입을 꽉 다문 채 번들거리는 눈빛으로 날 노려보고 있었다.

하늘 같은 자존심에 소작농들에게 잡힌 게 억울하겠지. 그러나 가끔은 너희들도 억울한 게 있어야지. 맨주먹으로 드래곤에게 달려든다는 절망감 정도는 맛봐야지. 소작농들은 항상 그걸 맛보고 있잖아?

나는 두 영주를 짐에게 맡긴 뒤 겁에 질린 자들을 뒤로하고 여관방으로 돌아왔다. 벤은 상처투성이였지만 내색하지 않았다. 가시덤불에 상처 입은 사냥개처럼 그는 충실한 얼굴로 내 뒤를 따랐다. 그러더니 달려온 메이에게 씻을 물을 준비하라고 명령했다.

여관에 남아 있던 메이는 상처를 입은 벤의 몰골에 놀라서 얼어붙었다. 하지만 메이도 성실한 자세로 따스한 물을 담은 대야를 가져와 내 발치에 내려놓았다. 하여간 똑같이 성실한 두 시종이로다.

나는 아직도 흥분해 으르렁대는 내 오러를 물끄러미 들여다보았다. 대체 내 오러는 뭐가 그리도 불만이기에 이렇게 으르렁거리는 거야? 다른 사람들 오러는 이렇지 않더니만. 쌓인 게 그렇게도 많았단 말인가? 그거참 미안하게 되었군. 난 내 힘이 어느 정도인지도 몰랐단 말이다.

그렇다. 아무것도 모른 채 황궁에서 타이레논과 대련할 때를 기억해 보니 그때는 왜 그리도 천진했던지… 나는 내 자신에 대해 쥐뿔도 모르면서 웃으며 황태자인 양 천연덕스럽게 그를 대했었다. 아니, 그뿐만이 아니라 다른 사람들도. 특히 여자들을.

얼굴이 화끈거렸다. 대체 나는 어떻게 그렇게 그들을 대할 수 있었을까. 혹시 나는 굉장한 바람둥이이거나 사기꾼 기질이 농후했던 것은 아닐까.

"식사를 올릴까요?"

벤이 조용히 물었다. 그의 음성은 잔뜩 쉬어 있었다.

"나중에."

나는 손아귀에서 일렁이는 오러에 시선을 떼지 않고 대답했다. 메이가 내 손 안에서 흔들리는 오러덩어리에 경악하는 것을 모른 척하면서 나는 여전히 생각했다. 왜, 왜 내 오러는 이처럼 광폭한 건가? 타이레논의 오러는 맑고 청명한 가을 날씨 같았는데. 그뿐만이 아니라 극히 안정된 듯한 부드러운 회색의 오러를 가진 자도, 맑은 햇빛을 닮은 오러를 가진 자도 있었다. 하지만 어느 누구도 나처럼 짐승처럼 포효하는 오러를 가지진 않았었다. 오러는 자아를 드러낸다고 했다. 결국 나는 그만큼 광폭하고 사악한 존재란 의미일까.

새삼스럽게 나는 타이레논을 증오했다. 그자는 내가 절대로 가질 수 없는 것을 가지고 있었다. 맑은 눈과 정열과 그리고 끝없이 앞으로 나아가는 순수함. 그뿐만 아니다. 그 늙은 가비라 공 역시 싫었다. 그자는 늙어 빠진 주제에 나보다도 맑은 눈으로 정면을 응시하고 있었다. 항상 뒤를 돌아보며 안절부절못하는 나와 달리 그 노인네는 정면을 똑바로 보며 어린 소드 마스터를 위해 다리 한쪽을 기꺼이 내버렸다.

"주인님."

벤이 불렀다.

고개를 들자 그 자리에는 짐이 들어와 있었다. 그뿐만 아니라 얼굴이 창백한 패더도 있었다. 모두들 그냥 겁에 질려 얼굴들이 엉망이구만.

"쉬시는데 죄송합니다만, 지금 감금한 두 영주의 일 때문입니다."

무서운가. 역시 귀족 영주를 감히 납치, 감금한 게 무서운 모양이군. 하기야 감히 평민이 그런 일을 저질렀다면 그건 중죄 중 중죄다. 하물며 짐 로스는 사실 이 로그란드의 주민도 아니었다.

"앞으로의 일을 의논드리려 합니다."

짐은 예전의 능글거리는 표정을 완전히 버리고 잔뜩 굳은 얼굴로 말했다. 그 굳은 얼굴에 못지않게 패더의 얼굴에도 공포감이 서려 있었다. 그뿐만이 아니다. 불려온 듯한 게올레 경의 얼굴에도 역시 똑같은 공포가 떠올라 있다.

"두 영주는?"

"시청에 일단 감금해 두었습니다. 생각 외로 얌전합니다만, 영주를 잃은 병사들이 가만히 있지는 않을 겁니다."

"빨리 일을 처리하지 않으면 안 돼."

나는 차분하게 말하며 일어섰다. 그러자 세 사람이 일제히 한 걸음 뒤로 물러섰다. 피하지 않은 것은 오로지 벤과 메이뿐이었다.

그들의 태도에 나는 쾌감을 느꼈다. 그래, 두려워하라. 그것이 바로 내가 바라는 것이니까. 하지만 한편으로는 슬펐다. 나는 역시 인간이 아닌 게다.

"뭘 하자는 거냐?"

여전히 오만한 태도로 나오는 멜더른 남작은 아직 두 영주가 잡혀왔다는 것을 모르는 기색이었다. 나도 굳이 알려주고 싶진 않아서 모른 척했다.

텅 빈 시청의 시장실에는 나와 짐, 그리고 게올레와 패더, 전에 한 번 보았던 상인 대표 두 명이 서 있었다. 그들은 되도록 나와 멀리 서 있고 싶었는지 아예 나에게는 시선 한 번 돌리지 않았다. 그들이야 어쨌든 나는 의자를 하나 차지하고 앉아 벤이 내미는 차를 마셨다. 메이는 까마득하게 높은 사람들 사이에 서서 어쩔 줄을 몰라 하는 태도였다.

"앉으십시오, 남작님."

게올레 경이 중재자다운 태도로 점잖게 말하며 손짓했다.

"무엇 때문에 나를 여기까지 불러들였는지 모르겠군."

멜더른은 나를 흘긋 쳐다보더니 못 이기는 척하고 자리에 앉았다. 시장실의 테이블은 직사각형으로 좁고 길었는데 좌석 수만 열여섯 개였다. 회의하기 위해서라면 참 불합리한 구조일지도 모른다. 이쪽 끝에서 하는 소리가 저쪽 끝에서는 잘 들리지 않을 테니.

"우리들은 한 가지 의문을 해소하기 위해 왔습니다."

게올레 경이 침착한 어조로 말했다.

"의문?"

멜더른이 못마땅한 듯 다시 투덜거렸다. 하지만 그가 투덜거리든 말든 게올레 경은 뒤에 서 있는 자들에게 손짓했다. 그 손짓을 받고 두 명의 경비병이 밖으로 나가 누군가를 끌고 들어왔다. 꽤나 초췌했지만 찬란한 금발의 소유자 베어든 자작이었다. 그리고 그 뒤에 들어온 것은 거만한 셔든 남작이다. 둘 다 얼굴들이 말끔한 것을 보아하니 그럭저럭 대접은 나쁘지 않았던 모양이다. 하지만 찢어진 옷이나 먼지투성이가 된 몰골들은 변하지 않았다. 생채기가 난 그 얼굴을 누군가가 치료해 주었는지 약 냄새가 물씬 났다. 그들은 비록 끌려 들어오긴 했지만 당당히 가슴을 펴고 들어섰다. 그리고는 시장실의 분위기가 마음에 들지 않았는지 오만한 표정으로 눈썹을 치켜 올린다.

"뭐야?"

멜더른이 갑자기 잡혀온 자들이 누군지 알 수 없다는 듯 미간을 찌푸렸다. 그러나 그에 못지않은 태도로 거만하게 베어든이 먼저 입을 열었다.

"도대체 뭘 하는 건가? 감히 제국의 귀족을 이런 식으로 취급해도 된다고 생각하나?"

그는 허락하지도 않았는데 의자에 털썩 앉으며 다리를 꼬았다. 그 거만한 태도에 상인들이 조금 주눅 드는 게 보인다.

"그대는 누구인가?"

멜더른이 베어든과 셔든을 향해 묻자 코웃음을 치며 셔든은 두 손을 털었다. 마치 더러운 것을 보는 듯한 그 태도에 멜더른도 발끈했다.

"누구냐고? 너야말로 누구냐?"

"이, 이 건방진!"

둘이서 싸우기 전에 게올레가 진지하게 입을 열었다.

"기다리십시오, 두 분. 서로 소개해 드리지요."

그 말에 베어든이 흥미진진하다는 듯 주욱 방 안을 훑어보았다. 마치 서 있는 자들이 벌레만도 못하다는 듯한 태도였지만 나에게 잠시 머문 그 눈길 속에는 증오와 공포가 서리서리 맺혀 있었다.

"대럴 켄! 이 간악한 놈!"

그가 이를 북북 갈며 욕설을 퍼붓자, 그에 지지 않겠다는 듯이 셔든도 나를 노려보기 시작했다. 그들이야 노려보든 말든 나는 태연자약하게 차를 마셨다.

"진정하십시오. 이분은 멜더른 남작이십니다. 그리고 이쪽은 베어든 자작, 셔든 남작이시죠."

그 설명에 멜더른의 입이 쩌억 벌어졌다. 그는 믿을 수 없다는 듯 두 영주를 번갈아 보더니 그 다음에는 게올레, 패더, 그리고 최종적으로 날 바라보았다. 그 시선에 나는 씨익 웃어주었다.

"어, 어떻게……?"

그가 버버거리며 말을 잇지 못할 때 베어든이 거만한 음성으로 다시 외쳤다.

"제국 귀족을 이런 식으로 납치, 감금한다는 것은 뒤가 두렵지 않다는 거겠지? 저기 있는 자가 분명 소드 마스터이긴 하지만 너희들까지 소드 마스터인 것은 아니야! 감히 무엇을 하겠다는 수작이냐?"

그 말에 패더가 입을 열었다.

"실례지만 베어든 자작님, 우리들은 지금 굉장히 궁지에 몰려 있습니다. 어차피 다른 분들께서는 우리들을 반역도로 몰아 모두 참살할 계획이시지 않습니까?"

생각 외로 그의 푸른 눈이 이글거리고 있었다.

"이 상황에 귀족 한둘쯤 더 죽인다고 해서 우리들의 처지가 나아질 것 같지는 않은데요."

그 말에 셔든이 코웃음을 쳤다.

"뭐, 그렇기도 하겠지. 하지만 나로서는 너희들 같은 천한 것들과 동반 자살하는 취미는 없다. 순순히 풀어주고 법의 심판을 받는 게 좋을 게다."

대담무쌍한 사내인 것은 확실했다. 나는 이 공방을 보는 게 즐거워지기 시작했다. 그렇다, 나는 즐거웠다.

"차 한잔하시겠소?"

입을 열자 모두의 시선이 일제히 내 쪽으로 돌아왔다. 나는 그 시선을 즐기며 손짓했다.

"차라도 한잔하면서 느긋하게 말을 해봅시다."

"느긋?"

베어든이 또 소리를 바락 질렀다. 정말 의외로 다혈질이군. 젊어서 그런가.

그는 이를 뿌드득 갈더니 냉혹한 얼굴로 외쳤다.

"이런 천한 것들과 마주 앉아 내가 차를 마셔야 하나?"

그가 그렇게 외치는 순간 나는 손뼉을 쳤다.

"그런가. 천한 것들이군."

내가 천연덕스레 말하자 셔든이 애써 목소리를 다듬으며 입을 열었다.

"계속 마음에 걸리는 게 있는데, 대답하시오, 암격왕."

"내가 말해 줄 수 있는 거라면 기꺼이."

친절한 어조로 그렇게 말하자 셔든은 불편한 표정을 지으며 의자의 팔걸이를 손가락으로 두들겼다.

"아까 당신이 말했지, 로그란드 남작을 죽인 건 누구냐고."

"누구긴! 천한 것들이 감히 영주를 살해하지 않았던가!"

베어든이 바락 소리를 질렀다.

그러나 그 소리가 듣기 싫었는지 패더가 끼어들었다.

"그 일 때문입니다."

"뭐?"

"그 일 때문에 지금 여기에 모여 있는 겁니다."

그는 단호하게 그렇게 말하고는 멍한 표정을 짓고 있는 멜더른 남작을 바라보았다.

"멜더른 남작님."

"아! 마, 말하게."

그는 어안이 벙벙한 얼굴로 패더를 돌아보았다.

"남작님은 우리 영주님이 돌아가신 뒤 가장 먼저 도착하신 분입니다. 우리 영주님의 '사고' 소식을 제일 먼저 들은 게 언제입니까?"

"아?"

멜더른은 당황스러운 듯 그를 멀거니 바라보았다. 그러더니 갑자기 신경질적으로 고개를 내저었다.

"무슨 소린지 모르겠군. 지금 내가 왜 이런 데에 있는 거지? 물론 내가 그 소식을 들은 것은 날짜상으로는 기억나지 않지만 그럭저럭 50여 일쯤 되는 것 같아."

그 말을 듣고 패더는 묘한 표정을 지었다.

"그건 우리 영주님이 불행한 사고를 당하신 지 겨우 두 달밖에는 안 되었다는 이야기군요. 그 두 달 사이에 우리 영지는 정말 엄청난 일을 겪었습니다."

"그러게 누가 영주를 살해하라고 했더냐? 영주란 땅의 아버지다. 그런 자를 살해하고도 멀쩡하길 바랐다면 어이없는 일이지. 패악무도한 짓을 저질렀으니 응당 값을 치러야지."

베어든이 냉소했다.

그가 냉소하든 말든 패더는 다시 물었다.

"그럼 그 소식을 들은 뒤에 남작님은 곧장 이곳으로 오신 겁니까? 그러니까, 우리 영주님의 저택으로?"

"그렇다고 할 수 있지. 자네도 알다시피 나는 로그란드 남작의 먼 친척인데다가 나의 첩은 그의 사생아 중 하나이니 남남이라 볼 순 없지 않겠나?"

거들먹거리는 그 말투가 싫었는지 이번에는 셔든이 빈정거렸다.
"그렇겠지. 그가 죽자마자 그의 사생아를 첩으로 들였으니 남남은 결코 아니지."
"그 돼지야 사방에 널어놓은 게 사생아인데 그 사생아 한둘쯤 첩으로 삼았다고 해서 친척이라 주장한다면 모두가 웃어. 설마 하니 로그란드의 사위라 말하고 싶었던가?"
킬킬대며 베어든도 끼어들었다. 돼지라, 적어도 그것 하나는 나와 의견이 일치하는군.
"닥쳐! 그래도 다짜고짜 영지를 침입한 그대들과는 달라! 영지 침입이 얼마나 큰 죄인지 모르나! 델시테 백작이 이 사실을 잘 알고 있으니 그대들은 무사하지 못할걸!"
"웃기지 말아. 관습법에 따르면 우리들의 행동은 정당했다. 영주가 없을 경우 그 땅에는 주인이 없는 거야. 차지하는 자가 임자인 거지. 그대야말로 병사가 없으니 남작의 사생아를 첩으로 삼아 구실로 삼으려 한 거 아닌가?"
"그런데 델시테 백작이 나섰으니 꽤나 속이 쓰리겠구만."
두 영주는 킬킬대며 비웃었다. 하여간 대담한 것은 인정해 주어야겠군. 멜더른과는 확실히 그릇이 다른 자들이다.
"문제가 있습니다."
그들이 킬킬대는 것을 가로막으며 게올레 경이 끼어들었다.
"로그란드 남작의 후계자인 로그란드 소공자의 대리인으로서 이 문제를 풀지 않으면 안 된다고 생각합니다."
"무슨 문제?"
셔든이 눈썹을 치켜 올렸다. 사각 턱이 꽤나 성질을 참고 있는지 씰

룩댔다.

"로그란드 남작의 살해범이 과연 누구인가 하는 점 말입니다."

"그야 천한 잡것들 아니었던가?"

아무렇지도 않게 대꾸하는 베이든과 달리 셔든은 미간을 찌푸렸다.

"지금, 그대는 우리들이 사주했다고 말하는 거냐?"

그 말이 떨어지기가 무섭게 멜더른과 베어든의 얼굴도 삽시간에 변했다. 베어든은 잔뜩 굳은 얼굴로 어처구니없다는 듯 코웃음을 쳤다.

"말도 안 되는 소리 집어쳐! 로그란드 남작이 소작농 손에 살해당했다는 것은 이미 모두가 알고 있는 사실이다! 거기에 왜 우리들이 나오는 거지?"

"그야 너무나 빨랐으니까요."

패더가 그 말에 담담하게 대답했다.

"이상했습니다. 세 분 모두가 우리 영주님이 돌아가시기 무섭게 달려들었습니다. 멜더른 남작님이야 그렇다 치고, 두 분은 군사까지 일으켜 단숨에 점령을 시작했습니다. 그런데 어찌 이상하다 생각지 않을 수 있겠습니까?"

그 조리있는 말에 베어든이 입꼬리를 잔뜩 비틀었다.

"네가 패더 윙이지? 반란의 괴수."

"……."

반란의 괴수라는 말에 그는 어이가 없었는지 대꾸하지 못했다. 하지만 어쨌거나 베어든이 그의 이름을 알고 있을 정도라면 패더는 살아나긴 글렀다.

"일의 본질을 흐리려 들지 마. 로그란드는 소작농 손에 학살당했으며 그 때문에 로그란드 영지 전체가 주인 없는 빈집이 된 거다. 그리고 관습법에 따라 우리들은 그 빈집을 차지하기 위한 경쟁을 시작한 거고."

셔든이 냉철하게 말했다. 멜더른도 끼어들었다.

"그렇다. 이상하게 말을 잡고 늘어지지 마시게. 우리들은 아무런 관련도 없으니까. 일단 그가 누구 손에 살해당했는가 하는 건 확실하지 않은가?"

아니꼽게 콧수염을 비비 꼬는 남자를 보며 나는 나른하게 말했다.

"확실한 것은 아무것도 없어."

순식간에 시선이 내 쪽으로 돌아왔다. 나는 팔짱을 낀 채 다리를 들어 테이블 위에 놓았다. 그 자세에 몇몇이 분개했지만 알 바 아니었다.

"로그란드 남작이 죽을 당시에 옆에 있던 자들은 모두 사라졌다. 마을 사람들은 뿔뿔이 흩어져 피난을 떠났고, 정작 원인이 되었다는 자들은 자살을 했지."

"그래서?"

베어든이 여전히 도전적으로 되묻는다.

"증거는 남아 있지 않다는 거다, 젊은이."

나는 독살스럽게 달려드는 베어든을 바라보며 미소 지었다. 셔든도, 멜더른도 잔뜩 긴장하는 얼굴이 꽤나 흥미진진하다.

"그대들 중 누군가가 그 가여운 소작농을 사주해 로그란드 남작을 죽였을 수도 있고, 진짜 그 소작농이 남작을 홧김에 죽였을 수도 있지. 그러나 어느 쪽이든 그 판단을 내릴 수 없어."

"말도 안 되는 소리!"

바락 셔든이 외쳤다. 그는 갑자기 심각성을 깨달은 듯한 얼굴이었다.

"나는 그 일이 벌어진 당시 내 영지 안에 있었다."

나는 어깨를 으쓱했다.

"그러니까 그런 걸 대체 누가 증명하느냐 그거지."

내 말에 셔든의 얼굴이 굳었다. 베어든은 조금 뒤늦게 깨달았는지 입술을 깨물고는 맹렬하게 나를 쏘아보며 외쳤다.

"개소리 치워라!"

"귀족치곤 입이 험하시군."

나는 피식 웃었다.

패더는 나와 그들을 번갈아 보고 있었다. 그는 고뇌에 찬 얼굴로 잠시 머뭇거리더니 멜더른에게로 시선을 돌렸다. 멜더른은 사색이 되어 벌벌 떨고 있었다.

"그……."

"만약 이것이 세 분 영주 중 누군가의 사주로 벌어진 일이라면 제국법은 용서치 않을 것입니다. 제국법에 따르면 귀족을 살해한 자는 사형. 평민이라면 그 직계 가족과 함께 케노피 형, 그리고 그 친인척들은 모두 노예에 처해진다고 합니다. 법은 귀족이라 해도 피해 갈 수 없는 것입니다. 게다가 타인의 영지를 함부로 침범해 그 재산과 영민들을 상하게 했을 경우 영지 몰수에 가문 폐쇄라는 '토지와 영지 관리에 대한 관습법'은 잘 알고 계실 겁니다."

확고한 패더의 말에 세 사람의 얼굴이 삽시간에 하얗게 질렸다.

"말도 안 돼!"

"난 로그란드 남작을 죽이지 않았어!"
"지금 누구에게 죄를 뒤집어씌우는 건가!"
바락바락 외치는 세 사람 중 누구로 고를까.
나는 턱을 괴고 세 사람을 물끄러미 바라보고 있었다. 그 모습이 섬뜩했던지 메이가 부르르 떨었다.
"델시테 백작에게 이번 일을 고했는가?"
내가 게올레 경에게 묻자 그는 심각한 얼굴로 고개를 끄덕였다.
"네, 의혹이 있다고만 말씀드렸습니다."
그러자 멜더른이 새된 비명을 올렸다.
"안 돼! 백작에게 보고하다니! 그렇다면 진짜로 우릴 의심한다는 건가?"
중앙 귀족인 델시테 백작과 지방 귀족인 이들은 엄청난 격차가 있었다. 백작이 만약 이 일에 세 가문이 끼어 있다고 한마디만 하게 된다면 이야기는 확 뒤집힌다. 귀족들 간의 암투로 일이 번지는 것이다.
"백작을 만나게 해줘!"
오연한 자세로 서든이 외쳤다.
"정당한 재판을 받을 수도 있다! 나는 무고하니까."
가슴을 펴고 말하는 그를 보고 베어든도 나섰다.
"물론이다. 나는 그 따위 치사한 짓은 하지 않아! 로그란드 그 쥐새끼 같은 놈이라면 소작농 따위의 손을 빌지 않아도 얼마든지 한 손에 해치울 수 있다."
"귀족의 명예를 걸고 그런 일은 있을 수 없어!"
셋이서 이리저리 떠드는 것을 보며 나는 키득키득 웃었다. 그 웃음에 불길함을 느꼈는지 짐이 낮게 물었다.

"스승님?"

"재판 따윈 없어."

내 말에 모든 사람들이 일제히 굳었다.

나는 찻잔을 테이블 위에 내려놓고 세 사람을 쏘아보았다.

"범인은 셋 중 하나다. 혹은 셋 중 둘일 수도 있고 셋 중 셋일 수도 있지."

"무슨 소릴 하는 거냐? 감히 귀족인 나에게!"

베어든이 바락 외쳤지만 내 기세에 곧 입을 다물었다.

"재판을 누가 행하는데? 여긴 법관이 될 인물이 하나도 없어. 모두 천한 것들이거든."

"그러니까……!"

뭐라 말하려는 셔든을 무시하고 나는 잘라 말했다.

"매에는 귀족도 천민도 없어. 지금 시간이 없으니 모든 사람들이 원하는 대로 빨리 일을 진행하도록 하지."

그 말에 불길함을 느낀 패더가 내 앞으로 한 걸음 나섰다.

"켄님."

"무슨 말씀을 하시는 겁니까, 켄님."

게올레가 창백한 얼굴로 물었다.

나는 소드 마스터다. 나에게 법을 묻는 바보는 어디에도 없다. 내가 귀족을 죽지 않을 만큼 두들겨 주었다 해도 살해한 것이 아닌 한 뭐라 나서려는 자는 없을 것이다. 물론 나서지도 않겠지. 황제는 암격왕이 누군지 잘 알고 있으니 손을 쓰지 않을 것이다.

"죽도록 패면 결국은 누군가 사실을 고하겠지."

내 말에 모두의 얼굴이 사색이 되었다. 지금 나는 셋을 고문하겠다고 말한 것이다.

"너, 이놈!"

이를 갈며 베어든이 내게 달려들었다. 그리고 그 순간, 나는 손을 한 번 휘둘렀다. 검푸른 덩어리가 유선형을 그리며 방 안을 휘저었다.

"아아아악!"

비명 소리와 함께 피가 튀었다. 와르르 소리를 내며 벽에 걸려 있던 액자와 집기들이 토막 나 떨어져 내렸다.

메이는 비명도 지르지 못한 채 부들부들 떨었다. 흘긋 돌아보니, 방 안이 두 동강 나 있었다. 화사한 벽지 위로 일직선의 선이 그어져 있었다. 액자들은 모두 반 토막으로 걸려 있고 테이블 위에 있던 꽃병조차 반 토막이다. 오로지 반 토막이 아닌 것은 사람뿐이었다.

"크으……."

내게 달려들려던 베어든은 부들부들 떨었다. 그의 가슴팍 가운데를 긋고 지나간 일직선의 오러를 그도 보았던 것이다. 아픔도 거의 느끼지 못할 것이다. 그는 피를 뿜고 있는 자신의 가슴을 멍하니 내려다보고 있었다.

"베어든!"

그래도 같이 있었다고 셔든이 뛰어들어 베어든의 상태를 살폈다. 물론 죽인 것은 아니다. 그저 살갗에 줄 하나 그어주었을 뿐이다.

하지만 피는 줄줄 흘렀다. 그 피는 그가 입고 있던 모직 셔츠를 적시고 흘러내렸다. 셔든이 지혈하는 동안 굳어 있던 패더가 급히 달려들어 그 상처를 돌보려 했다. 하지만 베어든은 단호히 거절했다.

"손대지 마!"

제법 당당한 음성이었지만 그 턱이 부들부들 떨리고 다리가 풀려 있다는 것은 확실했다. 서든이 부축하려 했지만 그는 그 부축을 밀쳐 냈다.

"나에게 지금 위협을 하는 건가?"

그는 이를 드러내며 분노를 토했다.

나는 방 안을 휘이 둘러보며 말했다.

"물론 위협은 위협이지. 나는 범인을 빨리 가려내지 않으면 곤란하다고 생각하고 있다네, 베어든 자작."

"건방진!"

"게다가 내겐 진짜로 시간이 없어. 열흘 남짓한 시간밖엔 없어. 그러니까 그사이에 빨리 정리를 해야지."

나는 벤을 돌아보았다. 다른 사람은 몰라도 벤이라면 얼마든지 이 일을 처리할 수 있을 것이다.

"벤."

"네, 주인님."

그는 그동안 눈 하나 깜짝 않고 모든 장면을 묵묵히 지켜보고 있었다. 상처투성이에 엉망진창인 몰골이었지만 그는 그래도 담담한 태도를 그대로 유지하고 있었다.

"셋을 끌고 가 모든 것을 토설할 때까지 만져 줘."

"네."

"기한은 사흘이야. 사흘 이내에 모든 자백을 받아내."

나는 심드렁한 태도로 말하고 모두 입을 벌리고 있는 자들을 향해 미소를 지어주었다.

"아프고 싶지 않다면 순순히 자백하는 게 좋아. 나도 벤도 시간이 없거든."

그 말에 세 사람 모두 떨기 시작했다.

권력이란 건 사실 진짜 멋지단 말이야.

『4권으로 이어집니다』